KB142440

침묵과 한숨

沈默與喘息: 我所經歷的中國和文學

침묵과 한숨

내가 경험한
중국,
문학,
그리고
글쓰기

옌롄커 지음 — 김태성 옮김

글항아리

책은 2014년 봄, 작가가 미국 듀크대학 교수이자 작가의 역자인 카를로스 로하스의 초청으로 미국 듀크대학과 하버드, 예일, 스탠퍼드 등 일련의 대학에서 했던 강연의 기록과 녹취를 정리한 것이다. 이 가운데 맨 첫 번째 글은 2014년 10월 체코 카프카 국제문학상 시상식에서의 수상연설문이다.

말을 하고 싶었다

날이 갈수록 나는 진정한 말이
란 인간 영혼의 호흡이라는 것을 실감한다. 하지만 우리 일상의 말
은 그저 육체와 생명의 살아 있는 교류 및 전달에 그치고 만다. 그
저 일종의 소리일 뿐인 것이다. 따라서 끊임없이 자문하게 된다. 내
가 말을 했던가? 내가 말을 할 수 있는 건가? 내가 또 어떤 말들을
했던가?

2013년 3월과 4월에 나는 29일의 시간을 들여 잠자리가 말 등
을 타고 넘듯이 가볍고 민첩하게 미국 버클리대학 밴쿠버캠퍼스UBC
에 이어 노스캐롤라이나대학과 듀크대학, 예일대학, 하버드대학을
거쳐 마지막으로 뉴욕대학과 스워스모어대학, 럿거스주립대학에 이
르기까지 미친 듯이 돌아다니며 강연을 했다. 말발굽 소리가 그치
지 않았고 입을 쉴 틈이 없었다. 인위적으로 쌓아놓은 제방이 마침
내 무너져 거센 물결이 다시 산천과 강으로 돌아가는 것 같았다. 평
소에 중국에서는 말하고 싶어도 감히 말할 수 없었던, 말하고 싶지

않았던 것들이었다. 내 머릿속에 한순간 반짝거리다가 지나가는 것을 내가 힘들게 손을 뻗어 붙잡은 것들이었다. 이 모든 것이 사실은 자신에 대한 깨달음이었다. 나는 원래 말을 할 줄도 모르고 말하는 걸 좋아하지도 않는 외부인이었다. 노래할 줄은 모르지만 사방으로 날아다니면서 마구 울어대는 새 같았다. 나는 그런 자신을 조롱하면서도 흐뭇해했다. 그러다가 말을 하는 것이 사람들에게 일종의 즐거움을 안겨줄 수 있다는 것을 깨달았다. 평소에 말하지 않았고, 말하고 싶지도 않을뿐더러 감히 말할 수 없었던 것들을 말함으로써 사람들의 영혼을 뒤흔들고 눈물을 흘리게 하며 미소를 짓게 하고, 좀더 깊은 침묵과 한숨 속으로 들어가게 해줄 수 있다는 것을 깨달았다.

우리는 아주 오래 침묵했다. 이미 말을 할 수 없게 된 것 같았다. 말을 하고 싶지도 않은 것 같았다. 항상 배불리 먹고 늘어지게 잠만 자는 개와 다르지 않았다.

우리는 운명 속의 현실을 보고도 못 본 척하고 있었다. 아무 말도 하지 않았다. 결국 말을 할 줄 모르게 되었고 생각할 줄도 모르게 되었다. 사유할 수 없게 되었다. 항상 배불리 먹고 늘어지게 잠만 자는 돼지와 다르지 않았다.

이번에 미국의 10여 개 대학을 순회하게 된 것은 돌아다니기 위해서 말을 하고, 말을 하기 위해서 돌아다닌 셈이었다. 마침내 내가 깨달은 것은, 알고 보니 내가 말하는 걸 좋아하는 사람이고, 생각하는 사람이라는 사실이었다. 개돼지와는 확연히 다른 사람이라는 사실이었다. 그리하여 나는 또 자신에게 물었다. 과거 생활 속에서 매일 많은 말을 했지만 그 가운데 거짓말과 쓸데없는 헛소리가 얼마나 됐던가? 지금도 매일 적지 않은 말을 하고 있는데, 그 가운데 포기해버리는 거짓말과 공허한 말, 현실의 수식어가 얼마나 되는가? 미국은 그다지 훌륭하지 않았다. 단지 '내가 입을 열 수 있었던 기회이자 인연'이 되어 내면의 생각으로 파고 들어갈 수 있게 해주었을 따름이다.

손에 여권을 들고 타국을 바삐 돌아다니는 것이 내게는 '말을 할 수 있는' 인연의 장이었기 때문에 항상 감사의 마음을 전하고 싶었다.

멀리 간다는 것은 단지 여행하는 것만이 아니라 말하기에 대한 갈구이기도 했다.

나는 말하기 위해 멀리 갔던 것이나 다름없었다. 성곽을 빠져나가 울음으로 소식을 알리는 작은 새 같았다.

결국 한 마리 새에 불과하기 때문에 울기 위한 준비도 없었고 되풀이되는 말도 없었다. 부지런히 돌아다니다가 잠시 쉬는 과정을 반복하면서도 이번에 한 말이 지난번에 한 말의 되풀이가 되지 않게 하려고 노력했다. 매번 얼마나 많은 진실을 토로했는지는 모르겠지만 거짓말이나 사람들의 비위를 맞추는 말은 하지 않았다. 모든 사람이 말없이 인정할 수 있는 진실을 말하진 못했을지언정 적어도 자신이 진실이라고 생각하는 것들만 말했다. 이 책 『침묵과 한숨: 내가 경험한 중국, 문학, 그리고 글쓰기』는 이번에 미국 여러 대학에서의 강연을 마무리하고 나서 주머니 속에 남은 메모와 호텔 객실에 비치된 서류용 종이에 간단하게 적어두었던 요강에 기억을 보충하여 엮은 것이다. 어수선하긴 하지만 실재이고 소란스럽긴 하지만 진실이다.

내게 말할 기회를 준 친구들에게 감사한다. 이 책을 번역하여 출판하게 된 한국과 일본, 미국의 친구들에게 감사한다. 멋지게 말하려고 기교를 부리진 않았다. 그저 말을 하려고 노력했을 뿐이다.

1장

어둠을
느끼도록
하늘과 삶이
지명한 사람

어떤 각도에서 보자면 작가는 인간과 인간의 기억을 위해 느끼면서 살아가는 사람이라고 할 수 있다. 그리고 이런 기억과 느낌 때문에 우리는 글쓰기라는 행위를 뜨겁게 사랑하고 있는 것이다.

또한 이 때문에 나는 지금으로부터 50여 년 전인 1960년부터 1962년 사이에 중국이 공산주의를 실현하는 과정에서 이른바 '3년 자연재해'가 발생하여 3000만 명이 넘는 사람이 굶어 죽었던 일을 생각한다. 온 세상을 놀라움에 떨게 했던 그 '인재'가 지나간 뒤의 어느 황혼에 석양과 가을바람, 그리고 우리 집이 자리 잡은 중국 중부의 가난하고 적막한 시골 마을이 있었다. 전쟁에 대비하여 마을을 빙 둘러 설치한 성벽 같은 울타리도 있었다. 당시 아직 몇 살 되지 않았던 나는 어머니를 따라 이 울타리 아래로 가서 쓰레기를 쏟아버리곤 했다. 그럴 때면 어머니는 내 손을 잡고 채장 위에 흩어져 있는 꽃송이 모양의 관음토觀音土와 알갱이 모양의 황토를 가리키며 말씀하셨다.

"얘야, 잘 기억해둬라. 너무 굶어 곧 죽을 것 같을 때 저 관음토와 느릅나무 껍질은 먹어도 되지만 황토와 다른 나무껍질은 절대 먹어선 안 된다. 먹었다 하면 당장 죽게 되거든."

말을 마친 어머니는 밥을 하러 집으로 돌아가셨다. 걸어가는 어머니의 뒷모습이 바람에 날리는 마른 낙엽 같았다. 그리고 나는, 먹을 수 있다는 그 점토 앞에 서서 지는 해와 마을의 집들, 들판과 황혼을 바라보고 있었다. 그런 내 눈앞으로 천으로 된 거대한 막처럼 어둠이 내리기 시작했다.

이때부터, 나는 어둠을 가장 잘 느끼는 사람이 되었다.

이때부터, 나는 너무 일찍 시련이라는 단어를 기억하게 되었다. 이 단어는 어둠 속에서 고난을 받아들이는 몸부림을 의미했다.

그 시절, 굶주림 때문에 내가 어머니의 손을 잡아끌면서 먹을 것을 달라고 보챌 때마다 어머니는 이 시련이라는 단어를 되뇌곤 하셨다. 그러면 나는 곧 눈앞이 온통 흐릿한 어둠으로 채워지는 것을 볼 수 있었다.

그 시절, 중국의 설은 모든 아이가 가장 기다리는 명절이었다. 그리고 우리 아버지도 다른 아버지들과 마찬가지로 우리 형제자매가 곧 설이 다가온다는 생각에 얼굴 가득 환한 미소를 머금는 것을 볼 때마다 낮은 목소리로 시련이라는 단어를 되뇌셨다. 이럴 때면 나는 살며시 아버지 곁을 떠나 아무도 없는 황량함과 내면의 모호한 어둠 속으로 숨어 더 이상 설이 다가온다는 사실로 인해 즐거워하지 않았다.

당시에는 생존과 생활이 중국인들에게 가장 중요한 일이 아니었고 혁명이 유일한 국가의 대사大事였다. 하지만 그 과정에서 혁명이 우리 아버지와 어머니에게 붉은 깃발을 들고 거리에 나가 큰 소리로 '마오 주석 만세!'를 외칠 것을 요구했을 때, 우리 부모님과 마을 사람 대부분은 혁명으로부터 고개를 돌리면서 무력하게 시련이라는 단어를 되뇌었다. 그리고 이 단어를 듣는 순간, 나는 눈앞에 검은 막이 내려오는 것을 느꼈다. 한낮에 어두운 밤이 내리는 것 같았다.

이리하여 나는 너무나 일찍 어둠을 이해하게 되었다. 캄캄한 어둠은 일종의 색깔이 아니라 삶 자체였다. 중국인들의 피할 수 없는 운명이자 운명을 받아들이는 방법이었다. 그 후에 나는 군인이 되었다. 그 편벽하고 가난한 마을을, 나를 낳아주고 길러준 그 땅을 떠나야 했다. 내 삶에 어떤 일이 일어나든 간에 내 눈앞에는 항상 검은 막이 드리워져 있었다. 그리고 나는 그 검은 막 뒤에서 어둠을 받아들이는 방식으로 어둠에 대항했다. 고난의 힘을 받아들임으로써 인간의 고난에 대항했던 것이다.

물론 오늘날의 중국은 이미 어제의 중국이 아니다. 중국은 부유하고 강대해졌다. 13억 인구가 의식주 문제를 해결하자 갑자기 강한 빛이 세계의 동쪽 끝에서 반짝이는 것 같았다. 하지만 이 불빛 아래서 광선이 강할수록 음영도 더 짙어지고 덩달아 어둠이 생겨나 더 깊고 두터워지는 것처럼, 이 빛 속에는 따스함과 밝음, 아름다움을 느끼는 사람들이 있는가 하면, 자연의 우울과 근심, 불안 때문에 빛줄기 아래의 음영과 냉기, 안개가 휘감고 있는 잿빛 어둠을 느끼는 사람도 있게 되었다.

그리고 나는, 숙명적으로 어둠을 잘 느끼는 사람이 되었다. 그런 까닭에 나는 오늘날의 중국이 왕성하게 성장하는 동시에 왜곡되어 가는 것을 본다. 발전하는 동시에 변질되어 부패하고 부조리해지며 어지러워지고 무질서해지는 것을 본다. 매일의 시간과 매일 일어나는 일이 전부 인지상정과 일상적인 이치를 넘어서고 있는 것을 본다. 인류가 수천 년의 시간을 들여 수립한 감정적 질서와 도덕적 질서, 그리고 인간 존엄의 척도가 그 광활하고 오래된 땅 위에서 해체되고 붕괴되며 소실되고 있는 것을 본다. 법률의 준엄한 제도가 어린아이들의 고무줄놀이로 전락한 것을 본다. 오늘날 작가의 시각으로 한 국가의 제도와 권력, 민주, 자유, 신의, 현실 등을 논하는 것은 너무나 힘이 부치고 옷깃을 여미면 팔꿈치가 드러나는 것처럼 운신하기 어려운 일이다. 작가의 눈에는 이러한 것들이 애당초 호전되지 않기 때문에 끊임없이 더 악화되고 가속화되는 것으로 보인다. 무수한 사람의 가장 구체적인 음식과 주거, 생업과 의료, 교육과 생로병사의 새로운 생존의 곤경과 그 안에서 무리지어 살아가는 사람들의 인심과 감정, 영혼이 작가들을 오늘날처럼 더 초조하고 불안하며 두렵고 흥분되게 만든 적은 없었다. 사람들은 무엇을 기다리고 있는 걸까? 무엇을 두려워하고 있는 걸까? 이런 상황은 위독한 환자가 환상 속의 양약을 기다리듯이 좋은 약이 하루빨리 도착하기를 기다리면서 약이 도착한 후에 결국 허황된 기대가 깨지며 죽음이 따라오는 것을 두려워하는 것과 같다. 이러한 기다림의 불안과 두려움이 한 민족이 한 번도 경험하지 못한 초조감을 조성하고 있다. 이 민족의 초조감이 작가에게는 가장 빛나는 곳의 음영이 될 것이고, 그 밝음 아래에 있는 거대한 막의 또 다른 일면이 될 것이다.

작가들에게 빠른 속도로 발전하는 국가라는 경제열차가 사람들을 어디로 데려가는지 말해주는 사람은 없었다.

작가들에게, 오늘날까지 100년이 넘도록 멈춘 적이 없는 온갖 유형의 혁명과 운동이 모든 사람의 머리 위에 숙성시키고 있는 것이 먹구름인지 천둥인지, 아니면 먹구름을 찢어버릴 수 있는 번개인지 말해주는 사람도 없었다.

작가들에게 금전과 권력이 공산주의와 자본주의, 민주와 자유, 법률과 도덕적 이상을 대체한 뒤에 인심과 인성, 인간의 존엄이 어떤 가격으로 태환되는지 말해주는 사람은 더더욱 없었다.

10여 년 전에 내가 여러 번 찾아갔던 에이즈 마을이 생각난다. 그 마을의 주민은 다 합쳐 800명밖에 안 됐지만 그중 에이즈 환자는 200명이 넘었다. 게다가 그들은 모두 나이가 서른에서 마흔다섯 사이의 훌륭한 노동력이었다. 그들이 대규모로 에이즈에 감염된 것은 개혁을 통해 치부致富해 아름답고 풍요로운 삶을 살고 싶어 조직적으로 매혈을 진행한 탓이었다. 그 마을에서는 죽음이 해가 지는 것과 같은 필연이자 예정이었다. 해가 하늘에서 영원히 사라지기라도 한 것처럼 장구하고 영원한 어둠이었다. 그 일을 생각할 때마다, 현실 속에서 만나는 햇빛과 밝은 색들이 전부 내가 피할 수 없는 음영과 어둠으로 변해 나를 어디로도 도망치지 못하게 그 안에 가둬버렸다.

나는 그 광활하고 온통 혼란과 생기로 가득한 땅에서 내가 불필요하게 남아도는 사람이라는 사실을 잘 알고 있다.

하지만 나는 그 광활하고 온통 혼란과 생기로 가득한 땅에서 나와 나의 글쓰기가 많든 적든 간에 다른 것으로 대체될 수 없는 의미를 지니고 있다고 굳게 믿는다. 왜냐하면 삶과 운명, 하늘이 나를 태어나면서부터 어둠을 느낄 수 있고 느껴야만 하는 사람으로 지명했기 때문이다. 임금님이 옷을 입지 않은 것을 본 아이처럼 햇빛 아래서는 항상 큰 나무의 그림자를 발견하고 즐거운 노래가 어우러진 연극에서는 항상 막 옆에 서 있어야 하기 때문이다. 사람들이 따스하다고 말할 때 나는 추위와 냉기를 느끼고 사람들이 빛을 말할 때 나는 어둠을 본다. 사람들이 행복감에 젖어 춤추고 노래할 때, 나는 누군가 그들 발밑에서 오라에 묶이고, 걸려서 넘어지고, 구속되는 모습을 본다. 인간의 영혼 속에 감춰져 있는 불가사의한 추악함을 보고 허리를 곧게 펴고 독립적으로 사유하기 위한 지식인들의 굴욕과 노력을 본다. 좀더 많은 중국인의 정신생활이 돈과 노랫소리 속에서 권리를 박탈당하고 와해되는 것을 본다.

우리 마을에 살았던 일흔 살이 넘은 맹인이 생각난다. 그는 매일 해가 뜰 때마다 항상 동쪽 산을 바라보곤 했다. 떠오르는 해를 바라보면서 그는 조용히 중얼거렸다.

"햇빛이 원래 검은색이었군……. 하지만 그런대로 나쁘지 않아!"

그러다가 또 겨울이 찾아와 햇볕이 따스하게 내려쬘 때면 얼굴 가득 미소를 지으며 이렇게 중얼거리곤 했다.

"어두울수록 더 따스한 것 같아!"

더 이상한 일은 나와 같은 마을에 살던 이 맹인이 젊었을 때부터 몇 가지 다양한 손전등을 가지고 있었다는 사실이다. 그는 밤길을 걸을 때마다 손전등을 켜 손에 들고 다녔다. 날이 어두울수록 그의 손에 손전등이 들려 있는 시간은 더 길었고 불빛은 더 밝았다. 이리하여 그가 밤중에 칠흑같이 어두운 시골 길을 걸을 때면 사람들은 멀리서도 그를 바라보면서 몸을 부딪치지 않을 수 있었다. 게다가 우리가 그와 어깨를 스치고 지나갈 때면 그는 우리가 무사히 밤길을 갈 수 있도록 손전등으로 우리 앞을 아주 멀리까지 비춰주곤 했다. 그 맹인과 그의 손전등 불빛에 감사하고 그를 기억하기 위해 그가 세상을 떠난 뒤에 그의 가족과 우리 마을 사람들은 장례를 치르면서 그에게 건전지가 들어 있는 각양각색의 손전등을 선물했다. 염을 한 다음 사람들이 선물한 손전등은 전부 그와 함께 관 속으로 들어갔다. 스위치만 켜면 빛을 낼 수 있는 멀쩡한 손전등들이었다.

이 맹인을 통해 나는 글쓰기의 원리를 한 가지 깨달았다. 다름 아니라 어두울수록 더 빛이 나고 춥고 차가울수록 더 따스할 수 있다는 것이다. 글쓰기가 존재하는 의미는 사람들로 하여금 그 존재를 피하게 하는 것이다. 나와 나의 글쓰기는 어둠 속에서 손전등을 켜던 그 맹인처럼 어둠 속을 걸으면서 그 유한한 불빛으로 어둠을 비춰 사람들로 하여금 최대한 어둠을 보고서 확실한 목표와 목적을 가지고 빛나거나 피할 수 있게 하는 것이다.

오늘날 세계 문학에서 아시아 문학의 주요 생태가 되고 있는 중국 문학에 지금처럼 희망으로 가득 찬 동시에 절망으로 가득 찬 현실과 세계는 없었다. 이처럼 풍부하고 부조리하며 괴상한 현실 속에 이토록 많은 전설과 이야기가 있다. 초현실적이면서도 가장 일상적이고 가장 진실하면서 가장 암담한 현실이 있다. 동방의 중국에 이처럼 무한한 빛 속에 동시에 어디에나 다 있는 은폐와 음영과 모호함이 있었던 역사 단계는 없었다. 오늘날의 중국은 세계의 태양이자 빛인 동시에 세계의 거대한 걱정이자 어두운 그림자인 것 같다. 그리고 그곳에 사는 사람들은 매일 매 순간 알 수 없는 걱정을 갖고 있고, 알 수 없는 불안, 근거 없는 두려움과 근거 없는 경솔함을 갖고 있다. 역사를 되돌아보는 데 대한 두려움과 망각이 있고 미래에 대한 동경과 근심이 있다. 현실에 대한 매일 매 순간 넋이 뒤흔들릴 정도의 놀라움과 기본적인 상식 및 이치에 위배되고 논리에 부합하지 않는 상황들이 있다. 또한 보통 사람들이 보지 못하는 내면의 진실과 내면의 논리, 신실주의神實主義*의 부조리하고 복잡하며 무질서한 진실과 발생이 있어 오늘날 중국의 가장 밝은 햇빛 속의 음지와 가장 밝은 빛 속의 어둠을 이루고 있다. 그러나 작가와 문학은 오늘날 중국의 역사와 현실에서 위대한 빛을 본다. 다름 아닌 진실이다. 아득하고 은은한 노랫소리도 듣는다. 바로 현실이다. 허무와 유미唯美 역시 진실한 존재다. 중국의 진실은 하나의 거대한 숲이고 햇빛과 울창한 신록이요 화초와 새, 계곡물이다. 이 모든 것이 전부 진실한 존재다. 수십 수백 명의 훌륭한 작가가 모두 이 숲 속에서 풍요로우면서도 추하고 모순되면서도 복잡하며, 왕성하면서도 금이 가고 있는 중국을 느끼면서 자신의 진실한 글쓰기를 이어가고 있다. 그리고 나는, 하늘과 삶이 어둠을 느끼도록 지명한 사람이라 내가 보는 진실은 여느 사람들과 다를 수밖에 없다. 나는 깊은 숲의 뿌연 안개를 뚫고서 그 안개 내부의 혼란과 독소와 놀라움을 감지한다. 어쩌면 수많은 사람이 한낮 숲의 아름다움만 볼지 모른다. 하지만 내가 보는 것은 깊은 밤 숲속의 어둠과 공포다.

나는 어둠이 시간과 장소이자 사건일 뿐만 아니라 물이자 공기이며 사람이라는 것을, 인성이자 사람들의 가장 일상적인 존재요, 호흡이라는 것을 잘 알고 있다. 어둠을 그저 전자로만 간주한다면 그건 지나친 협애함일 것이다. 진정으로 깊고 끝이 없는 어둠은 모든

• 옌롄커가 2011년 『나의 현실, 나의 주의主義』라는 책에서 처음 사용하기 시작한 용어로 창작 과정에서 실제 현실이 갖고 있는 표면적인 논리관계를 포기하고 존재하지 않는 진실, 눈에 보이지 않는 진실, 진실에 가려져 있는 진실을 찾는 소설 미학을 지칭한다.

사람이 어둠을 보면서도 밝고 따스하다고 말하는 것이다. 가장 무서운 어둠은 사람들이 어둠 속에서 빛과 차가움을 잊어버리거나 이에 대한 감각이 둔해지는 것이다. 문학은 바로 여기에 그 위대함이 있다. 문학이 있어야만 어둠 속에서 가장 미약한 빛과 아름다움, 따스함과 진실한 사랑을 느낄 수 있기 때문이다. 그래서 나는 온 힘을 다해 이 어둠 속에서 인간의 생명과 호흡을 느끼고 빛과 아름다움과 그 위대한 따스함과 슬픔을 느끼려 발버둥치고 있다. 영혼이 굶주렸을 때의 추움과 뜨거움, 배부름과 따스함을 느끼려 애쓰고 있다.

그래서 '시간과 장소, 사건'을 뚫고서 나는 오늘의 현실 속의 가장 일상적인 어둠을 본다. 수천 년의 문명을 보유한 중국에서 오늘날 거의 모든 사람이 거리에 쓰러진 노인을 보고도 어쩌면 그것이 사기극일지도 모른다는 생각에 두려워하며 다가가 부축하지 않는다. 하지만 알고 보니 그 노인이 흘린 피는 너무나 붉고 뜨거웠다.

그래서 어느 임신부가 병원의 수술대 위에서 죽었을 때 모든 의료인이 책임을 지는 것이 두려워 도망쳐버리고, 남은 것은 현실 속에서 가장 미약한 인성과 영혼의 외침, 헐떡거림이었다.

그래서 나는 자신의 집이 강제 철거를 당했을 때, 더 일상적이고 보편적이며, 더 극렬한 어둠과 그 어둠 속의 불안을 느껴야 했다. 그 부유하고 개방적인 국가의 발전을 위해 무자비한 폭력에 의해 강제로 철거당한 백성은 호소할 데가 없어 하는 수 없이 베이징의 거리

침묵과 한숨

에서 집단적으로 독약을 먹고 자살하다가 급히 구조된 뒤에 또다시 '사단도발鬪尋釁滋事 근거 없이 억지로 문제를 일으킴'의 죄명으로 공안에 의해 구금되고 말았다. 누군가 그들의 자살이 '치밀하게 계획된 것'이라고 말하면 사람들은 또다시 자신의 내면에서 아주 빨리 일상의 백성이 현실 속에서 맞는 새로운 생존의 곤경과 새로운 고난을 몰아내버리거나 잊어버린다. 그런 다음 밝은 햇빛 아래 분주히 돌아다닌다.

나는 중국의 노인들이 어떤 사건으로 인해 약속이라도 한 듯이 집단으로 자살하는 것을 이해할 수 있게 되었다. 그들은 가난과 질병, 노동의 피로와 도덕 때문에 죽는 것이 아니라 인생에 대한 내면의 걱정과 운명에 대한 불안, 현실 세계에 대한 마지막 절망 때문에 죽는 것이다. 그리고 나는, 이런 현실에 직면할 때, 인간과 살아 있음과 현실, 그리고 세계에 대한 흩어지지 않는 어둠이 거대한 안개처럼 나의 가슴과 생활, 글쓰기에 가득 차는 것을 느낀다. 나는 가장 개인적인 방식으로 이런 세계를 감지하고 글을 쓸 뿐이다. 내게는 창문을 열고 세계의 빛을 바라볼 능력이 없다. 혼란하고 부조리한 현실과 역사에서 질서와 인간 존재의 힘을 느낄 수도 없다. 나는 항상 혼란한 어둠에 둘러싸여 있어 어둠 속에서 세계의 밝음과 인간의 미약한 존재와 미래를 느낄 뿐이다.

심지어 나는 어두운 사람이라고 할 수 있다. 독립적이지만 어두운 작가라고 빛의 미움을 받아 사방으로 밀려나는 글쓰기의 유령이라고 할 수 있다.

그러고 보니 문득 『구약성서』에 나오는 욥이라는 사람이 생각난다. 그는 무수한 고난을 겪고 나서 자신을 저주하던 아내에게 이렇게 말한다.

"설마 우리가 신의 손에서 복만 얻고 화는 얻지 않는단 말이오?"

이 간단한 질의는 욥이 자신의 고난이 연단을 위해 신이 내린 일종의 지명이었다는 사실을 잘 알고 있었음을 말해준다. 빛이 어둠과 공존하는 것이 일종의 필연임을 설명해주는 말이다. 나는 욥처럼 신이 고난의 연단을 위해 지명한 유일한 사람은 아니다. 하지만 나는 자신이 하늘과 삶이 어둠을 느끼도록 지명한 특별한 사람임을 잘 알고 있다. 나는 빛의 주변, 잿빛 어둠 속에 숨어 있다. 잿빛 어둠과 검은 어둠 속에서 세계를 느끼는 가운데 펜을 들어 글을 쓰면서, 이 잿빛 어둠과 검은 어둠으로부터 밝은 빛과 달빛, 온기를 찾으려 애쓰는 것이다. 사랑과 선, 영원히 박동하는 영혼을 찾는 것이다. 아울러 글쓰기를 통해 어둠에서 나와 빛을 얻기 위해 시도하는 것이다.

문학을 최고의 이상이자 신앙으로 삼고 있는 작가인 나는 하나의 개인으로 살든 아니면 글 쓰는 존재로 살든 간에, 태어나면서부터 운명으로 정해진 빛 속에서 어둠을 찾는 일로 인해 항상 불안하다. 그리고 이 때문에 나는 나의 핏줄과 조국에 감사하는 마음을 갖고 있다. 조국이 점차 진보적이고 포용적인 모습을 갖춰가면서 운

침묵과 한숨

명적으로 어둠을 느끼는 존재와 글쓰기를 허용하게 되었고, 한 사람이 항상 커다란 막 뒤에 서서 현실과 역사, 인간과 영혼의 존재를 느끼는 것을 허용하게 된 것에 감사하게 생각한다. 또한 이 때문에 올해 카프카상이라는 소박하고 순수한 문학상을 내게 준 데 대해 카프카문학상 심사위원들께 감사한 마음을 갖는다. 이 상을 제게 준 것은 욥이 온갖 어둠과 고난을 다 겪은 뒤에 얻은 빛과 재물이 아니라 고난을 감지하고 유일하게 도망쳐 나와 소식을 알린 하인, 밤길을 걷던 그 맹인의 한 줄기 불빛이라고 생각한다. 그 불빛의 존재, 어둠을 느끼기 위해 태어난 그 사람은 앞에 펼쳐진 길이 밝다고 믿을 것이다. 그러한 밝음 때문에 사람들이 어둠의 존재를 볼 수 있고, 좀더 효과적으로 어둠과 고난을 피할 수 있을 것이다. 그리고 그 하인과 맹인도 소식을 알릴 수 있는 밤길에서 사람들과 어깨를 스치고 지나갈 때, 앞서가는 사람들의 길을 비춰줄 수 있을 것이다. 그 길이 아무리 짧다 해도 그럴 것이다.

2장

국가의
기억상실과
문학의
기억

기억상실과 망각

「국가의 기억상실」이라는 글을 쓴 적이 있다. 그 글에서 이런 얘기를 했다. 2012년 3월, 홍콩에서 스웨덴의 중국학 학자인 토르비온 로덴 교수를 만났다. 그는 자신이 홍콩 청스城市대학에 단기 교환교수로 왔다면서 강의실에서 만나는 40여 명의 학생이 전부 1980년대에 출생한 중국 유학생들이라고 말했다. 그가 학생들에게 물었다.

"여러분, 혹시 중국의 6·4사태와 류빈옌劉賓雁,• 팡리즈方勵之•• 같은 인물에 대해 아시나요?"

중국 대륙에서 온 학생들은 서로 얼굴만 쳐다볼 뿐, 아무런 대답

• 『중국청년보』 기자 출신 언론인으로 『인간과 요괴 사이人妖之間』(1979), 『제2종 충성』(1984) 등의 저서로 현대 중국의 정치적 부패와 관료사회의 문제점을 고발했다.
•• 중국의 물리학자이자 비판적 지식인으로서 1952~1956년 베이징대학에 재학했고 중국과학원 산하 현대물리학연구소에서 근무했다. 물리학에 대한 마르크스의 견해를 비판하고 교육 체계의 개혁을 주장하는 논문을 썼다는 이유로 1957년 공개 비판을 받고 중국공산당에서 축출당했다. 중국 지도부에서는 그가 1989년 6월 톈안먼 광장에서 발생한 학생 시위에 일부 책임이 있다고 추정하고 있다.

도 하지 못했다. 이런 얘기를 듣는 순간, 나는 홍콩의 또 다른 여교수가 했던 말이 생각났다. 그녀가 중국 대륙에서 온 학생들에게 물었다.

"1960년대 초에 있었던 이른바 3년 재해 동안에 중국에서 3000만 명에서 4000만 명의 사람이 굶어 죽었다는 얘기를 들어봤나요?"

이런 질문에도 중국 학생들은 일제히 벙어리가 되어 아무런 대답도 못 하고 그저 얼굴에 너무나 놀랍고 뜻밖이라는 표정만 지을 뿐이었다. 마치 이 홍콩 여교수가 강단에서 중국 역사를 공공연하게 날조하고, 한창 굴기하고 있는 자신들의 조국을 이유 없이 공격하고 있는 것이 아닌가 의심하는 듯한 표정이었다. 대화를 마치면서 나와 토르비온 선생은 조용한 베트남 음식점에 앉아 서로를 한참 바라보면서 아무 말도 하지 못했다. 이날 이후로 사람들이 개인적으로 몰래 생각을 주고받으면서 공공연하게 토론할 수 없었던 중국의 문제들, 그 국가적인 망각이 쐐기처럼 내 머리와 뼈와 피의 틈새에 박혀 수시로 선명한 기억으로 떠올랐다. 은은하게 몸속에서 피가 흘러나오는 세밀한 소리를 들을 수 있었다. 국가의 망각과 관련된 일련의 문제들이 말 떼처럼 기억의 혈로를 밟고 내 자책의 광장으로 달려오는 소리를 들을 수 있었다.

1980년대와 1990년대에 태어나 이제 스무 살 내지 서른 살이 된 중국의 아이들은 정말로 망각의 한 세대를 형성하고 있는 것일까?

침묵과 한숨

누가 그들을 망각의 상태로 내몬 것일까? 그들이 망각하는 방법은 어떤 것일까? 우리처럼 기억을 갖고 있는 전 세대는 그들의 망각에 대해 어떤 책임을 져야 하는 것일까?

이런 문제들을 정리하면서 이러한 망각의 감각에 대한 이름을 붙이자면, 중국에서는 '기억상실'이라고 부르는 것이 가장 정확할 것이다. 잊는다는 것은 대부분 기억으로 하여금 과거와 역사를 포기하게 하는 것이기 때문이다. 그리고 기억상실에는 '현실과 역사에 대한 선택적 포기와 잔존'이 포함된다. 심지어 '기억에 대한 오늘날의 새로운 창조'도 포함된다. 그렇다. 바로 이런 기억상실의 상황이 오늘의 중국에서 한 세대의 아이들을 기억의 식물인간으로 만들어버린 것이다. 역사와 현실, 과거와 오늘이 전부 기억상실의 상태에 처해 있다. 한 세대 사람들에 의해 깨끗하고 가지런하게, 애써 흔적을 남기지 않는 방식으로 망각되어가고 있는 것이다. 기억과 망각, 진실과 기억상실이 매일 관심의 대상이 되는 언어와 문자, 두뇌 속에서 충돌과 투쟁을 벌이고 있다. 우리는 줄곧 역사와 인류의 기억이 결국에는 일시적인 망각을 제압하고 양심과 진실로 돌아오게 된다고 믿어왔다. 하지만 실제 상황은 정반대였다. 오늘의 중국에서는 망각이 기억을 이기고, 허위가 진실을 이기면서 억지로 역사와 논리가 연결되는 사슬과 접합부를 형성하고 있다. 그리하여 방금 어떤 일이 발생하는 것을 목격했는데도 그 일은 놀라운 속도로 선택적인 포기와 망각을 거치면서 진위를 구별할 수 없는 파편만 남아, 사회와 생활 그리고 사람들의 머릿속을 떠돌게 된다. 그리고 이러한 파편들은 미래의 어느 날, 혹은 그보다 더 먼 훗날에 자연적으로 혹은 인위적으로 빠른 기억상실의 바구니 속으로 들어가 사람들의 시력이 미치지 못하는 아주 어두운 구석에 높이 내걸리게 된다.

기억상실과 망각의 대상

우리는 1949년에 중화인민공화국이 수립된 뒤로 혁명과 피혁명이 매일 이 거대하고 기백 넘치는 나라를 석권했었다는 사실을 인정해야 한다. 혁명은 정권을 창조했고, 역사를 창조했으며, 현실을 창조하고 '기억도 창조했다'. 기억하고 기억되는 것, 자연적인 기억상실과 억압에 의한 망각이 국가적인 '망각과 기억'의 범주에서 혁명적 선택과 수단이 되어 질서정연하게 점진적으로 추진되고 실행되었다. 당연히 봉건 역사의 모든 것이 봉건적이고 왕후장상王侯將相들에게 속한 것이라는 이유로 다시는 언급되지 않았다. 신해혁명은 아주 요원해지면서 쑨원孫文이라는 이름만 남겼다. 그리고 이 이름과 연관 있는 일과 연관 없는 중대한 사건들, 그리고 역사의 세밀한 내용들도 역사서와 교과서에서 선택적으로 삭제되었다. 다시 말해서 오늘날까지 살아 있는 중국의 노인들이 두 눈 똑바로 뜨고 목격했던 군벌의 혼전과 중일전쟁, 당파와 군대, 지사들과 내홍, 유혈과 희생이 전부 선택적으로 기억되거나 망각되고 있는 것이다. 이러한 기억상실과 관련된 행위들이 국가적인 정책과 전략이 되고, 나중에는 한 사람의 광기와 열정에 의해 민족 전체가 물 끓듯이 끓어올랐던 혁명과 건설의 소용돌이 속으로 빠져들었다. 맨 처음 일어난 것은 정치운동이 전쟁을 계승하고 혁명이 생산을 대체하면서 발생했던 1951년에서 1952년 사이의 '삼반오반三反五反운동•'이었다. 오늘날의 관점에서 볼 때, 이 운동은 그 뒤로 49년이 지나는 동안 중국의 모든 혁명운동 가운데 현실적으로 가장 큰 의미를 갖는다. 또한 혁명가들의 열정과 전쟁 시대가 혁명가들의 몸에 확장시켜놓은 "정권은 총구에서 나온다"라는 구호의 성공 경험 덕분에 처음부터 널리 보급되고 확대될 수 있었다. 수많은 지역과 조직에 체포와 감시 대상이 되는 사람 수가 할당되었지만, 그 조건은 '삼반오반'의 혁명 대상이 있느냐의 여부가 아니라 반드시 이러한 혁명의 대상이 있어야 한다는 것이었다. '삼반오반'은 1949년 이후 신중국 혁명운동의 가장 중요한 의의로서, 1957년의 민족적 재난인 '반우파' 투쟁에 실천적 기초를 제공했다. 때문에 '삼반오반'과 중국의 모든 지식인이 오늘날까지 생각만 해도 전율을 금치 못하는 '반우파' 투쟁은 강제적으로 사람들의 기억의 창고에서 기억상실의 창고로 옮겨졌다. 이때부터 사람들은 더 이상 기억의 언어로 이를 언급할 수 없게 되었

• 부패와 낭비, 관료주의를 척결하는 것이 3반이고, 뇌물과 탈세, 국가 재산의 절도 및 편취, 노력과 시간과 자재의 속임, 국가 경제 정보의 절취를 척결하는 것이 5반이다.

다. 그 뒤에 이어진 대약진운동과 도시와 농촌을 가리지 않는 전국적인 강철제련운동, 그 뒤에 곧바로 이어져 중국 전체에 파급되면서 통계에 따르면 3000만 내지 4000만 명의 인구가 굶어 죽었던 이른바 '3년 자연재해', 그리고 세계 전체가 덩달아 광란의 춤을 췄던 10년의 '문화대혁명' 등이 하나같이 그 부조리함과 잔혹함으로 광대한 군중과 인류 전체를 놀라움과 두려움에 떨면서 아연실색하게 만들었다. 그로 인해 아이들의 기억 속에 역사의 진상이 감히 존재할 수도 없고 존재해서도 안 되며, 존재하기를 원치도 않는 상황이 만들어졌다. 또한 중국의 개혁개방 이후 백성과 인민, 군대가 왜 일어났는지도 모르는 베트남과의 전쟁에서 중국과 베트남을 막론하고 도대체 얼마나 많은 사병과 얼마나 많은 무고한 생명이 희생되었는지 한 글자도 언급되지 않고 있다. 1983년에 발생했던 그 폭풍우 같던 '엄정처벌嚴打'에서 이른바 법률은 권력의 어금니가 되어 요란하게 움직였고, 이로 인해 서로 사랑하는 수많은 청춘 남녀가 거리에서 키스를 했다는 죄로 불량배로 몰려 감옥에 가야 했으며, 빈곤을 견디지 못해 저지른 단순한 절도 행위로 인해 머리가 땅바닥에 떨어져야 했지만, 이에 대한 반성과 재평가는 전혀 이뤄지지 않았다.

물론 1989년 여름, 지금도 전 세계가 생생하게 기억하고 있는 '6·4'학생운동, 그 총성과 유혈, 망명이 잦아들고 있을 때, 세계의 모든 기억의 전시장에는 사건의 진상과 자세한 상황이 선명하게 전개되고 있었다. 하지만 이 모든 상황이 발생했던 나라에서는 사람과 아이들 모두 빠른 속도로 발전하는 경제와 강대해져가는 국력에 대한 들뜬 환호 속에서 이런 일을 낯설게 여기면서 점차 망각하기 시작했다. 그때의 기억이 수많은 목격자에게는 다른 세상의 몽경을 본 것이나 다름없었다. 용솟음치는 뜨거운 피를 주체하지 못해 현장에 참여했던 당시의 젊은이들도 지금은 인생에 성공하거나 실패한 중년이 되어 그때의 일을 '어리석음偶'이라는 한 단어로 요약하고 있다. 자신의 행위에 대한 자조와 기억상실에 대한 만족이 이미 개인의 운명과 집단의 기억, 민족의 역사에서 가장 처절하고 치열했던 고통의 상처를 단절시키거나 덮어버린 것이다. 또 뭐가 있을까? 오늘날 일어나고 있는 모든 것, 예컨대 개혁개방 시기에 광대한 면적의 땅에서 수많은 사람에게 일어나 조사가 불가능했던 매혈 행위로 인한 집단 에이즈 감염, 불법 탄광,* 불법 벽돌 공장, 걸핏하면 발생하는 가스 폭발과 대규모 붕괴 사건, 독이 든 교자餃子, 멜라민 성분이 들어간 독분유 사건, 가짜 계란, 가짜 해삼 사건, 여러 번 사용해 인체에 해로운 식용유, 심각한 발암 물질을 함유한 채소와 과일, 가족계획에 의한 집단 유산, 오늘날 도시와 농촌에 없는 곳이 없이 벌어지는 강제 철거와 상방上訪** 하러 온 백성에 대한 악독한

---

* 2007년을 전후하여 산시성山西省 윈청運城 등지에서 농민공이나 아동, 부녀자들을 불법 인신매매 방식으로 잡아다 강제로 열악한 환경에서 탄광 중노동을 시킨 사건.
** 지방 정부에서 해결해주지 않는 억울한 문제들을 해결하기 위해 중앙 정부가 있는 베이징으로 가서 상소하는 행위.

불법과 무례 행위 등등, 현실 속에서 국가와 권력 메커니즘의 이미지에 손상을 가하는 부정적인 사건이 무수했지만 이 모든 것은 신속하게 강제적인 기억상실로 인해 어제의 연기가 되어버렸다. 모든 신문과 잡지, 텔레비전, 인터넷, 그리고 문자의 기억이 있는 모든 공간에서 삭제와 금지 등의 방식으로 기억상실의 목적을 달성하게 되었다.

기억상실은 모든 사람의 병증과 의지의 특징이 아니라 국가 관리의 책략과 사회 제도가 야기한 일종의 필연이었다. 가장 효과적인 경로는 이데올로기에서 금언의 정책을 실행하는 것이었다. 권력의 통제를 통해 역사책과 교과서, 문학과 모든 유형의 예술의 표현 및 공연 등 기억의 연속을 가능하게 하는 모든 통로를 단절시키는 것이다. 원래 베이징대학 교수였던 장중싱長中行 선생은 이런 명언을 남겼다.

"내가 말을 할 수 없다면 항상 침묵하고 있을 수도 있다. 무슨 말을 해야 좋을지는 모르지만 무슨 말을 하면 안 되는지는 안다."

페이샤오퉁費孝通 선생이 나이가 들었을 때 첸중수錢鍾書의 부인 양장楊絳을 만나러 왔다가 떠나려고 할 때 양장이 그를 계단 아래까지 배웅하면서 쌍관어雙關語를 활용하여 한마디 했다.

"이제 나이가 많이 들었으니 앞으로는 '거꾸로 바람을 타고 오르지 마세요逆風而上.'"

이 얘기는 오늘날에는 훌륭한 미담으로 들리겠지만 사실은 중국 지식인들의 집단적인 침묵 속의 아픔을 반영하는 말이다. 우리는 이따금 "침묵은 일종의 소리 없는 반항이다"라면서 침묵에 대해 고상한 평가를 내리기도 한다. 하지만 침묵은 어디까지나 소리를 내지 않는 것이고 행동하지 않는 것이다. 아주 오랫동안 말을 하지 않으면 정말로 벙어리가 되는 것과 마찬가지로 침묵이 오래 지속되면 묵인이나 인정이 혈루에 스며들어 습관이 되기 쉽고, 이것이 기억상실이라는 국가의 악랄한 조치의 조력자가 될 수 있으며, 강제로 기억을 상실하게 만드는 사람들의 동조자나 지지자가 될 수 있다. 묵인하다보면 인민 전체가 기억상실의 늪에 빠지게 된다. 이는 어느 한 국가의 독특한 특징도 아니고 고유한 현상도 아니다. 세계의 모든 독재 및 권력 집중 국가 혹은 권력이 집중된 역사의 단계에서는 이처럼 밧줄과 쇠사슬로 언어에 대한 통제와 억압이 이루어졌고, 이로 인해 기억이 양호한 지식인들은 우선 침묵과 기억상실의 상태에 몰리며, 점차 집중된 권력에 의해 통치되고 구금되는 시간 속에서 기억상실을 민간과 사회 기층, 백성의 생활로 확대하게 된다. 그리고 지금 이 시대의 현실에 대해 아무것도 알 수 없게 된 다음에야 이런 강제적 기억상실의 대업이 막을 내리게 된다.

역사가 아주 완벽하고 아름답게 다시 쓰이게 되는 것이다.

기억상실의 방법

강제적인 기억상실은 연약한 여자에 대한 남자의 강간에 다름 아니다. 강한 남자의 폭행은 사실 뭔가 새로운 의미를 갖는 것이 아니다. 어떤 동물이 자신의 영역을 지키는 것과 마찬가지다. 이러한 방어 없이는 어떤 동물도 생존과 생명을 보장하기 어렵기 때문이다. 집중된 권력이 이데올로기에서 역사와 현실에 대한 강제적 기억상실의 방법을 사용하는 것도 집중된 권력이 집중된 권력을 공고히 하기 위해 취하는 필수적인 조치다. 하지만 오늘날 중국에서는 문제를 그렇게 두루뭉술하고 간단하게 국가와 권력의 문제로 귀납시킬 수 없다. 그 강제적 기억상실 과정에서 자발적으로 일정한 역할을 한 지식인들에게 물어야 한다. 그들이 자발적으로 점차 기억을 상실하여 최종적으로 권력이 요구하는 완전한 망각에 도달하기를 원했던 것인지 따져 물어야 한다. 이것이 바로 중국 지식인들의 다른 국가나 민족, 역사와 가장 큰 차이점이다. 작가들의 경우를 살펴보자면 구소련의 백색테러를 들 수 있다. 권력을 집중하여 독재하기 위한 목적으로 '문자옥文字獄'이라는 망각의 방법을 사용했지만 그 결과는 오히려 불가코프나 솔제니친, 파스테르나크, 아나톨리 리바코프 등 일련의 작가와 작품의 탄생이었다. 그들의 글쓰기는 권력과 제도에 대한 저항이라기보다는 기억과 망각에 대한 수정이자 치유라고 할 수 있다. 밀란 쿤데라의 『망각』은 강대한 권력이 자신

침묵과 한숨

의 국가와 민족의 기억을 훼손하고 탈취하는 문제를 직접적으로 다루고 있으며, 헝가리 작가 아고타 크리스토프의 삼부작『존재의 세 가지 거짓말』은 민족의 가장 어두운 기억을 모든 것이 밝고 환하게 비치는 구역으로 끌어낸다. 이런 일은 일일이 열거하기 어려울 정도로 많다. 하지만 중국, 오늘의 중국에서는 이미 30년 전부터 지금의 북한과 같은 나라가 아닌데도 빛으로 통하는 모든 문과 창문이 닫혀 있고 폐쇄되어 있다. 오늘의 중국은 하나의 창문(경제)만이 세계를 향해 열려 있고, 또 다른 문(정치)은 사회와 인민에 대한 권력의 통제라는 필요성 때문에 봉쇄되어 있거나 최대한 봉쇄되는 경향을 보이고 있다. 바로 여기에 문제가 있다. 기억이나 망각과 관련된 중국식 국가 기억상실의 독특성이 바로 이처럼 반쯤 닫혀 있고 반쯤 열려 있는 교묘함 속에 있는 것이다.

우선 강력한 힘을 지닌 이데올로기의 새장 안에서 반쯤 열려 있는 창문은 이데올로기에 의해 감독된다. 국가의 이데올로기를 감독하는 사람이 없어지면 국가의 이데올로기는 때와 장소를 가리지 않고 지식인들의 언행을 감시하며 입과 펜을 감독한다. 그다음에는 열린 창문으로 햇빛이 스며들어온다. 세계의 바람과 빛도 저지되지 않고 들어온다. 이런 것들이 사람들로 하여금 개혁과 개방, 진보의 느낌을 갖게 한다. 법률은 기억과 망각 사이에서 구체적인 의미를 갖지 못한다. 거의 유명무실하다. 법률은 언론의 자유를 보호하지도 못하고 뉴스와 출판의 자유, 작가들의 상상의 자유를 보장하지 못할 뿐만 아니라 기억을 잃지 않기를 바라는 사람들이 기억의 권력을 갖는 것도 보장하지 못한다. 모든 것을 영도자의 개명함과 도덕성 및 정조에 희망을 거는 수밖에 없다. 이 이미 열려 있는 문과 창문은 지식인들의 사유를 통해 변화시킨 것이라기보다는 권력이 다소 진보적일 때 하사되는 일종의 은전이라 할 수 있다. 이러한 개방은 확실히 일부 인물의 개명함과 은전에서 나온다. 사람들은 이에 너무나 쉽게 만족하면서 기억과 기억상실 사이에서의 요구를 접는다. 결국 이처럼 반쪽만 열려 있는 창문은 더 이상 특별히 권력을 향해 뭔가를 갈구하거나 호소하거나 투쟁하지 않게 된다. 그리하여 나머지 창문 반쪽을 열 수 있는 권력마저 상대에게 줘버리게 되는 것이다. 오랫동안 봉쇄된 감옥에 갇혀 있는 사람들이 설마 이미 빛과 공기가 통하는 창문이 열린 다음에 감옥 문을 열어달라고 요구할 수 있을까? 이리하여 선택적인 기억만이 이 열린 창문을 통해 떠다니고 필수적인 기억상실은 영원히 그 닫힌 반쪽 창문 뒤에 밀봉되고 만다. 이것이 오늘날 중국 작가와 지식인들이 기꺼이 선택적인 기억 하에서 글을 쓰며 강제적인 기억상실 속에서 침묵하고 망각해야 하는 환경이자 근본적 원인이다. 기억상실에 대한 자발적인 태도에는 지자智者들의 집단적인 타협이 존재한다. 집단적으로 기억을 방치한 뒤에 서로를 이해하고 이심전심으로 보살피는 것이다. 오늘날 이미 숨을 쉴 수 있는 공간이 생겼고 내일은 봄날의 좀더 맑은 바람을 쟁취하기 위한 불필요한 희생을 할 필요가 없으니, 기억할 것만 기억하고 잊어야 할 것은 잊어주자는 것이다. 말을 잘 듣는 아이가 그 군말 없이 말을 잘 들음으로 인해 더 큰 총애와 은전을 누리게 되는 것과 마찬가지다. 셋째, 기억상실에 대한 묵인과 동조는 이 국가의 부유함과 상벌에서 나온다. 기억상실에 동조하기만 하면 작가든 교수든, 역사가든 사회학자든 간에 자신에게 볼 수 있도록 허락된 것만 보고 허락되지 않는 것은 보지 않으면, 자신이 노래할 것만 노래하고 잊어야 할 것이나 기억상실의 대상이 되는 것을 묘사하지만 않으면, 권력과 역사, 현실이 필요로 하는 것만 허구로 지어내거나 가공하고 상상하여 창조해내면서 상상의 날개를 반드시 덮어두고 기억하지 말아야 할 땅과 진실의 하늘로 뻗지만 않는다면, 부와 권력과 명예를 전부 얻게 될 것이다. 그 반대의 경우에는 냉대와 금지, 심지어 감옥이 상으로 주어질 것이다. (예컨대 류샤오보劉曉波와 최근에 집 안에서 6·4집회를 기념했다는 이유로 권력 기관에 의해 '이유 없이 문제를 일으키고 도발한다'는 혐의로 체포된 철학자와 교수, 변호사 등이 이렇다.) 오늘날 중국에서 돈은 그 어떤 것보다 더 강대한 힘을 지니고 있어, 두 입술을 굳게 다물 수 있게 하고 잉크를 마르게 할 수도 있다. 문학적 상상의 날개가 돈의 힘을 빌리면 진실과 양심의 반대 방향으로 날아갈 수도 있다. 그러면 다음에는 예술과 예술가의 이름으로 당당하게 역사의 망각 속에서의 허구와 현실의 가상이 아주 튼튼하고 화려하게 건설되는 것이다. 이렇게 진상은 묻히고 양심은 단절되며 언어는 돈과 권력에 윤간당하고 만다. 그리고 권력에 의해 텅 비워진 시간이 하루 또 하루, 한 해 또 한 해 반복되면서 국가적인 기억상실의 완성을 돕고 모든 개인의 습관적 기억상실과 회의에 대한 회의를 양성하고 배양하게 된다. 회의자懷疑者들은 반드시 징벌을 받게 되고 기꺼이 허위를 만들어내고 허위를 믿는 사람들, 어둠 아래에 원래 눈부신 빛이 있었던 것은 아닌지 의심하지 않는 사람들이 모든 상과 격려를 독차지하게 된다.

이러한 국가적 기억상실의 역사적 공정이 곧 완성을 선포하게 된다.

국가적 기억상실의 전략에서 강제성은 전 세계 공통의 특성이자 서로 상통하는 전략이지만 타협과 장려는 오늘날의 중국에만 있는 독특한 특징이다. 30여 년 전에, 중국은 기억상실을 거부하는 기억자들에 대해 철저히 고압적이고 강제적인 태도를 취했지만 오늘날에는 이미 충분히 부유해진 정부가 아주 민첩하고 호방하게 거액의 뭉칫돈을 운용하여 장려 방식으로 기억 영역에서의 타협과 포기를 유도한다. 문학과 예술 영역을 말하자면 중국에는 민간이나 개인이 조직하는 국가급 상이 없다. 거의 모든 비평과 장려가 전부 당과 국가에 의해 이루어진다. 지방 기관에서 주는 상도 있지만 이 지방 기관 역시 당의 조직과 국가 체제의 관리 및 관할 대상이 된다. 따라서 모든 문학과 예술, 뉴스와 문화 분야의 상은 기억상실의 규정과 선택에 사용되는 기억 속에서 조작되고 운영된다. 이러한 상들이 절대적으로 불공평하거나 불합리하다고 말하는 것이 아니라 국가의 규정이 선택한 범위 내에서 창작하고 창조하고 상상할 수밖에 없다는 얘기다. 이러한 선택의 범위 안에 있어야만 성공하고 자연스럽게 갖가지 멋진 명예와 수상의 주인공이 되는 것이다.

중국작가협회와 중국 문련文聯, 그리고 각 성과 시에서 아래로 확장되어 각 현과 구의 작가협회와 문련의 주석, 부주석이 되려면 반드시 자신이 이 국가와 성·시·현·구에서 가장 재능이 뛰어난 작가 혹은 예술가임을 증명해야 한다. 규정과 선택에 사용된 역사와 현실, 진실의 범위 안에서 그들 가운데 다수가 침묵하는 동시에 선택한다. 모든 행위가 규정된 기억상실과 선택된 기억의 범위 안에서 이루어지는 것이다. 그들은 가장 큰 재능과 창조력을 발휘해 기억상실의 진상을 온통 흐릿하여 보이지 않게 만드는 그런 작품을 창조하고, 기억상실이 그 흐릿해진 진상에 빛과 찬미를 제공하는 작품을 써야 한다. 그런 작품이 바로 '훌륭한 작품'이 되는 것이다. 따라서 그들은 전부 작가협회나 문련의 주석, 부주석이 된다. 이러한 주석이나 부주석의 지위는 일종의 권력과 그에 대한 대우일 뿐만 아니라 좀더 큰 상황에서 자신이 종사하는 예술 창조의 성취이자 영예 및 상징이 된다. 그리하여 재능 있고 추구하는 바가 있는 작가나 예술가들이 전부 기억상실의 선택에서 타협하고 침묵하거나 심지어 묵인하고 동조하게 되는 것이다. 기억하고 싶은 사람은 기억하고 기억을 잃고 싶으면 잃는다. 하지만 기억을 선택하는 사람은 가장 홀륭한 실천자가 된다. 그 예술적 가치는 반드시 잊혀야 할 역사와 반드시 기억이 상실되어야 할 현실의 구간 사이에서 드러나고 빛날 것이다. 작가와 예술가들은 이 구역을 산보하거나 관광하면서 기억의 부스러기들을 주워 상처 하나 없이 우아하기만 한 에지볼을 쳐냄으로써 일부 사람의 존경과 갈채를 얻어낸다. 그럼으로써 작가 혹은 예술가로서의 이른바 양심과 용기를 표현하고 자신의 재능으로써 정치와 예술에서 국가의 개방성과 개명함, 그리고 창작과 창조에서 자유와 포용을 증명해내야 한다. 이러한 실질, 즉 타협의 불안과 기억상실에 대한 저항의 상징적 표현은 진정한 예술의 자유와 관계가 없다. 오히려 더 큰 문제는 작가와 예술가들이 이렇게 생각하지 않을 뿐만 아니라 어느 곳이든 그리고 어느 무대에서든 당당하게 서서 똑똑히 말하면서 자신의 창작의 자유와 가치를 증명하게 될 것이다.

문학: 기억상실에 대한 저항과 기억의 확장

최근에 스웨덴 작가이자 시인인 셸 에스프마르크는 중국에서 일곱 권짜리 장편소설 『기억상실의 시대』를 출간했다. 그 가운데 한 장의 제목이 「기억상실」로서 주인공이 사랑을 포함한 자신의 전반생에 대한 기억을 완전히 상실하고 이를 되찾으려 애쓰는 것을 내용으로

하고 있다. 이는 개인적 기억의 근원과 무근無根, 기억상실 속에서 기억을 찾는 과정과 고뇌를 묘사하고 있는 아주 독특하면서도 기묘한 소설이다. 이 소설에서는 기억이 시간 혹은 사물로 그치는 것이 아니라 일종의 생존 내지 생명이 된다. 이 소설에서 묘사하는 기억상실과 중국식 기억상실 사이에 차이점이 있다면, 중국식 기억상실은 국가의 행위로서 인민에 대한 국가 권력의 관리이자 정책이라는 점이다. 잃어버리는 것은 민족의 역사와 기억이지만 기억을 잃은 사람들은 개인적인 부와 권력과 명예를 얻는다. 자신의 기억상실을 이용하여 국가와 권력으로부터 마음을 움직이기에 충분한 대가를 취하는 것이다. 반면에 『기억상실의 시대』는 개인의 기억, 즉 자신의 잃어버린 과거 행위와 언설, 사물에 대한 기억을 회상하고 되찾는 과정을 묘사하고 있다. 작가 본인이 글쓰기 과정에서 어떤 사유와 깨달음, 상상을 가졌든 간에 이 책이 중국에서 출판된 것은 중국 독자들에게 개인의 몸에 재현된 중국식 기억상실의 표현이자 연속이라고 할 수 있다. 중국인들이 기억상실 과정에서 가장 먼저 잃는 것은 역사 속에서의 민족의 기억이다. 그런 다음 현실 속에서의 모든 사실과 진상을 잃다. 그리고 세 번째 단계로 기억을 갖는 모든 중국인이 『기억상실의 시대』에 등장하는 '나'와 마찬가지로 자신의 일생에 대한 기억, 애인에 대한 기억, 애증과 은원에 대한 기억, 즐거움과 고통에 대한 기억을 잃게 된다. 대뇌에서 기억이 차지하는 영역이 아주 깨끗한 백지로 변해 사회와 권력, 타인들이 자기 필요에 따라 역사가 어떤 것이고, 사회는 또 어떤 모습이며 나와 나의 과거, 세밀한 모습이 어떤 상태인지 말해주기를 기다리게 된다.

국가와 권력, 사회는 그들이 관리하는 인민, 즉 모든 지역과 계층, 환경에 속한 사람들의 IQ가 서너 살 먹은 유아와 같아지기를 갈망한다. 그들은 한 국가에 대한 관리가 유치원 선생이 아이들을 관리하고 가르치는 것과 같아서, 먹어야 할 때 먹고 자야 할 때 자고 놀아야 할 때 놀게 하기만 하면 아이들 얼굴에 천진하고 순박한 웃음이 피어나며, 모든 아이가 크고 붉은 꽃을 들고서 남들이 써놓은 각본 위에서 자신들의 감정을 투입하여 노래와 공연을 진행할 수 있는 것과 같아지기를 기대한다. 이런 목적을 달성하기 위해 기억을 가진 사람들은 기억을 상실하게 하고 표현할 줄 아는 사람들은 침묵하게 하며 성장하는 다음 세대는 머릿속을 깨끗하게 씻어주어야 한다. 언제든 마음대로 칠할 수 있는 백지 상태로 남겨두는 것이다. 그러고 나면 국가는 거대한 유치원이 되고, 새로 개간하여 마음대로 뭔가를 심을 수 있는 사막이나 처녀지가 된다. 하지만 유치원에도 일부 반항아가 있는 것과 마찬가지로 언제나 선생님이 하라는 대로 하는 것이 아니라 자기가 하고 싶은 대로 하려는 사람들이 있기 마련이다. 이 나라의 사정도 마찬가지다. 언제나 기억을 잃고자 하지 않는 지식인과 작가들이 있기 마련이다. 그들은 항상 자신의 발언권을 쟁취하고 상상의 날개를 쟁취하여 자신의 영혼과 양심, 그리고 예술의 경로를 따라 규정에 의해 글쓰기가 허락된 영역을 넘어 멀리 날아갈 수 있기를 원한다. 역사와 현실의 어느 구석에 서든지 기억을 담은 작품을 쓸 수 있기를 원한다.

기억이 작품의 우수성을 가늠하는 유일한 표준은 아니지만, 한 국가나 당파, 민족의 진정한 성숙도를 평가하는 대단히 유효한 척도임에는 틀림없다. 따라서 나는 작가들이 항상 아이처럼 순진한 꿈을 갖고 과거 중국의 원로 작가 바진巴金 선생이 가졌던 기억의 꿈을 이어가기를 바란다. 다름 아니라 중국에 '문혁文革기념관'을 건립하는 꿈이다. 게다가 지금 중국은 이미 개혁개방 30년의 역사를 갖고 있기 때문에 거대한 포용과 자기반성 및 기억의 능력을 갖기에 충분히 성숙하고 발전해 있다. 그렇다면 단순히 누군가 문혁기념관을 건립하고자 하는 생각을 하는 것(지금은 이런 기념관 건립에 관한 건의조차 찾아볼 수 없다)으로 그칠 것이 아니라 가장 넓고 관광객도 가장 많은 베이징의 톈안먼天安門 광장에 '민족의 기억상실비'를 하나 건립해 어느 역사 시기 이래로 잊힌 중국의 모든 상처와 고통, 기억을 새기는 것도 바람직할 것이다. 이러한 기억에는 반우파 투쟁과 대약진운동, 3년 기아재난 등 인류의 재난과 10년 동안 몸부림치면서 전 세계를 뒤흔들었던 문화대혁명, 1989년의 학생운동 등이 포함되어야 할 것이다. 1949년 건국 이후에만 50여 차례가 넘는 갖가지 유형의 혁명운동이 중국을 휩쓸었는데, 이 온갖 유형의 민족적 재난을 눈에 가장 잘 띄는 광장에 새겨 모든 사람에게 알려야 한다. 중국인은 물론, 세계의 모든 인류에게 알려야 한다. 중국

민족이 이미 성숙하고 발전했으며 감히 모든 걸 기억하고 기록할 수 있음을 밝혀야 한다.

이는 진정으로 위대하고 존경받을 만한 일이 될 것이고, 세계의 모범이 될 것이다.

3장

'다른 중국'의
비천함과
문학

우아하고 조용한 교정과 뛰어난 영재들이 가득한 홍콩의 대학에 오니 세상과 단절된 듯한 황홀감에 빠지게 된다. 문득 1600년 전 중국 동진東晋 시기의 시인 도연명陶淵明의 시구가 생각난다. "동쪽 울 밑에서 국화를 꺾어 들고, 멀리 남산을 바라보네采菊東籬下, 悠然見南山." "속세의 그물에 잘못 빠져, 단번에 30년이 지나가버렸네誤落塵網中, 一去三十年." 또 도연명의 '도화원桃花源'을 생각하니 우리 인류의 가장 아름다운 유토피아가 생각난다. 정말로 "오늘 저녁이 어느 시대인지 모르고" "타향을 고향으로 착각했네"라는 문구가 실감난다. 이와 동시에 이 자리에 서니 문득 중국의 홍콩이 생각난다. 홍콩과학기술대학이 있는 바다와 산맥, 건축물들, 그리고 학문과 인재 양성에 힘쓰고 있는 예리하고 뛰어난 스승과 학생들이 생각난다. 그래서 오늘은 홍콩을 화두로 얘기를 시작하고자 한다.

올해 초에 나는 홍콩과학기술대학에 객좌교수로 초빙되어 글쓰기를 가르치게 되었다. 이 학교는 산수가 아름답고 교수진과 학생 모두 뛰어난 인재들인 데다 상대적으로 강의는 부담이 없는 편이었다. 덕분에 나는 그곳에서 '도화원' 같고 유토피아 같은 아름다운 생활을 누릴 수 있었다. 책 읽고 글 쓰고 강의하는 과정에서 학생들과 토론하다보니 인생이 한창 봄날을 맞은 것 같았다. 바로 이런 봄날 온갖 꽃이 요염한 자태를 뽐내는 5월의 어느 날 밤, 나는 새벽 다섯 시까지 아주 깊이 잠들었다가 전화벨 소리에 깼다. 아름다운 꿈에 편안하고 여유 있게 취해 있을 때, 머리맡의 휴대전화가 울린 것이다. 벨 소리는 내가 받지 않고 머뭇거릴수록 더 긴박하게 반복해서 울렸다. 결국 더는 참지 못하고 몹시 짜증스러운 기분으로 일어나 앉아 전화를 받았다. 중국 허난성河南省 내지內地 나의 고향에 있는 누님에게서 걸려온 전화였다. 무슨 일인지 묻자 누님은 어머니가 어젯밤에 꿈을 꾸셨는데, 꿈속에서 내가 글쓰기 때문에 아주 큰 잘못을 저질러 엄중한 처벌을 받고 감옥에 갇혔다고 했다. 몹시 두려워하며 무릎을 꿇고 앉아 살려달라고 머리를 땅바닥에 대면서 연신 개두蓋頭를 하고 있더라는 것이다. 그 결과 이마 위에는 선혈이 낭자하고 하마터면 혼절하여 죽을 뻔했다는 것이다. 그래서 어머니가 누님에게 날이 채 밝기도 전에 내게 전화를 걸어 대체 어떻게 된 일인지 물어보라고 했다는 것이다.

마지막으로 누님은 내게 별일 없느냐고 물었다.

아무 일 없다고 하자 누님은 그럼 됐다고 말했다.

그러고는 정말 아무 일 없는 거냐고 되물었다.

　　　　　　　　　　　　　　　　　　침묵과 한숨

나는 정말 아무 일도 없다고, 모든 것이 다 순조롭기만 하다고 말했다.

대화를 마치고 누님은 전화를 끊었다. 하지만 바로 그 순간부터 내가 처음 글을 쓰기 시작할 때의 일들이 떠오르기 시작했다. 소설 속에서 나는 나의 고향이 중국 송나라 때 이학理學의 거두였던 정호程顥와 정이程頤, 그리고 그 후손들의 고장이라고 썼다. 하지만 정씨의 후예들은 내가 자신들의 조상을 가공송덕歌功頌德하지 않았을 뿐만 아니라 이 두 대학자를 풍자했다고 판단하고는 정씨 후손을 여럿 모아 우리 집으로 몰려와 보복함으로써 '글 쓰기 좋아하는 그 녀석'에게 교훈을 주어야겠다고 마음먹었다. 그 뒤로 내 가족과 친구들은 모든 통로를 동원하여 정씨 집안 후손들에게 사과하면서 그들과의 관계를 회복하려 노력했다. 결국 이 일은 큰일에서 작은 일로 축소되었고, 이내 없던 일이 되었다. 이어서 나는 또 어떤 소설에서 다리에 장애가 있어 걸음이 불편한 인물을 묘사한 적이 있다. 이 인물 묘사를 책 읽기 좋아하는 고향의 한 독자가 읽고는 소설 속 인물이 촌장의 아들임에 틀림없다고 떠벌리기 시작했다. 촌장 아들에게는 정말로 다리에 장애의 흔적이 있어 걸음을 걷는 데 약간 불편함을 느꼈다. 그리하여 촌장은 몹시 화가 났다. 내가 설을 맞아 고향에 내려갔을 때, 어머니는 이 일로 인해 전전긍긍하면서 나를 위해 술과 담배 등의 선물을 준비하셨다. 그러고는 형에게 나를 데리고 촌장 집에 가서 사과를 하라고 하셨다. 나는 그해 섣달그

믐날 저녁의 그 일을 뚜렷하게 기억하고 있다. 촌장은 침대맡에 앉아 담배를 피우고 있었고 나와 형은 함께 그의 침대맡에 시립한 채 해명하고 사과하면서 소설에 쓴 내용은 우리 마을 사람들의 생활과 전혀 관계없는 완전한 허구라고 설명했다. 하지만 촌장은 담배를 피우고, 피우고 또 피웠다. 한마디 말도 하지 않고 우리를 거들떠보지도 않았다. 이리하여 방 안에는 질식할 것 같은 느낌이 가득했다. 나는 우리 형이 질식하여 촌장네 집에서 혼절해 쓰러질까봐 두려웠다. 시간은 그렇게 아주 느리고 무겁게 늘어져 있었다. 아예 멈춰 있는 것 같았다. 나와 형은 죽은 것 같기도 하고 산 것 같기도 했다. 매 순간이 무한히 늘어지고 있었다. 결국 나는 촌장에게 앞으로의 글쓰기에서는 우리 고향이나 마을과 조금이라도 관련 있는 안 좋은 일은 절대 쓰지 않겠다고 말했다. 좋은 것만 쓰고 안 좋은 것은 절대 쓰지 않겠다고 약속했다. 촌장은 침대맡에서 담배를 비벼 끄고는 가볍고 낮은 목소리로 아주 힘 있게 한마디 던졌다.

"그만들 돌아가게."

이리하여 나와 형은 중죄를 사면받기라도 한 것처럼 마침내 긴 안도의 한숨을 내쉬면서 촌장의 집을 나설 수 있었다.

촌장네의 높고 큰 집에서 나오면서 나와 형은 중국 시골의 섣달 그믐날 밤에 벤파오 터지는 소리가 끊이지 않는 마을 어귀를 맴돌았다. 바로 그때, 그 벤파오 소리 속에서 형이 긴 탄식을 내뱉었다. 죽었다가 되살아난 사람의 맥없는 한숨이었다. 나는 불빛과 폭발음으로 가득한 설 전야에 추위와 고독과 적막이 바닷물처럼 그 막막한 빛 속에서 나를 삼켜버리는 듯한 느낌을 받았다. 그리고 이때부터 내 글쓰기는 영원히 뭔가를 피하고 뭔가를 감추기 시작했다. 유년의 아이가 겁에 질려 외롭고 조심스럽게 길을 가면서 발밑에 뱀이 있지나 않을까, 하늘에 매가 있지나 않을까, 갑자기 길 위에 늑대나 개, 혹은 방어하기 어려운 또 다른 들짐승이 나타나지나 않을까 걱정하는 것 같았다. 이때부터 나는 인생의 길에서 갈수록 뭔가를 두려워하게 되었다. 무슨 일이 빈번하게 일어나는 것을 경계하게 되었다. 나는 줄곧 자신의 글쓰기가 뭔가를 쓰고 있는 상태가 아니라 쓰지 못하는 상태에 놓여 있다는 것을 느꼈다. 줄곧 뭔가를 생략하고 뭔가를 회피하고 있었다. 나의 일생의 글쓰기는 항상 쓰지 않을 수 없고, 생략할 수 없고 도피할 수 없을 때 비로소 어쩔 수 없이 펜을 잡고 무력감에 젖은 상태에서 이루어졌던 것 같다. 그렇기 때문에 나는 종종 나의 예술은 나의 작품 속에 있는 것이 아니라 나의 작품 밖에 있다고 진지하게 말하곤 했다. 그럼에도 불구하고 나는 끊임없이 쟁론의 대상이 되었고 나의 출판과 발표는 금지되었으며 반평생 동안 시기를 달리하여 일고여덟 권의 책이 나의 모국어의 국가와 독자들을 만날 수 없었다. 독자들이 읽을 수 있는 책들도 매년 매달 주위 사람들을 불안하게 했다. 거의 모든 작품의 출판이 내 가족과 친구, 양심과 지성으로 무장한 훌륭한 출판인들을 여러모로 난처하고 불편하게 만들었으며 몹시도 마음을 졸이게 했다. 이렇게 1, 2년, 3, 4년 내지 10년, 20년, 31년의 세월이 흐르는 동안 반평생의 문학이 모두 이런 상황을 겪으면서 완성되었다. 그리고 이 때문에 2014년 초의 그날 밤, 어머니가 꿈에서 내가 글쓰기를 통해 하늘의 분노를 유발하여 누군가에게 무릎 꿇고 용서를 구하면서 개두를 하다가 머리가 깨져 피 흘리는 꿈을 꾸시고는 한밤중에 누님에게 전화를 걸라고 시키셨던 것이다.

그리고 그 한 통의 전화는 내게 '비천한 문학'이라는 하나의 단어가 생각나도록 했다.

비천한 문학

이때부터 '비천함'이라는 단어와 '비천한 문학'이라는 단어가 나의 뇌 조직 깊은 주름 위에 칼로 새겨놓기라도 한 듯 하루 또 하루, 매분 매초 문학을 생각할 때마다 떠올라 사라지지 않을 뿐만 아니라 갈수록 더 선명하고 날카로워지기 시작했다. 벽돌로 된 벽에 박힌 못 같았다. 붉은 벽돌은 이미 썩어 문드러지기 시작했지만 녹슨 못은 선명하게 벽 위에 튀어나와 있는 것 같았다. 그리고 지금, 여기서서 이렇게 강연을 하고 있는 순간에도 '비천'이란 단어와 '비천한 문학'이라는 단어가 내 머릿속에서 웅웅거린다. 벌떼가 집 주위를 맴도는 것 같기도 하고 이른 아침 새들의 울음소리를 듣는 것 같기

침묵과 한숨

도 하다. 이렇게 나는 아시아 일본의 가장 오래되고 가장 위대한 소설『겐지 모노가타리源氏物語』와 중국의 가장 위대한 소설『홍루몽』을 생각하게 되었다. 두 작품은 글쓰기와 의미에 있어서 유사한 점이 아주 많다. 지금 우리는『겐지 모노가타리』의 저자인 무라사키 시키부紫式部가 어떻게 자신의 글쓰기를 논했는지 알지 못한다. 하지만『홍루몽』의 저자 조설근은 아주 분명하게 후인들에게 밝힌 바 있다. 그가 이 작품을 쓴 목적은 "한 가지 재주도 없이 반평생을 영락하여 살았기一技無成, 半生潦倒" 때문에 "책을 한 권 써서, 세상의 눈을 즐겁게 하고 사람들의 근심을 덜어주는編訴一集, 悅世之目, 破人之愁" 것이었다. 이로써 우리는 두 사람의 위대한 작품을 통해 마침내 무라사키 시키부든 조설근이든 간에 그들의 글쓰기에는 대단히 분명한 목표가 있었다는 것을 알 수 있다. 다름 아니라 세상 사람들의 눈을 즐겁게 해주고 사람들의 근심을 없애주는 것이다. 이러한 글쓰기 이념을 오늘날의 중국 문학 혹은 중국 작가들과 비교해보면, 글쓰기와 관련하여 무라사키 시키부와 조설근은 인생의 자기비하가 전혀 없었을 뿐만 아니라 문학의 비천함도 없었다는 것을 분명하게 느낄 수 있다. 오히려 그들은 자신감으로 충만했고 문학의 존엄과 문학의 숭고함을 굳게 믿고 있었다는 것을 알 수 있다.

하지만 오늘날의 중국 문학에서는 어떤 작가도 천부적인 재능에 있어서 무라사키 시키부나 조설근과 함께 거론될 수 없을 뿐만 아니라 문학의 이념이나 존엄에 대해서도 이처럼 숭고한 믿음을 갖고 있지 않다. 누가 또 감히 자신의 글쓰기가 '세상의 눈을 즐겁게 하고 사람들의 근심을 덜어주기 위한 것'이라고 말할 수 있을까? 문학이 현실을 마주하고 작가가 국가 및 권력을 마주하고 있을 때, 문학과 작가의 비천함을 느끼지 않을 수 있는 사람이 얼마나 되겠는가? 오늘날의 중국에서 작가와 문학이 정말로 먼지 속으로 들어가서도 숭고함을 느낄 수 있고 사회 발전과 함께 다른 사람들보다 앞서나갈 수 있을까?

오늘 우리는 여기서 어떤 문학을 얘기하고 있고, 그 문학의 가능성을 얘기하고 있다. 공간을 바꿔 중국으로 돌아가보면 훨씬 더 많은 사람의 모습이 개미나 벌레, 날아다니는 나방늘이 빛을 숭배하여 달려드는 것처럼 보일 것이다. 조지 오웰의 『동물농장』에 나오는 동물의 영령들처럼 미래에 대한 슬픔과 동경을 안고 있는 것처럼 보일 것이다. 게다가 오늘날 중국 문학의 이상과 꿈, 숭고함, 인간에 대한 인식, 사랑과 자유, 가치, 감정, 인성, 영혼의 추구는 현실 속에서 돈과 이익, 국가, 이념, 권력 등과 한데 뒤섞여 분리가 불가능할 것이고, 분리가 허용되지도 않을 것이다. 그리하여 오늘날 중국의 현실에는 한 가지 유형의 작가와 문학만 존재하여 분명하게 시의에 맞지 않는 모습을 드러내고 있다. 들풀과 도시의 중앙공원, 가시덤불과 도시 폐부의 숲, 거칠고 비천한 황야와 먼 교외처럼 서로 어울리지 않는 모습을 보이고 있는 것이다. 사람들은 이런 작가들과 문학이 중국의 현실과 대지에서 상당한 지위를 점유하고 있는 것을 느낄 수 있을 것이다. 지금, 중국의 문학이 진정으로 세계 문학의 일부를 구성할 수 있는 문학이든 아니면 그저 아시아 문학의 일부일 뿐이든 간에, 이런 문학의 적지 않은 작가가 이러한 부분과 구성 속에서 무력하고 비천하게 글을 쓰고 있다. 모든 것이 왕성한 태평성대에 '간장을 팔면서'* 성대한 집회의 주변을 지나쳐 가는 사람들과 다르지 않다. 국가에 대해 이러한 문학은 거대한 화원에 자라난 몇 포기 들풀에 지나지 않는다. 예술에 대해 이러한 문학은 작가 개인의 생존이자 호흡에 지나지 않는다. 확실히 말하건대, 나는 중국의 현실이 우리가 말하는 문학을 필요로 하는지조차 알지 못한다. 문학 창작이 중국의 현실 속에서 어느 정도의 의미를 갖는지도 알 수 없다. 이는 사람이 살아가는 것이 어떤 힘 있고 필연적인 죽음을 마주해야 하는 것과 같다. 존재와 무의미, 출판의 실패와 글쓰기의 막막함, 그리고 여기에 더해 거대한 시장과 매체의 조작, 현실 속에서의 문예 정책과 그 규제 및 제한을 마주해야 한다. 이리하여 중국 현실 속에서는 작가들의 글쓰기에 거대한 비천함이 형성된다. 하지만 비천하기 때문에 더욱더 글을 써야 한다. 비천함 때문에 비로소 글을 써야 한다. 비천함 때문에 글을 쓰는 수밖에 없다. 이리하여 또 사람들이 쉽게 무시하고 생략하는 순환의 역설이 이루어진다. 작가는 비천하기 때문에 글을 써야 하고 글을 쓰기 때

• 중국의 인터넷 용어로 정치를 비롯한 사회의 민감한 주제에 관해서 얘기하지 않고 자신과 무관한 일에 대해서는 아예 아는 것도 없고 관심을 보이지 않는 경향을 의미한다.

문에 비천하다는 것이다. 글을 쓸수록 더 비천해지고 비천해질수록 더 글을 써야 한다. 이는 돈키호테가 스페인 대지의 풍차와 마주하고 있는 것과 같다. 풍차는 돈키호테를 위해 생겨났고 돈키호테는 풍차를 위해 나타난 것과 같다. 하지만 그 의미는 무엇일까? 이러한 풍차와 돈키호테의 공생공존의 의미는 어디에 있는 것일까?

설마, 정말로 무의미가 의미인 것일까?

10년 전에 나는 장편소설 『딩씨 마을의 꿈丁莊梦』과 『풍아송風雅頌』을 처음 발표하면서 자각적이고 엄격한 자기 검열을 거치고서도 또 한 차례 심사를 거쳐야 했다. 하지만 이제 와서 이 작품들의 창작과 출판을 돌이켜보면 도대체 그 안에 예술적 생명의 숙성이 얼마나 담겨 있었는지 의심하게 된다.

유럽과 미국, 한국, 일본, 북한을 제외한 대부분의 국가와 지역에서 내가 가는 곳마다 만나는 독자와 학자, 전문가와 언론 종사자들은 항상 중국의 언론 자유와 출판 검열에 관해 매우 비상한 관심을 보인다. 이럴 때마다 중국 작가들은 세계 문학의 고아가 되어 사람들에게 연민과 동정, 비애의 대상이 되는 듯한 느낌을 떨칠 수 없다. 그런 까닭에 나는 이에 대해 중국 문학에 관심을 갖고 있는 세계의 모든 동인에게 가족과 같은 따스한 마음과 감동을 갖는다. 정말 고맙고 또 고맙게 생각한다. 하지만 이와 동시에 끊임없이 사람들에게 강조하여 설명하고 싶은 것이 있다. 중국 작가들에게는 심사를 받는다는 것이 일종의 금고이자 구속이고 부자유로서, 양심을 가진 모든 작가와 지식인들이 이를 탈피하기 위해 분투하고 생명이라는 목표마저 불사해야 하지만, 이로 인해 발생하는 또 다른 문제를 소홀히 할 수 없다는 점이다. 다름 아니라 왜 러시아, 즉 구소련 작가들은 죽음의 총구 앞에서, 백색테러 하에서, 시베리아의 유배지로 가야 하는 운명 속에서도 『수용소 군도』(솔제니친)나 『닥터 지바고』(파스테르나크), 『거장과 마르가리타』(미하일 불가코프), 『삶과 운명』(바실리 그로스만) 같은 진실과 진상을 담은 예술의 걸작을 써낼 수 있었던 데 비해 중국인들은 왜 구소련이나 러시아와 똑같은 재난을 충분히 당했는데도 그런 작품을 써내지 못했는가 하는 문제다.

특히 사회가 오늘날까지 발전하면서 중국 문학은 엄격한 검열 제도 하에 있지만 오늘날 중국 작가들의 글쓰기와 중국 사회의 생태 환경은 수십 년 전의 '문화대혁명'이나 '반우파투쟁'과는 전혀 다른 모습을 보이고 있다. 게다가 구소련의 백색테러나 시베리아의 유배지도 없다. 그런데도 중국은 여전히 솔제니친이나 파스테르나크 같은 작가들을 배출하지 못했고 불가코프나 레이바코프, 그로스만 같은 작가들도 찾아볼 수 없다. 혹자는 여기서 모두 이런 작가들이 대부분 정치와 지나치게 얽혀 있고, 이것이 예술의 창조에 대해서는 새로운 속박으로 느껴질 수도 있다고 말할지도 모른다. 그렇다면 14억 인구에 수천 년의 문화적 숙성을 지닌 오늘날의 중국은 왜 톨스토이나 도스토옙스키, 체호프 같은 작가를 탄생시키지 못하는 것일까? 왜 카프카나 조이스, 프루스트, 베케트, 카뮈, 나보코프, 마르케스, 보르헤스, 그리고 모리 오가이나 나쓰메 소세키, 아쿠타가와 류노스케, 가와바타 야스나리, 미시마 유키오 등 현대 일본의 위대한 작가들 같은 인물을 배출하지 못하는 것일까? 왜 오늘날의 중국에는 과거 루쉰이나 샤오홍蕭紅 같은 작가가 더 이상 배출되지 못하고 과거의 선충원沈從文이나 장아이링張愛玲 같은 작가도 더 이상 나타나지 않는 것일까?

물론 모든 시대는 그 시대의 차이로 인해 서로 다른 작가와 작품들을 가질 수밖에 없다. 하지만 오늘날 중국의 시대와 현실, 역사와 현재의 가능성은 전 세계가 다 알고 있고 그 독특함은 유일무이하다고 할 수 있다. 그 풍부하면서도 끊임없이 변하고 괴탄스러우면서도 왕성한 양상은 세계의 모든 눈이 지켜보고 있다. 나는 인심의 복잡함과 세상사의 부조리성, 무한히 변화하면서도 안정되고 고유한 중국의 이런 모습이 제도에서 현실, 현실에서 역사, 사회에서 인심에 이르기까지 전부 20세기가 21세기 인류에게 남겨준 거대한 기관奇觀이라고 생각한다. 국가도 기이하고 사람들도 기이하다. 국가도 독특하고 사람들도 독특하다. 한마디로 말해서 순수 문학의 입장에서 오늘날의 중국을 관찰하고 사유해보면, 아무런 정치적 혹은 도덕적 기준 없이 오늘날의 중국과 중국인을 판단해보면, 어쩔수 없이 다음의 몇 가지 결론을 얻게 된다.

1. 오늘날의 중국은 전 세계에서 가장 독특하고 유일무이한 국

가다.

2. 오늘날 중국식 중국 시대는 전 세계에서 가장 독특하고 유일무이한 시대다.

3. 오늘날의 중국인은 전 세계에서 가장 독특하고 유일무이한 '중국식 인류'다.

이리하여 한 가지 개념 하에 두 가지 실재가 존재하게 된다. 한 가지 개념은 '다른 중국'이고 두 가지 실재는 '다른 시대'와 '다른 중국인'이다. 다시 말해서 '다른 시대' 속의 '중국'과 다른 시대 속의 '중국식 인류'가 존재하는 것이다. 그렇다면 이에 상응하는 문학은 어떨까? 솔직하게 말해서 중국 작가들은 이 세상에 유일무이한 '다른 중국'의 중국식 소설을 써내지 못했다. 중국에는 중국이라는 나라와 중국의 역사, 중국의 현실 그리고 '중국식 인류'에 부합하는 중국 문학이 존재하지 않는다.

오늘날 이 '다른 중국'과 여기에 소속된 14억의 사람들 가운데 매일 발생하는 이야기들은 100권의 위대한 명저나 거작으로도 수용하거나 상상하기 어렵다. 하지만 우리는 매일, 매년, 수십 년 동안 이 '다른 중국'에 부합하는 한 권 혹은 몇 권의 『전쟁과 평화』나 『죄와 벌』 『율리시스』 『잃어버린 시간을 찾아서』 『성城』 『백년의 고독』 『세설細雪』 『고도를 기다리며』 『아Q정전』 『변방의 성边城』 『후란하전 呼蘭河傳』 같은 소설을 써내지 못했다. 내가 말하고자 하는 것은 오늘날의 중국에는 전체 인류와 다르면서 또 전체 인류의 일부로 속해 있지만 다른 민족과 언어, 국가에 속하지 않는 이야기가 무수하고, 세계 문학에 속하지만 다른 언어와 문화, 민족국가에 속하지 않는 인물이 무수한데도, 사실 중국 작가들은 인류와 세계 문학에 속한 가장 독특하고 고유한 '다른 중국'의 '중국 이야기'와 '중국인'을 써내지 못했다는 점이다.

'다른 중국', 즉 오늘의 중국은 문학적 의미에서 말하자면 이미 루쉰이 살았던 민국과 아Q의 시대에 속하지 않는다. 또한 진정으로 1949년 이후의 마오쩌둥 시대와 개혁개방 시기인 덩샤오핑 시대에도 속하지 않는다. 중국이 이처럼 과거와 다르게 복잡하고 부조리하게 변화함에 따라 중국 작가들은 과거와 달리 방대하고 풍부하며 깊이 있는 '중국 이야기'와 이런저런 '중국식 인류'로 분류되는 문학 인물들을 갖게 되었다. 하지만 중국 문학은 이 유일무이한 '다른 중국'과 '다른 시대'에 직면하여 다른 중국의 위대한 이야기를 갖지 못하고 있다. 적어도 지금은 문학이 가장 중국적인 것들을 말하지 못하고 있다. 또한 작가들도 가장 중국적인 '다른 중국'의 '중국인'들을 써내지 못하고 있다.

이렇게 된 이유는 무엇일까? 또 이런 상황을 어떻게 인식해야 할까?

나는 여기에 다음의 몇 가지 문제가 있다고 생각한다.

1. 정도는 다르겠지만 세계 전체의 문학이 인류 문화의 창조 과정에서 쇠락의 길로 접어들었다. 그리고 중국 문학도 필연적으로 이러

한 쇠락의 일부분일 수밖에 없다.

2. 중국은 지금 왜곡과 변형, 불규칙, 새로운 상태의 기형기崎形期에 처해 있어 돈과 시장, 권력, 신매체인 인터넷이 시대를 주도하고 있다. 중국인들에게는 다른 중국의 위대한 '신중국 문학'과 문학 속의 '중국식 인류'의 창조와 생산이 전대미문의 유혹 및 압박을 형성하고 있다.

3. 부인할 수 없는 사실은 중국 문학 전체가 자유와 여유로운 상상, 창작의 생태 환경을 결여하고 있다는 것이다.

이런 문제들이 오늘날 중국 문학의 상승과 발전, 창조의 병목을 형성하고 있다. 하지만 여기서 내가 진정으로 하고 싶은 말은 이 시대에 중국 작가들이 확실히 글쓰기 과정에서 갖가지 장애와 병목, 불가능에 마주치게 된다는 것이다. 그러면서도 인정하고 넘어가지 않을 수 없는 사실은 우리가 지금 지난 100년 이래 문학의 창작 자원(다른 것이 아니라 바로 창작의 자원이다)에 있어서 가장 훌륭하고 가장 풍부한 시기를 맞고 있으며, 반세기 이래로 글쓰기의 생태가 상대적으로 양호하고 상대적으로 느슨한 완충기에 도달해 있다는 것이다. 하지만 글쓰기 환경이 상대적으로 완충적이고 느슨하며 글쓰기 자원이 절대적으로 풍부한 '다른 중국'의 시대에 우리는 왜 세계적으로 가장 훌륭하고 가장 풍부하며 가장 중국적인 '다른 중국'의 작품을 써내지 못하는 것일까?! 오늘날의 중국과 오늘날의 중국식 인류는 일찍이 세계에서 유일무이한 국가와 민족이었고 유일무이한 중국인이었는데 왜 문학에서는 진정으로 오늘날 지금의 가장 고유하고 독특한 중국 이야기와 중국 인물을 말하지도 못하고 써내지도 못하는 것일까? 왜 가장 고유하고 독특한 중국 문학을 생산해내지 못하는 것일까? 그 원인을 따져보면 상술한 중국의 국정國情과 전통, 문화, 현실, 작가들에 대한 검열의 구속 외에 한 가지 더 거론할 수 있는 것은 검열에 대한 작가들의 자각과 적응, 그리고 검열과 심사 이후에 자신도 모르게 수반되는 자기 검열의 본능이다. 여기에 더하여 오랜 세월이 흐르는 동안 작가들이 검열에 적응하고 익숙해지면서 인간과 현실, 역사, 시대에 대한 통찰력과 개인의 파악 능력을 상실하게 된 것도 또 다른 원인으로 지적할 수 있을 것이다. 다시 말해서 이는 중국 문학이 현실의 비천함과 비천한 소원을 대하는 본능이라고 할 수 있다. 이처럼 문학이 비천한 시대에 살면서 그러한 비천함에서 깨어 나온 작가는 아주 적다. 이는 개미(작가들)가 자동차(현실)에 깔린 뒤에도 여전히 살아 있을 때, 살아 있음 때문에 자신의 앞길을 믿는 것과 같다. 한 마리 새가 어느 하늘에서 또 다른 하늘로 날아간 다음에 끝없는 바다나 북극을 포함한 모든 하늘이 자신의 하늘이라고 믿는 것과 같다. 그리하여 대지를 마주하여 개미는 비천함을 모르기 때문에 자신이 비천하다는 느낌이 없고 우주를 마주하여 새는 자신의 작고 미미함을 모르기 때문에 자신이 작고 미미하다는 느낌이 없다. 그리고 문학, 중국의 문학은, 오늘날의 이처럼 괴탄하고 복잡하고 풍부하고 독특하고 유일무이함을 마주하여 때로는 인류의 웃음거리가 되고 때로는 또 인류가 존중하는 '다른 중국'의 중국식 시대와 현실, 역사 속에서의 중국식 인류가 되고 있다. 중국 문학은 파악의 가능성과 능력을 거의 상실해가면서 또 느끼지도 못하고 알지도 못하는 사이에 완전히 자기도취에 빠져 있다. 그런 까닭에 중국 문학에는 '다른 중국'과 '다른 시대'를 마주한 문학의 비천한 느낌이 없다.

작가와 문학이 현실 속에서 그렇게 비천하다는 느낌을 갖지 못한다.

중국 문학은 세계에 독특하고 유일무이한 중국 이야기를 써내지 못한 것에 대해 스스로 비천함을 느끼지 못하고, 독특하며 유일무이한 다른 인류의 중국식 시대에 처해 있으면서도 과거 루쉰이 당시의 중국인인 '아Q'를 써냈던 것처럼 오로지 오늘날의 다른 인류인 중국인을 써내지 못한 데 대해 마땅히 느껴야 하는 자괴감을 느끼지 못한다. 문학이 바로 '다른 중국'의 비천한 시대에 처해 있지만 나를 비롯한 수많은 작가가 그 안에서 깨어 나오지 못하고 있다. 이것이 글쓰기라는 행위 자체에 있어서 좋은 일인지 안 좋은 일인지는 알 수 없다. 어쩌면 셰익스피어가 자신이 위대한 작품을 써낼 수 있는 위대한 재능을 갖고 있었다는 사실을 몰랐던 것처럼 중국 작가들이 비천한 시대에서 깨어 나오지 못했기 때문에 위대한 중국 이야기를 써내게 될지도 모른다. 하지만 필경 셰익스피어 같은 천재는 소수 중에서도 소수이고 비범한 인물 중에서도 비범한 인물이다. 더 많은 위대한 작가의 위대한 작품은 깨어나려는 노력 중에서 생산될 수 있다. 따라서 나 자신의 문학, 나 개인의 글쓰기로 돌아와봤을 때, 거론할 가치도 없는『사서四書』와 방금 완성한『작렬지炸裂志』등 지난 10년 동안의 글쓰기에서 나는 한 작가가 다른 중국의 역사와 현실, 그리고 가장 독특하고 고유한 세계에서의 중국식 인류 속의 중국인에 직면하여 통찰과 파악이 불가능한 무능력의 상태를 체감하게 된다. 일련의 글쓰기와 출판, 책 읽기와 비평이 사실은 한 작가가 '다른 중국'의 가장 중국적인 중국식 이야기 및 중국식 인류에 직면했을 때의 힘을 쓸 수 없는 무능과 비천함을 형성한다는 것을, 돈키호테가 풍차와 끝없이 대치하고 타협하며 또 대치하고 타협할 때의 어찌 할 수 없고 해결되지 않는 관계를 형성한다는 것을 체감했다. 결국에는 그 작가가 '다른 중국'의 중국 이야기와 문학 속의 오늘날의 중국인에 대해 통찰하고 파악하여 승리하는 것이 아니고, 풍차가 돈키호테를 상대로 승리하는 것도 아니며, 그 작가와 돈키호테가 자신의 생명에 대한 싸움에서 승리하는 것이다. 작가가 자신의 글쓰기가 '다른 중국'의 중국 이야기와 중국식 인류 속의 중국인을 마주할 때의 예술 가치 및 예술의 생명을 의심하게 되는 것이다.

스페인의 그 땅에는, 바람이, 쉬지 않고 불어댈 것이며, 풍차는 멈추지 않고 돌아갈 것이다. 그리고 돈키호테는 아직 살아 있다면 자신의 생명과 기력이 완전히 소진될 때까지 풍차와 대지를 향한 도

발을 계속하고 있을 것이다. 시간 앞에서의 생명은 낙엽이 추풍과 겨울의 추위 속에 있는 것과 같다. 그리고 예술은 시간과 대지 앞에서 사람이 묘지의 아름다움을 마주하고 있는 것과 같다. 이처럼, 여기서, 세계 각지에서, 모두가 가장 익숙해진 의문을 마주하여 나는 항상 얼굴에 미소를 띠면서 성실하고 돈후한 자세로 말한다. 지금 중국은 아주 좋습니다. 정말로 많이 좋아졌어요. 30년 전이었다면 문학을 위해, 예술을 위해, '써서는 안 되는 것들'을 쓰지 않기 위해 감옥에 갇히거나 머리가 잘리거나 처자식들과 강제로 이별하거나 죽임을 당해야 했을 겁니다. 하지만 지금 저는 아주 멀쩡하게 여기 서 있지 않습니까? 강연도 하고 유람도 하고 여러분과 웃으면서 이야기도 나누고 식사를 하면서 문학과 예술을 논할 수 있지 않습니까? 하지만 동시에 나는 항상 아주 분명하게 나를 비롯한 일부 중국 문학 작가가 '다른 중국'의 글쓰기 곤경에 직면하여 타협의 자세로 예술을 현실과 국가, 집단, 권력과 검열에 양보하고 있다는 점을 밝힌다. 좀더 중요한 것은 우리 자신이 '다른 중국' '다른 시대'에 살면서 이처럼 거대하고 힘 있는 '다름', 즉 '다른 중국'과 '다른 시대', 오늘날 중국식 인류 속의 중국인의 거대한 차이와 존재를 소홀히 하고 있다는 것이다. 한마디로 말해서 우리가 위대한 작품을 써내지 못하고 있는 가장 우선적인 원인과 문제는 우리 자신에게 있다. 문학이 거대한 '다른 중국' '다른 시대'의 놀라울 정도의 비천함을 마주하고 있다는 사실을 스스로 인식하지 못하고 있다. 작가들이 이처럼 '다른 중국'의 비천함에서 진정으로 깨어 나오지 못하고 있는 것이다.

그렇다면 나는 그런 비천함에서 깨어 나왔을까?

나는 진정으로 문학이 마주하고 있는 '다른 중국' 현실의 비천함과 존재를 제대로 인식하고 있는 것일까?

그렇다. 나는 확실히 문학이 이 '다른 중국' '다른 시대'의 놀라울 정도의 비천함 속에 있다는 것을 분명하게 인식하고 있다. 하지만 이런 인식은 최근의 글쓰기에서야 비로소 분명해지기 시작했다. 좀더 정확히 말하자면 그런 인식은 연초에 누님에게서 그 전화를 받은 뒤부터 좀더 뚜렷하고 분명해졌다. 심지어 그런 인식은 이런 글을 쓰는 동안에도 내 머릿속에서 더욱 뚜렷해지면서 '다른 중국'에서의 중국 문학의 비천함이라는 판단을 좀더 조리 있게 표현해낼 수 있을 것 같다는 느낌을 갖게 된다. 다시 『사서』와 『작렬지』의 글쓰기 및 출판의 어려움을 돌이켜보자면, 사실 나는 원망도 없고 비판도 없다. 무슨 하소연 같은 것은 더더욱 없다. 나의 선배들, 나보다 앞선 세대의 중국 작가들에 비하면 지금 나는 글을 쓰는 것만으로도 지족知足할 수 있다. 자신이 쓰고 싶은 작품을 써낼 수 있는 것만으로도 큰 위안을 얻고 있다. 이것이 비천함에 대한 글쓰기의 인식이고 비천함에 대한 인정임을 너무나 잘 알기 때문이다. 좀더 중요한 것은 나와 내 문학이 '다른 중국'의 비천함을 자발적으로 인정하고 받아들이기 시작했다는 것이다. 자각적인 인정과 수용을 통해 비천함에 대해 약간이나마 이해와 분석을 할 수 있게 되었고 약간의 구제가 가능하다고 생각하게 된 것이다. 아울러 비천함에 대한 구제를 통해 자신의 글쓰기를 구제하고 자신의 글쓰기 상태를 지탱하기를 바랄 수 있게 되었다. 여기서 문학의 비천함은 '다른 중국'의 존재일 뿐만 아니라 좀더 다른 예술의 힘, 혹은 영생하는 작가와 문학 자체이기도 하다. 나는 오늘의 중국, 즉 '다른 중국'과 '다른 시대'에는 작가가 비천하기 때문에 글을 쓰고 비천함을 위해 글을 쓰며, 글을 쓸수록 더 비천해지고 비천해질수록 더 글을 써야 한다는 점을 의식하기 시작했다. 사정은 이렇다. 문학은 비천하기 때문에 존재하고 비천함은 문학예술을 위해 기다리고 있다. 그리고 나는 마침내 '다른 중국'의 비천함을 자각적으로 인정하고 수용하기 시작한 것이다! 비천함은 앞으로 내 문학의 모든 것인 동시에 내 생활의 모든 것이 될 것이다. 나와 나의 문학에 관한 모든 것이 비천함에 기인하여 발생하고 비천함에 기인하여 존재한다. 비천함이 없으면 내게는 지금 이후의 문학도 없다. 비천함이 없으면 과거와 현재, 그리고 미래의 그 옌롄커라 불리는 사람도 없다. 그에게는 비천함이 일종의 생명이고 문학적 영원이다. 비천함이 그의 미래의 인생 속의 생명이고 문학이며 예술의 모든 것이다.

여기서 나는 문득 아랍 문학의 정수 가운데 하나인 『아라비안나이트』가 생각난다. 『아라비안나이트』에 나오는 그 유명한 신마神馬의 이야기에서 신마는 원래 아주 평범한 보통 목마에 불과했다. 하지만 그 사람이 목마를 만든 다음, 작은 나무못 하나를 가볍게 박아넣자 목마는 하늘을 날 수 있게 되었고 어느 곳이든 마음대로 날아갈 수 있게 되었다. 지금 나의 문학과 비천함을 생각하니 이 비천함이야말로 그 작은 나무못이 아닐까 하는 생각이 든다. 나의 문학은 이 나무못 하나 때문에 나를 데리고 하늘 어디든지 날아갈 수 있는 목마가 된 것이 아닐까 하는 생각이 든다. 나와 앞으로의 내 문학과 관련하여 내가 비천함이 없는 존재가 된다면, 나의 비천함마저 사람들에게 강제로 빼앗긴다면, 그 목마는 정말로 죽음을 맞게 될 것이고 어디로도 날아갈 수 없는 존재가 될 거라는 생각이 든다. 그래서 지금 나는 '다른 중국'의 문학의 비천함에 대해 끊임없이 감사하고 있다. 비천한 존재에 감사하고 비천함이 나로 하여금 끊임없이 글을 쓰게 해준 것에 대해 감사한다. 아울러 글쓰기로 인해 더욱더 커지는 작가 내면의 거대한 '다른 중국'과 '다른 시대' 속의 비천함의 비천함에 대해 감사한다. 여기서 그 비천함의 비천함은 생활과 글쓰기, 출판, 독서를 초월하고 특히 우리가 말하는 권력과 권력의 규제, 작가의 생존을 멀리 초월하여 한 개인의 생명이 '다른 중국' '다른 시대' 자체가 되고, 작가의 '다름' 속에서의 글쓰기 자체가 된다. 이 '다른 중국'의 비천함의 비천함은 태어날 때부터 나와 일생을 함께하는 것 같다. 또한 이 때문에 나는 그 비상하는 신마를 통해 신마가 도달할 수 있는 또 다른 요원한 나라의 궁전을 상상하게 되는 것이다.

어느 날 황제가 시인(작가)을 하나 데리고 그 미로의 궁전 같은 궁전을 구경하러 나섰다. 그 복잡한 구조와 웅대하고 장엄한 궁전을 보고서 시인은 잠시 망설이더니 짧은 시를 한 수 지어냈다. 아주 짧은 이 시 한 편에는 궁전의 구조 전체와 건축, 배치, 그리고 화초와 수목에 관한 모든 디테일이 담겨 있었다. 그리하여 황제는 탄성을 연발했다.

"시인이여, 그대가 내 궁전을 빼앗아가버렸구나!"

또 그리하여 회자수가 손에 칼을 빼어들었다. 결과는 이 시인의 목숨을 빼앗은 것이었다. 이 「황궁의 우언」에서 시인 혹은 작가의 생명은 사라진다. 하지만 이것이 비극일까? 아니다. 절대로 비극이 아니다. 이는 아주 장엄한 찬가다. 이 찬가는 시인의 재능과 힘, 궁전만큼이나 장엄하고 아름다운 시인의 천부적 재능을 노래하고 있다. 하지만 우리는 어떤가? 짧은 단시가 아니라 장편의 시를 쓴다 해도, 바다처럼 거대한 작품을 쓴다 해도 궁전 전체는 고사하고 궁전의 아주 작은 부분인 기와나 화초 하나 제대로 담아내지 못할 것이다.

우리의 죽음은 어떨까? 우리는 시 한 수에 궁전 전체를 담아내기 때문에 죽는 것이 아니라 100편의 시를 쓰고도 '다른 시대' 궁전의 기와 한 장, 풀 한 포기도 담아내지 못하기 때문에 죽게 될 것이다. 이것이 바로 오늘날 우리의 비천함이자 문학의 비천한 결과이고 비천한 수확이다. 그래서 우리는 '다른 시대'의 비천함을 위해 살아 있는 것이고, '다른 시대'의 비천함을 위해 글을 쓰는 것이며, 필연적으로 다른 시대의 비천함 때문에 죽게 될 것이다. 그리고 지금, 나는 여기서, 이 무겁고 장중한 자리에서 여러 친구와 선생님, 전문가들, 같은 분야에서 활동하는 사람들과 함께 문학에 관해 토론하고 있다. '다른 중국'에서의 문학과 '다른 시대'의 비천함을 토론하고 있다. 하지만 이제 나나 나와 비슷한 작가들은 중국 현실의 '도화원'에서 걸어 나와 진정으로 '다른 중국'의 '다른 시대'로 걸어 들어가야 한다. '다른 중국'의 역사 '유토피아'에서 걸어 나와 다시는 "동쪽 울 밑에서 국화를 꺾어 들고, 멀리 남산을 바라보"지 말아야 하고 더 이상 "오늘 저녁이 어느 시대인지 모르고" "타향을 고향으로 착각"하지 말아야 한다. 우리는 예술의 힘을 힘으로 삼아야 하고 인간과 문학, 세계와 인류에 대한 공동의 사랑을 글쓰기의 유일한 원천으로 삼아 비천함에 위로를 주고, 비천함이 생명의 힘으로, 생명의 기대로, 생명의 미래로, 생명의 비천함으로 생존하여 '다른 중국' '다른 시대'의 궁전 안에 독립할 수 있게 할 뿐만 아니라 자유롭게 미소를 머금고 '다른 시대' 궁전의 대문을 걸어 나올 수 있게 해야 한다. 시인들로 하여금 궁전 안에서 살 수 있을 뿐만 아니라 궁전 밖에서도 살 수 있게 해야 한다. 경계 안에 있을 뿐만 아니라 경계 밖에도 있을 수 있게 해야 한다. 그리고 그들의 글쓰기를 통해 최대한 권력을 초월하고, 국가의 경계를 초월하며, 모든 한계를 초월하여 인간과 문학의 생명과 인성, 영혼 자체로 돌아가야 한다. 시인과 작가들로 하여금 계속 살아서 노래할 수 있게 해야 하고, 시인과 작가들이 비천함이 다른 시대의 생존과 생명의 실재일 뿐만 아니라 진정한 이상과 힘, 예술의 영원이라는 것을 믿게 해야 한다. 예술의 영원한 미래이자 예술이 예술일 수 있는 위대함이며 영원함이라는 것을 믿게 해야 한다. 이를 기초로 작가들로 하여금 다른 중국, 다른 시대에서 비천함을 올바로 인식하고 비천함을 소원하며 비천함을 받아들일 수 있게 해야 한다. 아울러 지속적으로, 그리고 영원히 비천함 때문에 글을 쓰고 비천함을 위해 글을 쓰게 해야 한다.

4장

미국 문학이라는
'거친 아이'

대부분의 중국인에게 미국이라는 나라가 주는 느낌은 상당히 거칠고 원칙을 잘 따지지 않는다는 것이다. 거칠기 때문에 자기주장을 많이 하고 남들의 이야기에는 귀를 기울이지 않는다. 장난이 심해 다루기 어렵고 단순한 사춘기 소년 같다. 사춘기이다보니 단순하고 화를 잘 낸다. 그래서인지 세계 각지에서 문제를 일으키고 시비를 유발한다. 하지만 그러면서도 약간의 의로운 기질과 의협심을 보인다. 또한 약간의 정의감을 지니고 있어 불공평한 상황을 마주하면 자신의 양 옆구리에 칼이 들어오는 한이 있어도 기필코 칼을 뽑아 남을 도와주려고 나선다. 영웅이 천하를 평정하는 듯한 기개를 보이는 것이다. 물론 약소하면서도 야만적이고 이치가 통하지 않는 상대를 만나면 거침없이 따귀를 갈기기도 한다. 개미나 파리를 죽이는 것처럼 아예 목을 자르고 뿌리를 뽑아 이 세상에서 사라지게 하기도 한다.

　　요컨대 이 아이는 무척 거칠면서도 재미있다.

　　20세기 미국 문학이 중국 작가들에게 주는 느낌도 이런 것이다.

적어도 나에게는 그렇다. 이런 느낌이 드는 것은 그들의 문학이 그들의 국가와 마찬가지로 역사가 짧기 때문일 것이다. 미국 문학이 자신들의 전통문화를 얘기하는 것은 방금 철이 들기 시작한 아이가 자신의 전생과 현생을 말하는 것처럼 애늙은이 같아 우습다는 인상을 면하기 어렵다. 뉴욕의 대로에는 현대적 철근 콘크리트 건물들과 모던한 분위기가 가득한 예술 광고, 쇼윈도와 상점들을 제외하면 남는 것이라고는 사람과 차량의 흐름밖에 없다. (하지만 이러한 사람과 차량의 흐름도 오늘날의 베이징에 비하면 새끼 무당이 큰 무당을 만난 것과 같다.) 뉴욕이나 워싱턴, 샌프란시스코, 시애틀 등 미국의 크고 작은 도시에서는 이집트나 그리스처럼 오래된 돌한 조각 찾아볼 수 없다. 런던이나 파리 내지 유럽 전체에서 볼 수 있는 고색창연한 벽돌 한 장 구경할 수 없고, 고대 동양의 황토 한 알갱이나 물 한 방울 찾아볼 수 없다. 미국은 그저 미국일 뿐이다. 사춘기를 맞는 소년 같은 도시가 타지의 사람과 사물에 신경 쓸 수 없는 것은 당연한 일이다.

미국 문학도 이렇다. 러시아 문학의 위대한 우울과 슬픔이 미국 문학에서는 흔적도 없이 사라지고 만다. 정교함과 신중함을 추구하는 유럽 문학의 탐구가 미국 작가들에게서는 할 말 있으면 곧장 하는 직설법으로 바뀐다. 너무 세게 소리를 질러서 목에서 피가 나는 한이 있더라도 목이 터져라 노래를 부른다. 거칠고 세게 질러대는 고함과 억압된 신음이 문학적 절정의 분화구가 되어 그들의 문학이 특히 21세기의 황금 시기에 침대에서의 신음 소리마저 청춘의 운율을 갖게 하여 현대 미국의 대지에서도 우렁차게 메아리치고 오래되며 침체된 중국의 대지에서도 메아리치게 했다.

중국 문단에 불어닥친 미국 바람

1. 나는 미국 문학이 생기로 가득하긴 하지만 무척 거친 아이라고 말하고 싶다. 이런 느낌은 중국의 1980년대와 1990년대에 기인한다. 당시 중국은 10년 동안의 악몽이었던 문화대혁명에서 막 깨어나 사회는 만신창이가 되어 있었고 경제는 폐허가 되어 부활을 기다리고 있었다. 사람들의 관념은 좌경으로 흐르면서도 갖가지 모순을 안고 있었고 수구인 동시에 서양 문명과 미국 현대 문화의 개방성 및 발전에 대한 호기심과 놀라움으로 가득했다. 오늘날 북한 사람들이 한순간에 유럽이나 미국의 길거리에 떨어져 "아! 알고 보니 세상이 이런 것이었구나! 문학이 이런 것이었구나!"라며 감탄하는 것과 다르지 않았다. 그 당시 중국 작가들은 아주 오랫동안 구소련의 사회주의 리얼리즘 혁명 문학의 울타리 안에 갇혀 있었고(오늘날까지도 진정으로 이런 한계에서 탈피하지 못하고 있다), 고리키가 세계 문학의 가장 위대한 우상으로서 중국 작가들의 협소한 내면의 공간을 점령하고 있었다. 바로 이 시기에 '수탉이 울면 아침이 오는

것'처럼 문학의 여명과 함께 세계 각국의 위대한 문학작품들이 거센 물줄기를 이루어 중국의 서점과 독자들의 시선으로 쏟아져 들어오기 시작했다. 19세기 러시아 문학과 프랑스, 영국, 독일의 고전문학이 지팡이를 짚고 백발을 휘날리며 다가오는 학문 깊은 노인들처럼 독자들의 존경과 숭배의 대상이 되었다. 20세기의 남미 문학은 이국의 특별한 취향을 무기로 중국의 대지와 문화, 농촌과 암암리에 모종의 자연적인 연계를 갖게 되면서 중국 작가와 독자들에게 빠른 속도로 수용되었다. 유럽 문학 가운데 의식의 흐름 소설과 프랑스의 누보로망은 중국 작가와 독자들이 제대로 이해하지 못하기 때문에 오히려 비판은 더 어렵고 예찬은 더 쉬웠다. 우리 앞에 유명 브랜드의 값비싼 명품 의류가 놓여 있지만 이를 입으면 몸에 어울리지 않고 쾌적하지도 않거나 아예 맞지 않는데도 불구하고 명품이라는 이유만으로 몸에 걸치는 것과 같다고 할 수 있었다. 이런 외래 사조에 대해 중국 작가와 독자들은 감히 '아니다'라는 가치 판단과 의사 표현을 하지 못했고 할 능력도 없었다. 예컨대 프랑스의 현대 연극『고도를 기다리며』나『대머리 여가수』등도 노벨문학상의 명성과 부조리 문학의 깃발을 높이 들고 중국 작가들을 놀라게 했지만 오늘날까지도 중국에서는 사뮈엘 베케트나 이오네스코의 연극작품이 공연된 적은 없다. 독자나 관중 가운데서도 그들의 극본이나 글을 읽는 이는 극히 드물었다. 그들의 작품과 작가의 이름이 거론될 때마다 중국 작가들은 하나같이 이를 가보처럼 소중히 여기면서 자신들의 무대에서의 기본 원칙이자 인생과 운명에서의 기본 원칙이라고 말한다. 이는 정말 귀여운 괴현상이 아닐 수 없다. 모든 사람이 하나님이란 존재에 관해 아주 잘 알지만 하나님을 본 적도 없고 『성경』이란 책을 한 번도 읽어보지 않은 것과 같다.

하지만 미국 문학은 달랐다.

그 당시 중국 문학 발전의 황금기인 1980년대와 1990년대에 전 세계를 통틀어 어느 나라나 지역의 문학도 미국 문학처럼 그렇게 산과 바다를 뒤집어엎으며 중국으로 몰려들어온 적이 없었다. 미국 문학은 그렇게 진흙과 모래가 걸러지지 않은 채로 중국 작가와 독자들을 강타했다. 중국 작가와 독자들에게 수용된 20세기 세계 작가의 수만 가지고 따지자면 유럽 전체의 작가들을 다 합쳐도 중국 작가와 독자들이 받아들인 미국 작가의 수를 따라가지 못할 것이다. 남미 문학의 위세도 대단해서 오늘날까지도 중국 작가와 독자들에게 아주 깊은 영향을 미치고 있지만, 중국에 소개된 작가의 수를 따져볼 때, 미국 작가들에 비하면 가련할 정도로 미미한 수준임을 알 수 있다. 중국 독자들의 눈에 과거의 마크 트웨인이나 잭 런던은 확실히 원로에 속한다. 19세기 사람이다. 하지만 트웨인의 유머는 당시 중국 사회와 문화의 엄숙한 태도 및 온갖 허위의식에 거대한 대비 효과를 일으키면서 엄숙한 중국 문학으로 하여금 유머도 엄숙한 정통 문학의 지위에 오를 수 있고 고전이 될 수 있으며 위대할 수 있다는 점을 깨닫게 해주었다. 중국어로 번역된 잭 런던의 소설은 거칠고 힘이 넘쳤으며 야성적이고 자유분방했다. 하지만 중국의 작가와 독자들은 그 속에서 오히려 잔혹함과 생존, 인생과 탐욕을 발견했다. 실오라기 하나 걸치지 않은 적나라한 인물들을 읽을 수 있었다. 인물의 내면세계와 영혼을 피비린내 나도록 파헤쳐 독자들의 면전에 들이밀고 보여주는 것이었다. 이른바 써내거나 그려내는 것이 아니었다.

'비트 제너레이션'

비트 제너레이션The Beat Generation은 아마도 혹은 적어도 폐허의 생명력을 철저하게 묘사해내려고 노력했다. 생명 속의 부패와 악취, 그리고 살이 붙어 있는 뼈가 하수도에 가라앉아 썩어가고 사라지는 냄새와 숨결을 적나라하게 묘사해냈다. 마약이나 담배, 문란한 섹스와 식사를 묘사하는 것과 다르지 않았다. 손을 움직이고 입을 놀리는 것이 바람이 불면 낙엽이 떨어지고, 비가 오면 땅이 젖는 것과 마찬가지로 필연적이고 자연스러웠다. 케루악과 앨런 긴즈버그, 윌리엄 버로스, 그리고 그들의 『길 위에서』와 『시골과 도시』 『울부짖음』 『마약중독자』 『네이키드 런치』 같은 작품들은 당시의 중국에서 열정적인 독서 선풍을 일으켰다. 텍스트적 의미에서뿐만 아니라 정신적 의미에서 더 그랬다. 중국 독자들이 그들에게서 받아들인 것은 문학이라기보다는 인간으로서의 생활 방식과 정신의 자유학이었다고 할 수 있다. 비트제너레이션 작가들은 중국의 작가와 독자들에게 살아 있으면서도 혁명에 대해 무관심하거나 저항할 수 있다는 것을 깨닫게 해주었다. 인생은 '본질적'이고 '본원적'인 것일 수도 있고 그렇게 숭고하고 피곤할 필요가 없는 것일 수도 있다는 점을 깨닫게 해주었다. 그들과 그들의 작품이 맨 앞에서 기세를 떨친 덕분에, 이어서 닐 카사디의 『3분의 1』, 조이스 존슨의 『두 번째 중요한 역할』, 홈스의 『가다』, 브루사드의 『암야행자暗夜行者』 등도 바람을 타고 날아와 그 시기 문학의 토네이도에 섞인 모래와 자갈이 되면서 중국인들에게 이해되고 숙지되었다.

'로스트 제너레이션'

'로스트 제너레이션The Lost Generation'에는 그다지 많은 작가와 작품이 있었던 것은 아니지만 '로스트 제너레이션'이라는 이름 자체가 중국 문학에 아주 고상한 명칭으로 수용되었다. 1980년대와 1990년대에 중국인들은 꿈에서 깨어나 어리둥절한 상태에서 사회 전체가 어느 방향으로 발전해나가야 할지 알지 못했다. 정치와 문화, 문학이 갈망과 혼란으로 가득했다. 젊은이들은 어디로 가야 할지 방향을 잡지 못하면서도 변화를 시도하려는 이상으로 충만해 있었다. 때문에 '로스트 제너레이션'이라는 이름은 그 시대 사람들의 내면세계와 현실에 정확히 부합하면서 한 시대의 심리와 상태를 정확하고 수준 높게 묘사했다고 할 수 있다. 30년이 지난 오늘날, 그 시기의 이른바 중국식 '로스트 제너레이션'은 이미 중년과 노년에 진입했지만 그 이후 세대인 그들의 동생과 그 시대에 태어난 아이들, 다시 말해서 중국인들이 흔히 '80후',* '90후'라고 일컫는 이들은 매일 취업과 일자리, 임금, 주거, 자동차를 위해 미친 듯이 바삐 돌아치면서 서글퍼하고 있다. 또 다른 '로스트 제너레이션'이 된 것이다. 원래 '로스트 제너레이션'은 '비트 제너레이션'의 『길 위에서』나 『울부짖음』 『네이키드 런치』처럼 선명하고 뚜렷한 지표가 되는 작품들을 중국 독자들에게 그리 많이 남겨주지 못했다. 하지만 '로스트 제너레이션'의 맛을 평가하자면 '비트 제너레이션'에 비해 훨씬 연약하면서도 그윽하고 깊이가 있다고 할 수 있다. 또한 시적인 감상과 깨달음, 분명함, 성공 가능성이 가득했다. '비트 제너레이션'은 간단하고 절대적이라 구제할 약이 없었다. 하지만 '로스트 제너레이션'은 낭만적이고 시적이라서 넘어질 수도 있고 다시 몸을 일으켜 곧게 설 수도 있었다. 심지어 더 깊이가 있고 더 복잡하기도 하다. 그런 까닭에 오늘날의 중국에 '비트 제너레이션'은 작품과 행위로 남아 있는 반면, '로스트 제너레이션'은 이름과 지표, 정신으로

---

* 1980년대에 출생한 사람들을 의미한다. '90후'는 1990년대에 태어난 사람들이다.

침묵과 한숨

남아 있는 것이다. '로스트 제너레이션' 작가들 가운데 헤밍웨이는 중국과 세계 각지에 두루 수용된 거의 유일무이한 작가라고 할 수 있다. 하지만 좀더 크고 넓은 의미에서 볼 때, 헤밍웨이가 사람들에게 수용되고 기억되며 마음에 남게 된 것은 확실히 『노인과 바다』나 『누구를 위하여 종은 울리나』 같은 작품 때문이라고 할 수 있다. 그리고 이런 작품들 위에 금상첨화로 노벨문학상 및 드라마틱한 인생과 이야기가 더해져 이런 경향을 더욱 증폭시켰다. 따라서 그에게는 적어도 '로스트 제너레이션'이라는 유파와 깃발이 그리 큰 의미를 갖지 못한다.

'블랙 유머'

'블랙 유머'는 지금도 중국에 유행하고 있을 뿐만 아니라 한창 시류를 타고 있는 유파이자 작가군이라고 할 수 있다. 30년 전 미국 작가와 작품들이 각자 다른 이유 및 경로로 일제히 중국 문단으로 달려와 중국의 수천수만 명 독자의 마음을 뒤흔들어놓았다. '블랙 유머'도 다른 유파 및 작가들과 약간의 시차를 두고 중국의 각종 상황의 틈새를 놓치지 않고 앞서거니 뒤서거니 하며 벌떼처럼 중국의 대문을 비집고 들어왔다. 조지프 헬러의 『캐치-22』는 중국 독자와 작가들에게 큰 환영을 받은 작품이었다. 교양 있는 아이들이나 양갓집 규수들이 수음手淫이 인체에 전혀 해롭지 않다는 것을 잘 알게 해주는 작품이었다. 자신에게 수음의 버릇이 있다고 분명하게 말하는 것이 그리 대단한 일이 아님을 알려주는 작품이었다. 어둠의 부스럼 위에 피딱지가 앉으면 밝고 선명한 꽃이 되지 않던가? 전통적 취미와 즐거움, 건강한 쾌락과 유머가 진한 슬픔과 어쩔 수 없는 무력감, 부조리의 기초 위에 세워져 절망이 눈물 가득한 웃음소리를 내는 것과 같은 작품이었다. 오늘날까지 30년이라는 세월이 흘렀지만『캐치-22』와 헬러는 수많은 중국 작가의 서가에서 반항과 창조력을 갖춘 작가들의 영혼의 자리를 차지하고 있다. 또한 보니것의『챔피언들의 아침식사』와『제5도살장』, 토머스 핀천의『중력의 무지개』와『V』는 중국 작가들이 미국 문학에 관해 이야기할 때 반드시 담론의 대상으로 삼는 자산이자 주제였다. 한 가지 아쉬운 점은 헬러와 보니것의 작품은 중국에 소개되었지만 이 두 사람과 함께 삼두마차를 이루었던 핀천의 작품은 번역되지 않았다는 것이다. 그런 탓에 중국 독자들은 핀천을 헬러나 보니것만큼 충분히 이해하고 있지 못하다.

독자들에게 작품이 읽히는 데는 기회와 우연이 요구된다. 시기를 맞춰 들어온 작품은 누구나 다 알게 되고 쉽게 사상과 행동의 표준이 되는 고전으로 자리 잡을 수 있지만 한 걸음이라도 늦으면 똑같이 고전이 되더라도 반드시 누구나 다 아는 작품이 되지는 못한다. 이 점에 있어서 헬러와 보니것은 블랙 유머의 기쁨이지만 핀천은 블랙 유머의 슬픔이라고 할 수 있다. 이 유파의 다른 작가와 작품들, 예컨대 윌리엄 개디스와 『JR』, 토머스 버거와 『작은 거인』, 존 호크스와 『블러드 오렌지』 등은 그 삼두마차의 바퀴와 발걸음을 따라잡지 못해 중국에 더 늦게 천천히 들어왔음에도 불구하고 역시 '블랙 유머'라는 피 맺힌 꽃의 푸른 잎이 되었다.

미국의 노벨문학상 수상 작가들

갖가지 원인으로 중국은 노벨문학상에 대해 무한한 숭배의 마음을 지니고 있는 나라가 되었다. 반면에 미국이나 프랑스 같은 나라에서는 노벨문학상을 수상하는 것이 똑똑한 아이가 숙제를 제출하고 나서 선생님이 손을 내밀어 아이에게 붉은 꽃을 한 송이 건네받는 것과 같다. 1930년 싱클레어 루이스가 미국 작가 최초로 이 상을 탔고 6년 후인 1936년에 극작가 유진 오닐이 두 번째로 이 월계관을 머리에 썼다. 1938년에는 중국인들에게 아주 익숙한 펄 벅이, 1949년에는 윌리엄 포크너가 이 상을 수상했다. 1954년에는 헤밍웨이가 소원대로 이 상을 수상함으로써 마침내 포크너의 수상으로 인한 그의 마음속 우수가 사라졌다. 1962년에는 존 스타인벡이, 1976년에는 솔 벨로가, 1978년에는 아이작 싱어가, 15년 뒤인 1993년에는 여성 작가 토니 모리슨이 이 상을 수상했다. 그 뒤로 20년 동안 미국 문학은 더 이상 노벨문학상을 수상하진 못했지만 중국인들의 눈에는 여전히 미국 작가들이 노벨상을 너무 많이 수상한 것으로 보였다. 문학상이 그들의 사과나무라서 먹고 싶을 때 손만 뻗으면 딸 수 있는 것 같았다. 지난 100년 남짓의 시간 동안 미국은 이미 아홉 명의 노벨문학상 수상자를 배출했다. 1993년 토니 모리슨의 노벨문학상 수상부터 노벨상의 원년인 1901년까지 거슬러 올라가보면 90년이라는 세월에 무려 아홉 명의 미국 작가가 노벨문학상을 수상했으니 평균 10년에 한 명씩 이 상을 수상한 셈이다. 이런 상황에서 3000년의 문화사와 14억의 인구를 가진 중국은 확실히 미국이 너무 많이, 너무 자주 노벨문학상을 수상했다고 생각할 수밖에 없다. 미국은 90년이라는 시간에 아홉 명의 노벨상 수상자를 배출했지만 중국은 100년이 지나도록 한 명도 배출하지 못했다. 말이 나온 김에 한 가지 더 부연하자면, 알다시피 중국은 가오싱젠高行健을 자기 국민으로 간주하지 않았고 그의 노벨문학상 수상을 반가워하지도 않았다. (모옌莫言이 이 상을 수상하기 전이었다. 반년이 지나서야 모옌이 이 상을 수상하자 중국 전체가 대대적인 영광으로 받아들였다.) 중국이 노벨문학상을 그토록 중시하고 숭배하는 것은 중국 축구가 발군의 실력을 발휘하지 못하는 가운데 그런 절망 속에서 사람들이 더더욱 축구를 사랑하는 것과 같다고 할 수 있다. 중국인들이 노벨문학상을 그토록 중시하고 좋아한다는 것을 미국인들은 이해하지도 체감하지도 못할 것이다. 이런 이유로 노벨문학상을 수상한 미국 작가와 작품들은 일단 중국에 들어오면 바람과 파도를 탈 뿐만 아니라 사방으로 빛을 뿌리기도 했다. 노벨문학상을 수상한 이 아홉 명의 미국 작가 가운데 펄 벅은 중국에서 생활했기 때문에 중국인들이 너무나 잘 알고 있고 큰 관심과 흥미를 느끼지만, 나머지 작가들은 대부분 작품과 노벨문학상 수상에 근거하여 중국 독자들에게 알려지고 유명해졌다. 중국 작가와 독자들이 가장 좋아하고 가장 자주 입에 올리는 작가는 포크너와 헤밍웨이, 솔 벨로, 아이작 싱어, 토니 모리슨 등이었다. 특히 포크너와 헤밍웨이, 솔 벨로는 중국 독자와 작가, 비평가들이 모두 가장 위대한 작가로 추앙하고 있다. 유진 오닐은 중국 연극계에서, 포크너는 소설가들 사이에서 최고의 영예와 지위를 누리고 있다. 이런 작가들의 작품, 예컨대 헤밍웨이의 『노인과 바다』와 『킬리만자로의 눈』『누구를 위하여 종은 울리나』『무기여 잘 있거라』『태양은 다시 떠오른다』, 포크너의 『소리와 분노』와 『내가 죽어 누워 있을 때』『팔월의 빛』『압살롬, 압살롬!』, 솔 벨로의 『훔볼트의 선물』『허조그』『비의 왕 헨더슨』, 그리고 유진 오닐의 『지평선 너머』와 『밤으로의 긴 여로』『느릅나무 아래 욕망』, 스타인벡의 『분노의 포도』, 아이작 싱어의 『루블린의 마술사』, 모리슨의 『솔로몬의 노래』 등은 30년 전에 회오리바람처럼 중국 문단과 거대한 독자층을 휩쓸었고 오늘날까지도 3월 들판의 거센 바람처럼 사람들을 심취하게 만드는 향기와 맛을 지닌 채 중국 문단과 중국 문학 속에 남아 있다. 중국 독자들은 끊임없이 그 향기와 맛에 취해 그 작가들과 작품들을 찾고 추종하고 있다. 그들이 미국 문학을 위해 중국에서 쟁취한 박수 소리는 하나님이 자신의 신도들로부터 얻은 찬미에 뒤지지 않을 것이다. 내 생각으로는 현재뿐만 아니라 미래에 중국에서 글쓰기에 종사하는 사람이 포크너나 헤밍웨이를 모른다면, 헤밍웨이의 『노인과 바다』를 읽지 않고 포크너의 『소리와 분노』『내가 죽어 누워 있을 때』를 읽지 않는다면 아마도 사람들로부터 불가사의하다는 평가를 받게 될 것이다. 유람선에 올랐지만 아직 배표를 구입하지 않은 것과 마찬가지일 것이다.

지구력 있고 힘 있게 혼자 가는 이

미국의 수많은 작가와 작품이 중국 독자와 작가들에게 수용되며 연구되고 있는 것은 어떤 유파나 선풍과는 아무 관련이 없다. 미국이 어떤 조류나 유파로 간주된다고 해도 그렇다. 하지만 서풍이 불어와 동양의 대륙에 상륙한 것은 어떤 유파의 집단적 힘이나 관성의 동력이 아니라 중국이 대문을 연 기회와 우연의 덕이었다. 미국 작가와 작품들은 독특한 개성과 아름다움, 신기함, 그리고 건강한 발걸음으로 재빨리 중국에 들어와 한 시대를 풍미했고, 그 위력은 무엇으로도 막을 수 없었다. 자기 한 몸의 힘으로 천하의 모든 도시를 공격하여 문학에 대한 열정을 갖고 있는 중국의 거의 모든 독자를 정복해버렸다. 그들의 작품은 우리 한 세대에게 커다란 영향을 미쳤을 뿐만 아니라 다음 세대의 독자와 작가들에게도 적지 않은 영향을 미쳤다. 샐린저의 『호밀밭의 파수꾼』은 30년 전 중국에 들어왔을 때, 나중에 미국의 맥도널드가 중국에 들어왔을 때처럼 기세가 온화하고 부드러웠지만 보급 속도는 땅바닥에 양탄자를 까는 것처럼 빨랐다. 사람들은 어느 곳에서든 『호밀밭의 파수꾼』을 읽었다. 이 책을 모르거나 읽지 않은 사람은 거의 없었다. 오늘날 중국 도시의 아이들 가운데 맥도널드 햄버거나 켄터키 프라이드 치킨을 먹지 않은 사람이 없는 것과 마찬가지였다. 중국 문단과 독자들을 향한 『롤리타』와 『북회귀선』의 돌발적인 기습 및 침략은 그렇게 부드럽지 않았다. 이 두 작품은 샐린저를 뒤이어 따로따로 중국에 들어왔다. 『롤리타』가 중국의 서점과 거리에 성애를 다룬 선정 소설로 처음 모습을 드러냈을 때, 러시아 출신으로 미국의 대형 작가가 된 나보코프는 처음에는 봉쇄와 금고의 대상이 되어 호기심과 도덕의 눈길을 받았지만 나중에는 영국 소설가 로렌스의 『채털리 부인의 사랑』과 같은 유형의 소설로 취급되면서 열독과 사적 토론의 대상을 거쳐 깊이 미혹되고 이해되는 작품으로 자리 잡게 되었다. 나보코프가 가장 의미 있는 러시아 국적의 영어 고전 작가가 된 것은 한참 뒤의 일이었다. 한편 헨리 밀러의 『북회귀선』은 1990년대 초에 중국에 들어왔을 때, 롤리타의 경우와 비교할 때, 상당히 미묘하면서도 뚜렷한 차이를 보였다. 중국이라는 오래된 땅은 줄곧 성과 성애에 대해 늦가을의 매미처럼 아무 소리를 내지 못하면서도 마음속으로는 몹시 갈구하고 추구하는 태도를 보여왔다. 한편으로는 예로부터 "배가 부르면 음욕을 생각하는 것이 자연스런 일이다"라고 하면서도 다른 한편으로는 성애를 화의 근원으로 간주해왔다. 그래서 『롤리타』는 상당 기간 동안 '엄숙 문학(정통 문학)'으로 간주되지 못했다. 하지만 중국인은 오랫동안 정치적 억압에 시달렸고 온갖 거짓말과 유언비어에 속아왔기 때문에 아주 오랫동안 금서에 대한 특별한 사랑과 취향이 세계의 모든 문학상을 초월했다. 같은 이유로 소련의 솔제니친이나 파스테르나크, 체코를 떠난 쿤데라 등도 신처럼 위대한 작가로 추앙되었다. 그들이야말로 소련의 양심이자 거울로서 하나님의 마음을 갖고 있는 작가라고 인식되었던 것이다. 또 바로 이런 이유로 『북회귀선』이 발표 당시에 미국에서는 출판될 수 없었지만 제2차 세계대전 중에 거의 모든 미군 병사가 전선에서 몰래 이 소설을 읽었고 병사들이 전보를 보낼 때 『북회귀선』의 일부 구절을 발췌하기도 했다는 이야기가 전해지면서 밀러가 중국에 소개될 때는 자연스럽게 나보코프보다 더 천연적인 숭고함과 신비감을 갖게 되었다. 나보코프와 밀러가 '블랙 유머' 유파의 작가가 아니라는 견해는 이미 그다지 중요하지 않았다. 그들의 작품과 작가 본인들의 운명, 이야기의 신기함과 신비함이 일찌감치 유파의 인상과 흔적을 지워버렸던 것이다. 자유롭게 왕래하고 사유하며 자기 마음대로 글을 쓰는 그들의 태도와 괴벽스럽고 고집스런 기질 및 독립성이 유파가 그들에게 남긴 중요성을 일찌감치 덮어버렸다. 이 밖에 시기를 달리하여 중국에 들어온 작가로 피츠제럴드와 업다이크도 있다. 그들은 중국에서 시종 독자들을 열광시키지 못했다. 『위대한 개츠비』는 대부분의 나라에서 위대한 고전의 자리를 차지했지만 중국 독자들은 시종 그의 위대함에 대해 상당한 어색함과 거리감을 유지했다. 업다이크의 토끼 3부작* 이 중국에 들어왔을 때는 중국 문학의 뜨거운 흐름을 타기는 했지만 애석하게도 당시에는 문학의 '새로움과 기이함'에 대한 중국 독자들의 열정과 사랑이 '진실함과 성숙함'에 대한 애호를 훨씬 능가했다. 더 나중에는 미국 작가 트루먼 커포티와 이른바 미니멀리즘 작가인 레이먼드 카버에 대한 일본 작가 무라카미 하루키의 애호로 인해 중국 독자들 사이에 『티파니에서 아침을』이나 『냉혈』, 그리고 카버 시리즈 작품들에 대한 독서 열기가 조성되기는 했지만 과거 미국 작가들이 중국에서 일으켰던 문학의 바람에 비하면 커다란 강줄기의 지류에 불과하다는 느낌을 떨치기 어려웠다.

오늘날의 필립 로스나 폴 오스터는 모두 미국의 훌륭한 작가들로서 적지 않은 소설이 중국에 번역된 바 있다. 하지만 과거에 수용되고 읽혔던 미국 소설들의 성황에 비하면 지금의 상황은 서산에

• '20세기 미국 문학의 아버지'라 불리는 존 업다이크의 대표작으로 우리나라에서는 『달려라, 토끼』『돌아온 토끼』『토끼는 부자다』『토끼 잠들다』의 토끼 4부작으로 알려져 있다.

지는 해라고 할 수 있다. 오늘이 어제만 못한 것이다. 그 원인은 그들의 글쓰기에 있는 것이 아니라 그들의 글쓰기가 미국 문학에 대한 중국 독자들의 기대와 상상의 궤도를 벗어났기 때문이다. 그리고 오늘날의 중국이 이미 과거처럼 정신과 문화, 문학과 열독을 숭상하는 나라가 아니기 때문일 것이다.

미국 문학의 '거친 아이' 이미지

미국 문학이 풍부하고 복잡하다는 데는 의심의 여지가 없다. 풍부한 미국 문학을 하나의 유형으로 귀결시키려는 어떤 시도도 단순하고 무모한 것이 되고 만다. 바다처럼 거대한 미국 문학에서 내가 읽은 작품은 구우일모에 지나지 않는다. 사막의 모래알이나 마찬가지다. 예컨대 1823년에 쿠퍼의 『개척자들』이 보여준 창의성과 스토부인이 1852년에 출판한 『톰 아저씨의 오두막』에 담긴 긴 강물 같은 역사성, 너새니엘 호손의 『주홍 글자』가 보여준 낭만과 비판성, 드라이저의 『시스터 캐리』가 보여주는 광활한 서정성, 멜빌의 『백경』에 담긴 우언과 상징성 등이 고작이다. 물론 오 헨리가 전 세계 독자와 작가들에게 제공한 '스토리텔링' 비법도 있다. 이 모든 것을 배경으로 하여 미국 소설은 20세기의 왕성한 황금시대로 접어들면서, 특히 제2차 세계대전 직후에 다양한 유파가 생겨나고 수많은 작가가 탄생했으며 미국의 정치, 경제, 문화의 개방과 발전에 힘입어 문학의 거친 아이 이미지도 마침내 빠르게 성장하기 시작했다. '로스트 제너레이션'은 미망迷惘과 배회에 헤밍웨이의 개인적 삶의 자유와 강인함이 더해지면서 중국 독자들에게 이 '거친 아이'의 이미지가 점차 윤곽을 드러내기 시작했고 이것이 '비트 제너레이션'의 이야기와 서술, 인물, 그리고 작가 본인의 행위로 이어졌다. 그들의 적나라한 영혼은 모든 속박을 깨뜨리는 힘을 요구했다. 그들은 마음대로 행동하고 독립적으로 자유롭게 원하는 것들을 추구하면서 타락하는 쾌락도 마다하지 않았다. 어둠 속의 인성은 자유로 인해 야성의 빛을 발했다. '블랙 유머'의 조지프 헬러와 커트 보니것, 토머스 핀천, 그리고 이들 작가군으로부터 멀리 떨어져 있으면서도 친연성을 보였던 나보코프와 밀러 등의 글쓰기는 제각기 다른 특징을 보여주고 있다. 다른 부분이 많고 동일한 부분은 상대적으로 적었다. 하지만 인정하지 않을 수 없는 것은 가장 대표적 의미를 갖는 그들의 작품 가운데 『노인과 바다』 『길 위에서』 『제5도살장』 『북회귀선』 『남회귀선』 『울부짖음』 『캐치-22』 『챔피언의 아침식사』 등 적지 않은 작품이 인간과 시대, 극렬한 환경 속에서의 갈등과 이러한 환경 속에서도 자유롭게 그리고 독립적으로 기존의 모든 질서를 전복시키려 도발하는 인간의 본성을 드러내고 있다는 사실이다. 심지어 『호밀밭의 파수꾼』처럼 젊고 부드러운 소설도 질서에 대한 반감과 반항을 분명하게 드러내고 있다. 이처럼 반감을 수반한 반항 때문에 데이비드 샐린저 같은 작가는 그다지 복잡하지 않은 글쓰기로 세계적인 인정과 열독의 대상이 될 수 있었다. 특히 중국에서는 『호밀밭의 파수꾼』에 대해 독자와 작가들이 뜨거운 열정을 보였던 이유가 20세기 작가로서 샐린저가 문학 창작 자체를 수정하고 보완함으로써 후대 작가들에게 어떤 글쓰기의 자양 및 성장을 위한 빵과 우유를 제공했기 때문이 아니라 주인공인 중학생 홀든 콜피드의 질서에 대한 반감과 저항 때문이었다.

중국 독자들은 『호밀밭의 파수꾼』을 일류 작품으로 보아야 하는지 아니면 삼류 작품으로 보아야 하는지의 문제를 놓고 크게 주저했다. 일류 작품으로 보는 것은 작가가 매우 서정적이며 진한 시적 정취를 가지고 인물과 이야기를 묘사함으로써 중국인들이 극도로 갈망하는 반항과 자유를 표현했기 때문이고, 삼류 작품으로 보는 것은 실제로 작품에서 배울 만하거나 귀감으로 삼을 만한 '창작 기법'을 찾기 어려웠기 때문이다. 세계 문학의 시야에 놓고 볼 때, 지난 60년의 전반 30년 동안 중국 문학은 완전한 공백이자 황무지였다. 진지하게 마구 써대긴 했지만 글자의 흔적이 남지 않은 백지였다. 후반 30년은 중국 문학의 급진적인 변화와 흡수, 형태 형성과 독립이었다. 급진적인 변화와 흡수로 인해 중국에 진입하는 작품들은 18세기나 19세기 문학처럼 전통적으로 한 가지 이야기를 서술하고 긍정적인 인물 형상을 조소해내며 광활하고 복잡한 사회와 생존 환경을 드러내는 소설이어선 안 됐다. 이런 소설은 좋은 소설이

　　　　　　　　　　　　　침묵과 한숨

아니고 위대한 소설도 아니었다. 이 시기의 중국 독자들은 작품 속에서 작가 본인의 완전히 선명하고 독립적인 개성과 자태를 볼 수 있기를 원했다. 어떻게 쓰는지를 보고 싶었던 것이다. 바로 이런 이유로 중국 독자들은 샐린저가 일류인지 삼류인지를 평가하면서 아무런 주장도 하지 않고 주저하고 망설이기만 했던 것이다. 하지만 앞서 언급한 다른 작가들을 평가할 때는 이런 주저와 망설임이 없었다.

이 시기의 다른 미국 작가들은 글쓰기의 내용과 이야기, 인물이 '거칠었을' 뿐만 아니라 그들의 언어와 서술, 사유 방식도 '거칠었기' 때문이다. '왜 쓰는가'와 '어떻게 쓸 것인가'의 문제가 뒤엉키면서 그들은 '거칠다'는 단어 하나로 모든 문제에 대한 해답을 통일시켜버린 듯했다. 각자의 '거칢'이 서로 달라 천태만상이고 개성의 독립이 실현되어 있다 하더라도 하나같이 전통과 케케묵은 방식 및 속박에 대해 상대적으로 '야성'과 '광기' '거친 혼란' '거친 왕성함' '야만'의 사유와 방식을 드러내고 있었다.

좀더 중요한 것은 중국 독자들이 이렇게 '거친 아이' 같은 작품과 작가들을 수용하고 이에 푹 빠지면서 이러한 작품들을 따라 먼 바다 건너편에서 중국으로 들어오는 온갖 신선한 정보 속에서 대부분의 작가의 개인 생활이 어느 정도는 소설 속 이야기와 다르지 않다는 생각을 갖게 되었다는 점이다. 특히 '비트 제너레이션'과 '로스트 제너레이션' 작가들의 개인 생활은 중국과 중국 작가들의 작품

속에 일종의 통일과 통일의 상상성을 형성했다. 예컨대 젊은 시절의 피츠제럴드는 빈한한 집안 출신이었지만 고귀함과 부유함을 크게 숭배하고 추구했기 때문에『위대한 개츠비』라는 작품을 썼고 술과 미식에 취해 돌아다니다가 결국 이런 추구 속에서 급사하고 말았다. 그 뒤를 이은 헤밍웨이는 줄곧 야성과 강인함을 지닌 '남자'의 모습을 과시했다. 그래서 그의 소설에서는 "강인한 사나이들이 미화되었고 이들에게는 실패도 승리로 간주되었다". 또한 케루악은 길 위에서『길 위에서』를 썼다. 이처럼 구속받지 않는 삶이 어느 정도 독자들로 하여금 자신들의 처지를 아주 멀리 넘어서는 소설 속 인물 딘 모리아티의 모든 것에 푹 빠지게 했던 것이다. 앨런 긴즈버그는 독자들로 하여금『울부짖음』의 '광적인 울음소리'를 듣게 했다기보다는『울부짖음』이 독자들로 하여금 그 시대 긴즈버그의 '울음소리의 분방함'에 귀를 기울이게 했다고 하는 편이 더 정확할 것이다.『롤리타』는 어느 교수(중국의 지식인에 해당됨)와 열세 살 소녀의 애매한 사랑을 서술하고 있다. 이는 중국인들의 내면 깊숙이 감춰져 있는 한 가닥 거칠고 음탕한 동기를 소환해냈다.『북회귀선』이 "이는 예술을 향해 얼굴을 마주하고 침을 뱉는 것이며 신과 인류, 시간, 사랑, 아름다움의 바짓가랑이를 걷어차는 일이다"라고 말할 때, 밀러는 중국인들을 대신해서 허위와 도덕, 윤리, 권력, 질서, 봉건, 전통, 그리고 현행 정치와 문화, 정신의 억압에 대해 외치고 욕하고 발길질을 한 것이다. 그보다 더 나중에 들어온『티파니에서 아침을』에서는 물질에 대한 홀리 골라이틀리의 지향과 추종이 오늘날 중국의 새로운 세대의 독자와 젊은이들의 돈과 물질에 대한 신임 및 숭상에 부합했다. 골라이틀리가 마음대로 행동하고 처신하면서 돈과 보석에 대한 통속적인 사랑을 대담하게 표현할 수 있었던 것처럼 중국 독자들도 '자유롭고 사랑스러운 거칢'을 복제할 수 있었다. 커포티의 개인 생활에 있어서 천성과 본성에 대한 존중 및 숭상은 골라이틀리의 언행과 표현이라고 할 수 있다.

여기서 이 미국 문학이라는 '거친 아이'가 형성하는 선명한 이미지가 완성된다. 중국 독자들에게 있어서 미국 문학의 이런 이미지는 절대로 한 작품 혹은 몇몇 작품으로 완성되는 것도 아니고 한 작가 혹은 한 무리의 작가나 어느 유파로 완성되는 것도 아니다. 이런 이미지는 18, 19세기 러시아 문학의 위대한 슬픔과 사랑, 프랑스 문학과 유럽 문학이 현실주의에서 보여준 사회 비판의 성격과 기능, 남미 문학의 환상성과 현실성처럼 몇 세대의 작가 혹은 무수한 작품의 공동 노력을 통해 조소된다. 이 시기 미국 문학의 특성은 '거친 창조성'이라고 요약될 수 있다. 한 국가, 한 민족, 일단의 위대한 문학의 시대가 공동으로 '사랑스럽고 존경할 만한 거친 아이'를 만들어낸 것이다.

이 '거친 아이'는 문학적 의미에서 볼 때는 일종의 '해방된 독립이자 창조'라고 할 수 있고 사회학적 의미에서 말하자면 문학에서 발양된 미국의 '자유 정신'이자 인간의 독립성이라고 할 수 있었다. 이

'거친 아이'라는 문학의 공동 형상이 중국에서 그토록 위력을 떨치면서 큰 환영을 받을 수 있었던 것은 중국의 역사 및 현실이 이러한 문학적 야성과 현실에서의 인간의 자유를 크게 결여하고 있었기 때문이다. '거친 아이'의 자유 생활과 자유 생존, 분투하여 자유를 쟁취하는 것 내지 자유를 타락시키는 것이 과거와 현재, 미래의 중국인, 즉 독자들의 '거칢'과 자유에 대한 갈망을 결합시켰다고 할 수 있다. 이는 크게 걱정할 일이 아니다. 중국에서 미국 문학은 프랑스의 누보로망처럼 재빨리 사랑을 받고 그만큼 빨리 버려질 것이다. 계절의 유행에 민감한 파리 패션의 명품들처럼 필연적으로 계절의 교체와 시간의 흐름에 따라 서서히 사라질 것이다. 하지만 한 가지 우려스러운 것은 '거친 아이의 자유'가 미국 문학에 대한 중국 독자들의 고유한 상상이 될 때, 이 상상의 궤도를 이탈한 뒤에 새로 나타나는 위대한 소설들이 냉대와 무시의 대상이 될 수 있다는 점이다. 예컨대 조너선 프랜즌의 『자유』와 『인생 수정』 같은 작품이 독자들의 냉대와 무시의 서열 안에 놓이는 것은 대단히 우려스러운 일이 아닐 수 없다.

영향력의 폭은 넓지만 깊이가 부족하다

국가와 지역을 놓고 말하자면 미국 문학처럼 한 국가 혹은 지역의 그토록 많은 작가가 그토록 오랜 기간 동안 중국에 그토록 광범위한 독자를 대상으로 영향을 미친 사례는 찾아보기 어렵다. 하지만 내 느낌과 판단이 틀렸기를 바라면서도 확인하고 인정할 수밖에 없는 사실은 애석하게도 수많은 미국 작가의 작품 가운데 톨스토이나 빅토르 위고, 발자크처럼 그렇게 오래, 그렇게 멀고 깊게 중국 독자와 작가들에게 영향을 미치고 문학에서의 인간과 사회에 대한 인식의 틀을 바꿔준 사례는 찾아볼 수 없다. 미국 작가가 도스토옙스키처럼 중국 작가들이 펜과 마음을 진정으로 영혼 속으로 인도한 사례도 없었고 미국 작가의 작품이 카프카의 『변신』이나 『성』처럼 사람들과 사회 속에서의 개인의 상황이 그토록 고독하고 무력하며 적막하고 절망스럽다는 것을 깊이 있게 체감시켜주지 못했으며, 『백년의 고독』처럼 문학 자체에 대한 독자들의 인식에 영향을 미치지도 못했을뿐더러 작가들의 문학적 사유와 글쓰기 방법론을 변화시키지도 못했다. 중국 작가들이 숭배해 마지않는 포크너도 마찬가지였다. 중국의 독자와 작가들에게 있어서 미국 문학은 영향력의 충분한 깊이와 근본성에 도달하지 못했다. 왜 미국 문학은 중국의 문단에 광범위한 영향력을 발휘하고서도 깊이 있는 영향과 변화를 일으키지 못했던 것일까? 문제가 미국 문학에 있는 것일까 아니면 중국의 독자와 작가, 그리고 중국의 현실과 역사에 있는 것일까? 이문제는 분명하게 단정하여 말하기 어려울 뿐만 아니라 당장은 결론을 내리지도 못한다. 다음에 기회가 있을 때 전문적으로 토론해볼

필요가 있는 문제다. 하지만 간단히 말하자면 1989년의 6·4학생운
동과 직접적인 관련이 있다고 할 수 있다. 단지 이는 문학을 초월하
는 또 다른 문제다.

5장

금서와 쟁론에
대한
몇 가지 견해

중국에 유행하는 속담 가운데 "눈 내리는 밤에 금서를 읽는 것이 인생의 즐거운 일 가운데 하나다"라는 말이 있다. 금서가 독자들에게 가져다주는 모종의 만족감을 알 수 있게 하는 말이다. 상자 속에 담겨 있는 사탕처럼 아무도 없이 조용한 가운데 그 달콤함이 가득 퍼져나가는 듯한 기분일 것이다. 오늘날에는 어디를 가든 모두 나를 '중국에서 가장 많은 논쟁의 대상이 되고 있고 금서도 가장 많은 작가'라고 소개한다. 이런 소개에 대해 나는 이렇다 저렇다 할 견해를 밝히지 않는다. 나는 이 말 속에 폄하의 의미가 섞여 있지 않다고 생각한다. 하지만 예술적으로 어떤 칭송의 의미도 체감하지 못한다. 작가는 시종 금지가 곧 예술성을 의미하지는 않는다는 사실을 분명히 인식해야 한다고 생각한다. 금서가 때로는 용기와 두려움 없는 태도, 그리고 지나친 외부의 견제를 의미할 수는 있지만 예술의 유일한 법문이 되지는 못한다. 우리는 "용기가 없으면 예술도 없다!"라는 괴테의 말을 이해할 수 있다. 이 말을 확장해서 해석하자면, 용기가 없다면 예술의 독창적인 창조가 불가능하다고 말할 수 있을 것이다. 하지만 대부분의 독자는 금서와 논쟁을 용기 차원에서 이해하고 실감하는 데 머물러 있다. 특히 중국 작가와 구소련의 작가 및 작품에 대해, 그리고 우리가 말하는 '제3세계' 작가와 작품들에 대해서는 더욱 그렇다.

금서라고 해서 다 좋은 책인 것은 아니다

알다시피 세계의 무수한 작가의 작품이 금서로 지정된 바 있다. 예컨대 사람들의 귀와 입에 익숙한 솔제니친이나 파스테르나크, 나보코프, 로렌스, 보르헤스, 바르가스 요사, 밀러, 쿤데라, 라시디, 파묵, 카다레 등이 모두 그랬다. 이는 아주 길고 끝없는 이름의 사슬일 것이다. 도서관에 가거나 컴퓨터의 한 페이지를 켜기만 해도 이런 명단은 개선하는 기마대처럼 긴 대오를 이루어 몰려나올 것이다. 옛날부터 지금까지 이런 작가들을 다 소환해낸다면 수천수만의 이름이 헤아릴 수 없을 정도로 긴 흐름을 이룰 것이다. 하지만 사람들이 이 엄청난 대오 가운데 소수만 입에 올리는 것은 그들의 작품이 금서가 되었을 뿐만 아니라, 금서가 된 작품도 쓰긴 했지만 다른 위대한 작품도 많이 써냈기 때문이다. 그 나머지 작품들, 즉 언론의 자유를 위해 거대한 대가를 지불하고 심지어 생명을 바친 작가와 작

침묵과 한숨

품들에 대해서도 우리는 진지하고 성실하게 그들이 민족과 국가, 인류의 개방과 진보, 자유와 민주, 평등을 위해 지불한 희생에 대해 경의를 표해야 할 것이다. 하지만 이런 작가와 작품들을 예술의 범주 안으로 수용하여 평가해보면, 여전히 우리가 그들을 잘 기억하지 못하고 있다는 잔인한 사실을 인정하지 않을 수 없을 것이다. 이에 대해 이 죽일 놈의 기억력뿐만 아니라 그들이 써낸 작품들도 어느 정도 책임을 져야 할 것이다.

때때로 예술은 절대적으로 잔혹하다. 시간이 인간의 귀천에 따라 어떤 사람에게는 하루가 서른여섯 시간 혹은 마흔여덟 시간으로 늘어나지 못하는 것과 마찬가지로 예술도 작가가 처한 국가와 환경, 시대로부터 받게 되는 정치와 권력의 압박 속에서 성취의 저울에 저울추 하나를 더 올려놓는 것이라 할 수 있다. 이런 저울추를 올려놓고 있다가 시간이 충분히 공평하지 못하고 모든 것이 적당하게 돌아가고 있지 않다고 판단될 때, 슬그머니 이 저울추를 내려놓을 수 있을 것이다. 오늘날, 중국으로 말하자면 거의 매년 몇 권 혹은 몇십 권의 책이 검열을 통해 출판이 금지되고 있다. 이에 내해 우리는 한편으로는 이런 출판 제도와 검열을 싫어하면서 이런 검열을 제거하기 위해 기꺼이 여러 희생과 노력을 아끼지 않겠다고 말하기도 하지만, 한편 이런 작품들의 검열과 금지 때문에 좋은 작품이라는 월계관을 그 작품의 표지 위에 내려놓거나 그 작가의 머리 위에 씌워주지도 못한다. 내가 아는 바로는 오늘날 적지 않은 중국 작가들이 자신이 살던 땅을 떠나 서양이나 미국에 가면 청중과 매체들을 향해 자신이 국가에 의해 쟁의의 대상이 되었고, 자신이 쓴 책이 금서가 되었으며 비판과 쟁론의 대상이 되면서 책의 일부 내용이 삭제되고 출판이 금지되었다는 등의 얘기를 즐겨 한다. 그래야만 서양 매체들이 그 작가에게 더 큰 관심을 보이고 그의 작품을 더 중시하기 때문이다. 하지만 여기서 내가 말하고자 하는 것은 금지와 논쟁이 중국 검열 제도의 치욕인 동시에 중국에 대한 서양의 절실한 관심의 단초가 된다는 것이다. 그렇다고 금지와 쟁론이 예술적 성취도가 높은 훌륭한 작품의 척도나 기준이 되는 것은 결코 아니다. 몇 년 전에 중국의 한 작가가 인민폐 10만 위안(한화 약 1700만 원)을 중국의 출판 기구에 뇌물로 주면서 자신의 소설에 금지와 비판의 조치가 내려지게 해달라고 요구한 적이 있다. 이 우스운 사건이야말로 금지가 관심의 대상이 되는 단초가 되는 것이지 결코 예술적 기준이 되는 것은 아님을 잘 설명해준다. 바로 이런 이유로 나는 어느 곳에 가든 내가 중국에서 가장 많은 금지와 논쟁의 대상이 된다는 소개를 들을 때마다 입을 다무는 수밖에 없다. 이를 명예로 여기지도 않지만 그다지 불쾌하지도 않기 때문이다. 그저 이런 소개를 그리 적절치 않은 예절이라고 생각할 뿐이다. 서양에서 서로 잘 아는 사람에게 입을 맞추려고 얼굴을 내밀었는데 상대방은 악수를 하려고 손을 내미는 것과 같다고 할 수 있을 것이다.

침묵과 한숨

솔직히 말하자면 서양 독자들이 나에 관해 잘 알게 된 것은 나의 금서『인민을 위해 복무하라爲人民服务』로부터 시작되었다. 사람들이 이 책을 어떻게 평가하든 간에 나는 이 책이 내 창작에서 대단히 중요한 지위를 차지한다고 생각하지 않는다. 이 책은 나의 인생과 글쓰기에서 한 가지 선명한 흔적이자 사건이며 기억일 뿐, 아주 훌륭한 최고의 소설은 아니다. 이 작품을 훌륭하다고 생각하는 독자들에게는 나의 또 다른 소설『물처럼 단단하게堅硬如水』를 읽을 기회가 반드시 주어져야 한다고 생각한다. 독자들이『물처럼 단단하게』를 좋아한다면 나도 아주 기쁘겠지만『인민을 위해 복무하라』에 대한 평가가 지나치게 높은 것에 대해서는 그저 빙긋이 웃으면서 마음속으로 감사할 뿐이다. 1994년에 금서가 된 또 다른 소설『샤를 뤄夏日落』도 있다. 이 소설은 군사문학과 사실주의 작품의 영역에서만 의미가 있을 뿐, 평가의 범위를 확대하면 의미가 흐려진다. 게다가 범위가 커질수록 의미는 더 흐려지다가 완전히 사라지고 만다. 나의 금서들 가운데 많은 독자가 앞에서 말한 두 작품보다는『딩씨 마을의 꿈丁莊梦』과『사서四書』를 더 많이 읽어주기를 기대한다. 하지만 내 작품을 평가할 때, 나는 독자들이 나를 '가장 많은 쟁론의 대상이 되고' '금서가 가장 많은' 작가가 아니라 그냥 한 명의 작가로 생각해주기를 바란다.

요컨대 내 일생의 노력은 좋은 작품을 써내기 위한 것이다. 나는 '중국에서 금서가 가장 많고 쟁론의 대상이 가장 많이 되는' 작가가 아니라 좋은 작가가 되기를 원한다.

중국의 글쓰기 환경에서 평생 글을 썼는데도 쟁론의 대상이 된 적이 없는 작가는 의심해볼 필요가 있다

중국 작가들이 해외에 나가 말하는 내용과 방법은 제각기 다르다. 어떤 작가는 입만 열었다 하면 거짓말을 하면서 중국의 언론과 출판 환경이 매우 너그럽고 자유로운 데다 '중국적 특색을 갖고 있다'고 말한다. 또 어떤 작가들은 중국 검열 제도의 어둠과 삼엄함을 과장하거나 관심을 받기 위해, 국내에서는 봄바람을 누리고 있으면서도 국외에서는 입만 열었다 하면 자신의 작품이 '쟁론'과 '삭제' '금지'의 대상이 되고 있는 것처럼 말한다. 중국의 출판 검열이 1978년을 전후하여 하나의 분수령을 이루고 있다는 사실을 인정할 필요가 있다. 1978년 이전에는 글쓰기와 출판의 자유에 있어서 약간의 백색테러가 존재했고 엄격한 정치적 규범이 적용되었다. 이 규범을 넘어서면 필연적으로 문자옥이 발생했다. (이런 일은 지금도 종종 발생하고 있다.) 감옥에 끌려가거나 목이 땅바닥에 떨어지는 일이 흔했다. 예컨대 내가 다녔던 학교의 장즈신張志新은 1968년에 진실을 말하는 강직한 태도를 견지하다가 혁명가들에 의해 혀가 잘리고 목이 훼손되는 일을 당했다. 이와 유사하게 잔인한 폭력에 인성이 파괴되는 차마 눈뜨고 보기 어려운 사건이 문화대혁명 기간 10년 동안에는 무수했고, 이에 대해 사람들은 치가 떨리도록 분노했다. 그러다가 1978년 이후에는 중국이 개혁개방을 시행하면서 경제에 있어서는 전면적인 개방이 이루어졌지만 정치적으로는 절반만 개방되고 절반은 여전히 폐쇄 상태를 유지했다. 특히 언론과 출판의 자유에 있어서는 서양과 외부 세계의 언론 자유에 비하면 중국은 두 짝의 닫혀 있는 창문 가운데 한 짝만 열려 있는 셈이라 할 수 있었다. 게다가 창문을 밀어 열 수 있는 틈도 때로는 꽉 조여졌다가 때로는 느슨하게 풀리곤 했다. 때로는 조금 열리다가 또 갑자기 나비나 모기 한 마리조차 들어올 수 없게 굳게 닫혀버리기도 했다. 30년 전의 폐쇄와 혁명의 '독재'에 비하면 이처럼 때로는 느슨했다가 때로는 꽉 조이는 창문도 이미 중국의 지식인과 작가들에게 어느 정도 호흡할 공기를 제공해줄 수 있었다. 때로는 신선한 공기의 아름다움과 시원함을 느끼게도 해준다. 바로 여기에 우리의 문제가 있다. 한 줄기 신선한 공기가 창문 틈을 뚫고 들어오면 글 쓰는 작가의 호흡과 생존은 이 작은 틈새의 공기에 의지해 사방이 높은 벽으로 둘러싸인 공간 안에서도 노래하고 춤출 수 있기 때문이다. 그리하여 외부의 파란 하늘과 흰 구름, 강물과 드넓은 초원을 그다지 갈구하지 않게 되는 것이다. 따라서 나는 현재 중국의 정치 환경과 문화 생태, 그리고 현실의 속박 안에서 글을 쓰는 작가들은 일생의 글쓰기가 내용에서 형식에 이르기까지 금지된 적은 없더라도 질책과 쟁론의 대상조차 되어본 적이 없다면 이는 대단히 의심할 만한 일이 아닐 수 없다고 생각한다.

오래전에 중국에서 상당한 유명세를 누리고 있는 모 작가의 집에 간 적이 있다. 그가 평생 써서 출간한 책들이 그의 키만큼 쌓여 있고 마오둔茅盾 문학상을 비롯해 루쉰魯迅 문학상, 산문상, 소설상, 무대공연상, 영화 관련 상 등 정부가 주는 거의 모든 상을 수상하여 방 안에 상패와 트로피가 가득했다. 출간된 저작은 키만큼 높이 쌓여 있지만 나무와 유리, 금속으로 된 각종 상패와 상장은 그보다 더 많이 쌓여 있었다. 그 빛나는 상장과 상패, 트로피들은 장식장 하나를 다 채우고도 남았다. 그의 일생의 글쓰기는 영광 속에만 있었고 논쟁이나 비판은 영원히 찾아오지 않는 비바람 같은 것이었다. 그의 글쓰기는 사계절의 변화 없이 연중 내내 따스한 온실 안에서 이루어졌다. 자신의 필생의 저작물과 그것이 가져다준 영광을 바라보는 그의 얼굴에는 득의得意와 선의의 미소가 가득했다. 반면에 나는 그의 상장과 상패들을 바라보면서 마음속으로 서글픈 한기가 드는 것을 피할 수 없었다.

금지당하고 비판받는 것은 당연히 좋은 일이 아니다. 금지와 비판이 좋은 작품을 써냈다는 것을 증명하진 못하기 때문이다. 중국의 복잡하고 잔혹한 현실 상황에서 금지와 비판이 가장 예술적임을 의미하진 않지만 적어도 존경의 근거를 증명하기는 한다. 금지와 비판은 적어도 작가의 인성이 용기와 인격을 갖추고 있다는 것을 의미하기 때문이다. 한 작가가 평생 비판과 논쟁의 대상이 되지 않으면서 반만 열려 있는 창문으로 갑자기 열렸다 갑자기 닫히는 바람 같은 정치 환경에 처해 있었다면 평생의 명예와 수상은 의심의 대상이 되어야 할 뿐만 아니라 무척이나 가련하고 슬픈 일이라고 말하는 게 옳을 것이다.

중국의 문단은 하나의 울타리로 비유할 수 있을 것이다. 이 울타리 안에는 수많은 양이 갇혀 있다. 그런데 뜻밖에도 양 우리의 문이 약간 열려 있지만 그 문 위에는 자물쇠가 달려 있다. 이런 상황에서 울타리 안에 갇혀 있는 양들에게는 네 가지 선택이 가능하다. 첫 번째 선택은 조용하고 얌전하게 울타리 안에 머물면서 주인이 충분한 칭찬과 먹이를 주기를 기다리는 것이다. 두 번째 선택은 울타리를 뛰어넘어 밖으로 나가려고 미친 듯이 뛰고 발버둥치면서 끊임없이 머리와 몸을 울타리의 문과 담장에 부딪히는 것이다. 이렇게 거칠게 행동하는 양들의 운명과 결말이 어떨지는 충분히 상상할 수 있을 것이다. 세 번째 선택은 양 우리의 문에 약간의 틈이 남아 있는 것을 이용하여 아주 교활하게, 그리고 이기적으로 몸집을 줄이는 축신술縮身術을 발휘함으로써 우리를 벗어나고 싶을 때마다 '새끼양'으로 변신해 우리를 빠져나가는 것이다. 밖에 나가 자유롭게 행동하고 호흡하며 구경하고 돌아다니다가 돌아오면 다시 옷깃을 가다듬고 얌전히 앉아 물 만난 물고기처럼 편하게 지내는 것이다. 마지막 네 번째 선택은 진실하고 강직한 성정을 지닌 양들의 선택으로서 우리를 벗어나고 싶지만 축신술을 발휘하지 못하는 상태에서 자신의 용기와 지혜에 의지하여 머리 위에 달린 뿔과 힘으로 울타리의 문을 여는 것이다. 똑같은 양이지만 첫 번째 유형의 양들은 유약한 대신 쉽게 먹이를 얻고, 두 번째 유형의 양들은 성급하고 거칠어 채찍과 욕을 자초한다. 세 번째 유형의 양들은 이기심과 허위로 울타리 안팎에서 생존을 위한 적당한 자유를 쟁취하고 네 번째 유형의 양들은 행동과 지혜, 용기로 자신을 위해서뿐만 아니라 타인들을 위해서도 자유의 대문, 영원히 닫히지 않는 문을 쟁취하려고 노력한다. 양 우리에 애당초 문이 없고 울타리가 철저히 봉쇄되어 빈틈이 전혀 없을 때, 우리는 머리와 몸으로 울타리를 들이받는 양들을 존경하겠지만 울타리가 반쯤 열려 있을 경우, 용기와 지혜, 행동으로 울타리의 문을 열려고 노력하는 양에게 한 표를 던지겠다는 것이 내 생각이다.

다시 말해서 글쓰기와 검열 사이의 공간이 반쯤만 허락되어 있는 현실 환경에서 대부분 중국 작가의 일생의 글쓰기에는 특별한 쟁의와 의심이 없다. 하지만 일생의 글쓰기가 전부 쟁의의 대상이 되고 써내는 작품이 전부 금서가 된다면 이 또한 의심의 대상이 되어야 할 것이다. 그럼에도 불구하고 그렇게 거칠고 성급하며 양이 될지언정 온순하고 나약하여 평생 주인에 의해 양육되는 양이 되어선 안 된다는 것이 내 생각이다. 글쓰기의 신념이 울타리 밖의 자유로 통하는 길을 쟁취하기 위한 위치에 맞춰져 있어야지 스스

침묵과 한숨

로 마음대로 울타리를 드나들 수 있는 축신술의 이상에 맞춰져 있어서는 안 된다는 것이다. 작가들의 글쓰기 신념은 울타리 문에 구멍을 뚫는 것이어야지 몸집을 줄여 울타리를 빠져나가는 것이어서는 안 된다. 울타리 문을 열다가 죽을지언정 몸집을 줄여 드나들 생각은 하지 말아야 한다. 그렇게 하지 못할 경우에는 눈으로 보고 있어야 한다. 눈으로 볼 수도 없다면 그 반쯤 열린 틈으로 새어 들어오는 비바람과 문틈 밖을 오가는 발걸음 소리나 웃음소리에 귀를 기울여야 한다. 이 모든 것을 할 수도 없고 볼 수도 없고 들을 수도 없다면 우리는 머리와 몸으로 울타리 담장을 들이받는 양이나 울타리 문의 자유로운 통행을 쟁취하기 위해 행동하고 희생하는 양들에게 말없이 존경과 지지의 마음이 담긴 절을 올려야 할 것이다.

관심을 갖는 것이 허용되지 않는 것들에 대해 관심을 가지려면 작가는 좀더 높은 예술적 조예와 창의성을 갖춰야 한다

금지와 논쟁, 비판이라는 의제에 있어서 우리는 항상 민감하고 현실적인 내용에 눈길을 지나치게 집중하는 경향이 있다. 이는 오해의 구역이자 정의와 용기를 가진 작가들의 함정이라고 할 수 있다.

한 작가의 작품에 예술적 가치가 없다면 이는 수채화가가 그림을 그릴 때, 물감과 화법이 없어서 붓으로 물을 말리고 있는 것과 같다. 혹은 너무나 많고 복잡하며 격렬한 물감들이 있지만 어떤 물감을 어떻게 사용해야 하는지 몰라 아무 생각 없이 물감을 화폭에 덕지덕지 발라대는 것과 같다고 할 수 있다. 물감은 눈을 자극하지만 예술과 방법은 눈을 자극하는 그 물감 속으로 사라져버린다.

물감과 물감을 사용하는 방법이 분리되는 것은 잘못된 일이다.

내용과 예술적 방법이 분리되는 것은 잘못된 일이다.

농민들이 최대의 수확을 추구할 때는 항상 가장 좋은 종자와 땅을 골라 가장 정교하고 섬세한 경작 방식으로 농사를 짓는다. 정교한 기술이 없는 농민은 씨를 뿌리면서 땀을 흘리지도 않는다. 비교적 큰 수확을 거두지 못하는 농지는 경작과정에 방법도 없고 과정의 예술을 중시하지도 않는다. '정교한 기술'은 토지를 위한 가장 훌륭한 예술이다. 그리고 이른바 민감하고 현실적인 내용과 이야기는 좀더 정교하고 정확하며 독창적인 예술과 방법을 필요로 한다. 좀더 특별하고 비옥한 땅에 농사를 지을 때, 좀더 '정교한 기술'로 파종하고 경작해야 하는 것과 마찬가지다. 그렇지 못하면 농사 예술이 없는 거칠고 경솔한 사내가 농사를 짓는 것과 마찬가지라 잡초와 씨앗을 한데 뿌리게 되고, 결국 아주 비옥한 땅에 파릇파릇한 새싹이 돋아 나와 한 차례 멋진 풍광을 만든 뒤에는 농작물이 전부 들풀에 먹혀버리고 달콤한 열매는 벌레가 다 먹어버려 수확할 것이 남아 있지 않게 된다. 그 멋진 풍경도 온통 들풀과 야생화로 뒤덮이게 된다.

이데올로기와 문예 정책의 명문화된 규정이 건드릴 수 없는 '민감한 지대'의 현실 혹은 역사에 대해 대부분의 작가가 채용하는 방법은 우회하여 돌아가거나 '에지볼'처럼 찰나의 순간에 극도로 작은 부분을 건드리면서 정책이 허용하는 범위 안에서 글쓰기와 창작을 진행하는 것이다. 이런 상황이 아주 오래 지속되다보니 가장 현실적이고 진실한 역사가 세속적으로 '어리석은 척하는' 작가들(물론 똑똑하고 계산적이며 '민감함'을 빌려 명성을 날리는 작가들도 포함됨)에게 남겨진다. 그들은 자신들의 정직함과 양심으로 정책과 정치, 이데올로기를 도발하며 정부에 의해 문자에서 '기억이 삭제된' 역사와 역사 속의 사람과 사건, 사람과 사물, 사람의 감정과 영혼을 글로 쓴다. 하지만 한 가지 생략된 문제는 작가들이 문학을 통해 탐구가 허락되지 않은 현실과 역사의 진실을 탐구하고자 할 때, 종종 정직함과 용기에 좌우되어 사실의 진상이 주재자가 되어 모든 것을 압도하고 팽창되어 더 이상 억누를 수 없는 내면의 격정이 예술의 필요성을 덮어버리게 된다는 것이다. 이리하여 진실이 곧 예술은 아니라는 상식과 이치를 무시하게 된다.

중국은 절대로 충분한 정직함과 용기를 지닌 작가들을 결여한 나라는 아니다. 1949년 이후 '금지구역'으로 규정된 역사와 진실, 예컨대 제2차 세계대전 시기에 누가 항일을 했고 누가 권력 내부의 투쟁을 벌였는가 하는 문제에 대한 탐구, 해방 이후 일련의 혁명운동 심층의 추문, '반우파투쟁' 과정에서 지식인들에 대한 백색테러를 통한 박해, 대약진운동과 강철제련운동, 이른바 '3년 자연재해'라 불리는 참혹한 기근, 10년 문화대혁명의 붉은 재난, 그리고 1989년 학생운동의 경과와 전후 관계 및 곧 철저하게 잊힌 배경 등등이 거의 모두 작가들의 정의와 용기에 의해 섭렵되고 묘사되며 감동적인 서사로 기록된 바 있다. 하지만 어쨌든 간에 중국에는 『수용소 군도』와 같은 위대한 비허구 작품이 없고 『닥터 지바고』와 같은 우수한 허구소설도 없다. 중국에서 제2차 세계대전 시기에 사망한 사람은 2000만 명이 넘는다. 하지만 중국 문학에는 서양처럼 전쟁과 생명 전체에 대해 성찰하는 작품이 거의 없고 전쟁에서 사라진 평민을 그린 감동과 슬픔으로 가득한 작품도 하나 없다. 거의 모든 예술작품이 당파와 전쟁 영웅에 대한 가공송덕歌功頌德이다. 그 유명한 '난징南京대학살' 사건도 최근에야 영화계가 개입하기 시작했지만 영화 속의 로맨스와 박스오피스, 국제영화상에 대한 기대 등이 전쟁에 대한 사유와 인간의 생명에 대한 비애를 압도해버리고 말았다. '반우파투쟁'과 3년 자연재해도 어떤 작가가 『자볜거우기사夾边边溝記事』와 『딩시定西고아원』이라는 제목의 실록소설로 써냈다. 이러한 작가들의 용기와 양심은 나를 포함한 모든 중국 작가가 무릎 꿇고 머리를 땅바닥에 대며 절을 올려야 마땅할 정도로 가치 있는 것이다. 하지만 다큐멘터리든 소설이든 이 두 편의 작품이 남긴 예술성

결여의 문제는 생각할수록 아쉽고 마음 아픈 일이 아닐 수 없다. 어째서 이런 결말을 맞게 된 것일까? 원인은 아주 간단하다. 중국의 일류 작가, 가장 뛰어난 예술적 재능과 창조력을 갖춘 작가들은 일반적으로 이 사회에서의 수혜자들이기 때문이다. 그들은 우회하여 돌아갈지언정 허락되지 않은 역사와 현실, 진실과 진상을 건드리지 않을 만큼 충분히 똑똑하고 지혜롭다. 그들은 대부분 '조직 내부'의 행렬 안으로 편입되어 들어가고, 이처럼 양심과 용기를 가진 작가들은 뛰어난 예지와 창조력, 그리고 문학예술에 대한 인지력 때문에 예술에 있어서 혹은 예술 자체로부터 그 무겁고 거대한 진실과 역사를 진정으로 지배할 수 없게 된다. 또한 이런 이유로 오늘날 이처럼 허락되지 않은 '금지구역'의 글쓰기를 대할 때, 우리는 그 정직함과 순수함의 고도를 캐묻고 따져봐야 할 뿐만 아니라 이를 파악하고 창조하는 능력도 의심해야 한다. 그 '허락되지 않은 것'에 대하여 작가는 논쟁과 금기의 대상이 되는 책을 쓸 수 있겠지만 '허락되지 않은' 내용이나 제재, 이야기들을 뛰어넘는 좀더 높은 예술적 수양을 갖춰야 한다. 이러한 예술성과 창조력은 예술이라는 수단으로 심사와 비판에서 도피하기 위함이 아니다. 그 '민감함을 위해 민감하며' 억지로 거칠고 가혹한 언설을 쏟아내 무수한 유감을 남김으로써 독자들로 하여금 분노하고 질책하게 만드는 일을 회피하거나 저지하기 위한 것이 아니라 좀더 민감한 제재에는 좀더 큰 창조력과 예술의 조화가 필요하기 때문이다. 그래야만 수많은 작가가 '허락된' 범위 안에서 '안전한 예술'을 창작하고 있을 때, 소수의 정직한 작가들은 '허락되지 않은' 현실과 역사의 구역 안으로 들어간다는 간단한 사실을 독자들이 제대로 알게 되기 때문이다. 그들의 창작 행위는 자신의 정직과 양심만을 위한 것이 아니라 동시에 예술과 좀더 예술적인 예술, 창조와 좀더 창조적인 창조를 위한 것이기도 하기 때문이다.

금지된다고 해서 다 잊히는 것은 아니며 인정받는다고 해서 다 존재하는 것도 아니다

이런 견해에 동의한다면 글쓰기의 목적 가운데 하나는 인간과 인류의 기억을 확장하는 것이라 할 수 있다. 그렇다면 작가가 시간의 흐름 속을 떠내려가든 뗏목을 타고 가든, 배를 저어 가든 헤엄쳐 가든, 그저 시간의 긴 길에 들어서거나 멈출 수 있을 뿐이다. 강줄기는 항상 헤엄치거나 뗏목을 타고 가는 우리 생명의 시작과 끝보다 폭이 넓고 길이도 길다. 작가의 글쓰기 생명과 시간은 이 긴 강줄기의 한 구간, 일부분일 뿐이다. 이리하여 최종적으로 작가가 쓴 작품의 의미를 평가하는 기준은 인간과 인류의 감정 및 사물의 기억을 연장했는지의 여부가 된다. 문학작품이 연장한 기억은 인류에게 대단히 큰 의미를 갖는다. 그 의미는 작가들과 현재의 시간에만 국한되는 것이 아니라 강줄기와 시간, 미래를 결정한다.

여기에는 무수한 기억의 하류가 담겨 있다. 그리고 이런 말이 쓰여 있다.

금지된다고 해서 반드시 잊히는 것도 아니다
미래에는 반드시 존재하게 된다

금지는 망각을 위한 것이지만, 존재를 위한 것이기도 하다. 이는 모든 국가가 문학에 대해 진행하는 비예술 행정 간섭의 목적이다. 중국의 위대한 고전소설 『홍루몽』은 맨 처음 황권에 의해 음서로 간주되어 금지되었다. 하지만 『홍루몽』이 확장한 그 시대 감정의 기억과 영혼의 기억, 그리고 중국 한자의 위대한 매력의 기억은 시간의 긴 강줄기를 거세게 흘러가 마침내 빛나는 모습을 드러냈다. 위대한 소설 『금병매』는 오늘날까지도 중국에서는 금지의 사슬로부터 벗어나지 못하고 있지만 거의 모든 문인의 서가에는 개방 지역인 타이완과 홍콩, 마카오 등지에서 인쇄된 판본이 한 권씩 꽂혀 있다. 심지어 『육보단肉蒲團』 같은 예술적으로 극히 단순하고 서툰 명청明淸 시기 소설도 금서가 됐다는 이유로 오히려 후대 사람들에게 더 많이 읽히거나 연구되고 있다. 이와 반대로 중국에는 너무나 많은 '붉은 경전'이 있어 매년 대대적인 선전과 재판 인쇄가 이루어지고 있고, 교육부 지침으로 '필독 도서'로 강력하게 추천되고 있다. 하지만 이 책들은 문학사적 의미가 있다는 것 말고는 실질적으로 다른 가치가 없어 사회의 '자연스러운 열독'에서 점차 멀어지고 있다. '붉은 경전'들이 발하던 '한 시대의 붉은 불빛'이 사회가 또 다른 단계로 발전하게 되면서 어두워지고 빛을 잃어 사람들로부터 전혀 관심을 받지 못하는 상황이 벌어지는 것이다. 『홍루몽』이 금서 목록에서 해제된 뒤로 경전으로 간주되면서 대대적으로 사람들의 눈과 입으로 전달되고 있는 상황과는 꽤 선명한 대비를 이루고 있다.

물론 금지된다고 해서 반드시 잊히는 것은 아니고 인정을 받는다고 해서 반드시 존재하는 것도 아니다. 이 말은 그 반대의 경우도 성립한다. 금지된다고 해서 반드시 여러 세대에 걸쳐 전해지는 것도 아니며 인정받는다고 해서 오래 남지 못하는 것도 아니다. 흑과 백, 선과 악, 경전과 통속, 전승과 종지는 전부 금지와 출판 혹은 인정과 부정으로 좌우될 수 있는 것이 아니다. 하지만 비판과 인정의 저울 위에서 양심과 지성의 저울추가 어떤 단계에서는 비판을 받는 쪽으로 이동하게 될 것이다. 이는 글쓰기의 투기나 지름길을 의미하는 것이 아니다. 이는 정직함에 대해 독자들이 보내는 경의이자 글쓰기에 대한 믿음의 표현이며 양심과 지성에 대한 진리의 감사다. 하지만 이러한 양심과 지성을 갖춘 작가들이 그저 정직과 양심에만 의지하는 것으로는 충분치 못하다. 양심과 지성 외에 작가들에게는 좀더 높은 예술적 추구와 창조력이 있어야 한다. 분명하게 짚고 넘

어가야 할 사실은 정직한 추구에 대한 믿음이 일시적으로 '금지된
다고 해서 반드시 잊히는 것은 아님'을 보장해줄 수는 있지만, 그것
만으로 충분치 않다는 것이다. 창조성을 갖춘 예술과 인간의 영혼
에 대한 궁극적인 회의 및 질의, 그리고 사랑이 그 '금지됨'을 좀더
장기적인 기억으로, 인류의 영혼이 고통 속에서 찾아내는 도로표지
판이자 책 읽기의 근원으로 만들어줄 것이다.

침 뱉음을 당하는 것과 수용되는 것 가운데 나는 차라리
침 뱉음 당하는 쪽을 택하겠다

전 세계 거의 모든 나라와 지역에서 사람들을 가장 곤혹스럽게 만
드는 가장 통속적인 질문이 하나 있다. 어머니와 아내가 동시에 격
류에 휩쓸려 떠내려가고 있고, 그중 한 사람만 구할 수 있다면 누
구를 먼저 구하겠는가 하는 양자택일의 곤경이다. 이런 질의를 던지
는 사람은 사전에 미리 도덕적 함정을 파놓고 있는 것이 분명하다.
아내를 먼저 구하든 어머니를 먼저 구하든 답변하는 사람은 도덕
의 타액 속에 엄몰되고 만다.

　도도하게 흐르는 강물에 직면하여 어머니든 아내든 한 명을 구
하는 선택을 해야 하다면 나는 먼저 미래의 가정에 더 큰 의미를
갖는 사람을 택할 것이다. 내가 책임지게 되는 것은 아내나 어머니

에 그치는 것이 아니다. 파괴될 미래의 가정과 어두운 앞길도 내가 책임져야 한다. 가정의 잔혹한 파괴와 미래의 어둠에 조금이라도 더 도움이 되는 사람이 어머니라면 어머니를 먼저 구하고 아내라면 아내를 먼저 구할 것이다. 그 거센 물결이 아내나 어머니를 휩쓸어가 겠지만 그 두 여인이 나의 고통을 이해해준다면 이는 무력감과 갈등으로 가득한 미래의 내 영혼에 가장 큰 위안이 될 것이다. 만일 어머니나 아내가 이해해주지 못해 홍수에 휩쓸려가면서 마지막으로 나를 향해 저주를 퍼붓는다면 나는 그 거대한 저주를 등에 업고 미래와 하나 되어 노년의 구간을 거쳐 죽음에 이르기까지 살아가야 할 것이다.

작품이 인정받고 작가가 칭송을 받는다는 것은 어떤 국가나 사회에서든지 작가들이 반가워하거나 추구하는 일이 아닐지 모르지만 반대하거나 싫어하는 일이 아님은 분명하다. 오늘날 중국의 현실과 문학이 처한 환경도 작가들에게 어머니를 먼저 구할 것인지 아내를 먼저 구할 것인지 선택할 것을 요구하는 지경에 이르렀다. 강력한 힘을 가진 이데올로기와 권력 앞에서 시장이 권력에 조종될 수 있기 때문이다. 권력이 각종 시장의 크기와 온도를 조종하는 것이다. 권력은 증권 시장의 폭등과 폭락을 결정할 수도 있다. (대다수의) 독자도 권력에 의해 조종된다. 수십 년 동안 권력이 모든 신문과 라디오 및 텔레비전 방송, 그리고 현대적 통신 수단인 인터넷 블로그와 SNS 등 생각과 사실의 전파에 소용되는 모든 통로를 장악해왔기 때문이다. (내가 이 원고를 정리하고 있는 오늘 이 순간에도 신문에서는 블로그와 SNS에 유언비어가 날조되어 500차례 이상 재전송되고 있지만 '유언비어 날조'는 국가가 정한 새로운 법규를 위반하는 일이다. 중국에서는 2억이 넘는 인구가 휴대전화라는 현대적 도구를 사용하고 있지만 한 가지 뉴스가 휴대전화로 500번 발송되는 것이 침방울이 500, 5000, 5만 개의 입자로 분산되는 것만큼이나 간단하고 쉬운 일이다. 그리고 유언비어 날조는 법률적 책임을 지게 되어 있다. 문제는 순수한 '유언비어 날조'와 지나친 과장을 어떻게 구별하느냐는 것이다. 진실에 속하지 않는 것과 완전한 허구, 모조를 어떻게 구별한단 말인가? 그리고 또 누가 어떻게 '유언비어'와 '과장', 진실이 아니거나 혹은 기본적으로 진실에 속하지 않는 것들을 무수한 상황에서 경계를 정하고 구분 지을 수 있을 것인가? '드러냄'과 '폭로'가 기본적으로 진실에 속하면서 유언비어 날조에 속한다면 허위와 과장을 가공송덕하는 것도 유언비어 날조가 아닐까?) 전파의 모든 통로가 관리되고 통제될 때, 사실은 (절대다수의) 독자도 관리되고 영향을 받으며 통일될 수밖에 없다. 민간의 즐거움이나 슬픔이 통일되게 관리될 수 있는 것이다. 오늘날 중국에서 '즐겁게 죽는 것'은 허용되지만 현실을 마음대로 사유하는 것은 허용되지 않는다. 돈을 신앙으로 삼는 것은 허용하고 미친 듯한 배금주의를 성스러운 높이까지 올려놓지만 신앙에 대한 선택과 경건함은 허용하지 않는다. 이런 상황을 문학의 영역으로 옮겨놓고 보면 자연스럽게 '허용' '불허'의 구별과 맞닥뜨리게 된다. '독자 지상주의'와 '시장 제일주의' '환락 만세' '순수예술'을 선택하는 것은 허용되지만 '예술의 진실한 탐구'와 현실 속 '영혼에 대한 문학의 끊임없는 질의'는 허용되지 않는다. 칭송은 높이 평가하지만 질의는 막아버리기 때문이다. 이런 상황은 두 가지 태도와 세력을 조성한다. 보이지 않는 권력의 통제 속에서 복잡하고 풍부한 현실을 거의 모든 사람이 수용하는 글쓰기와 수많은 사람이 침을 뱉는 글쓰기로 분류하는 것이다.

이러한 분할과 분열의 과정에서 때로는 권력이 직접 개입하기도 한다. 예컨대 거의 모든 문학예술 관련 평가와 상, 검열과 심사가 이런 권력 개입의 표현이라고 할 수 있다. 대부분의 경우에는 시장에 대한 교육과 사람들의 독서 취미 및 작가들의 글쓰기 방향과 추구에 대한 유도 및 견제 등으로 나타난다. 수많은 작가의 글쓰기 추구가 시장과 오락, 독자들의 취향, 그리고 허용된 '순문학'과 '유미주의' '기술주의' '긍정 에너지' 등과 어우러져 공동의 수용된 진영을 형성할 때, 재능이 가장 뛰어나고 앞길이 창창하여 위대한 작품을 써낼 충분한 능력을 가진 작가들조차 이 '수용'과 '허용' 쪽으로 분류되고 만다. 또 다른 쪽에서는 수많은 사람이 침을 뱉고 멀리하는 소수의 작가와 독자들이 있다. 그리하여 소수의 작가들은 군중과 문학의 반대편으로 뚜렷하게 인식되고 포기되어, '비문학'과 침 뱉음을 당하는 쪽으로 구분되고 규정될 것이다. 이럴 때, 그 애매하고 모호한 경계는 사라지며 당당하게 수용되는 것과 남몰래 욕을 먹으면서 음지에 버려지는 것들만 확연히 갈라져 남게 되는 것이다. 이리하여 작가들은 강가에 서서 아내를 먼저 구할 것인가 어머니를 먼저 구할 것인가를 고민하는 사람들이 된다. 작가들에게 있어서 시장을 택하든 독자를 택하든 간에, 혹은 이른바 '순수예술'과 '유미주의' '긍정 에너지'를 선택하든 간에 필연적으로 도덕과 명리의 함정에 빠지고 필연적으로 사람들이 뱉은 타액 속에 침몰되고 말 것이다.

강가로 떠밀려 선택을 하지 않으면 안 되는 사람이 되었을 때, 나는 침 뱉음을 당하고 사람들이 내뱉은 타액에 빠져 죽는 쪽을 택할 것이다.

나는 어머니나 아내를 선택할 뿐만 아니라 잔혹하게 파괴된 미래의 가정과 집안에 좀더 도움이 되는 사람을 선택할 것이다.

수용될 것인가 아니면 침 뱉음을 당할 것인가 하는 양자택일에서 나는 침 뱉음을 당하고 그 타액 속에 침몰하는 쪽을 선택할 것이다.

독자와 시장, '순수예술', 기술이 모두 권력에 의해 한 덩어리로 정합되어 수용되고 용납된 동일한 전선을 구축할 때, 그들은 서로를 공유하기만 하는 것이 아니라 공영과 공존도 동시에 실현한다. 그리고 그 외의 글쓰기는 소수자로서 쟁론과 금지의 대상이 되고 만다. 이런 분할과 분열이 형성되면 작가들은 선택의 주체가 아니라 객체가 된다. 선택하는 것이 아니라 선택을 당하는 것이다. 주체적으로 자신이 선택한 방향을 따라 걸어 나가는 것이 아니라 권력이 선택한 방향에 따라 떠밀려가는 것이다. 작가들이 수많은 독자와 결합하고 소통하기를 원치 않는 것이 아니라 무수한 독자가 (권력에 의해) '양성되거나 세뇌되고', 그 후로는 쌍방의 경계가 확연해져 작가들이 이런 독자들에 의해 소수자 혹은 무수한 사람이 뱉은 타액에 익사하는 사람이 되고 마는 것이다. 이런 구도는 이미 확고하게 형성되어 있다. 기왕에 선택되어 있으니 굳이 다시 주체적으로 선택하려들 이유도 없다. 따라서 나는 다수의 반대편에 서서, 절대다수의 독자가 침을 뱉는 자리에 서서, 다가올 사람들은 다가오고 멀어질 사람은 멀어지도록 놔둘 뿐이다. 그래서 펜으로 현실의 선혈과 군중의 타액에 제사를 지내면서 자신의 문학을 위해 무덤을 준비하는 사람이 될 것이다.

내 문학의 길은 갈수록 좁아질 것이다

세월과 나이, 현실과 환경이 나를 허무하고 허망하며 무거운 기분에 빠지게 한다. 나는 더 이상 중국의 현실에 대해 너무 많은 변화의 이상을 품고 있지 않으며, 문학이 현실을 변화시키는 데 뭔가를 할 수 있을 것이라는 기대도 하지 않는다. 유일하게 기대하는 게 있다면 내가 현실을 바꿀 수는 없지만 현실이 나를 바꿔주는 것이다. 내가 아무리 노력해도 현실은 바뀌지 않았다. 반면에 현실은 매일 나를 변화시키고 나의 문학과 문학관을 변화시켰다.

거의 모든 동료와 친구들이 내게 이렇게 말한다. "자네가 『연월일』과 『골수耙楼天歌』『일광유년日光流年』을 쓰던 시기의 창작은 정말 훌륭했네. 왜 계속 그런 작품을 쓰지 못하는 건가?" 나는 빙긋이 웃으면서 아주 무력한 표정으로 대답한다. "그 마을을 지나면, 이미 그 가게는 없지." 왜 그 마을을 지나면 그 가게가 없는 것일까? 중국의 시대가 더 이상 그 시대가 아니고 중국의 현실도 더 이상 그 현실이 아니기 때문이다. 나에게 속한 현실의 심리 상황도 더 이상 그 현실의 심리 상황이 아니다. 우리의 글쓰기는 항상 현실과 심리 상황에 속할 것을 요구한다. 현실이 나와 나의 문학을 변화시키는 것이지 나와 나의 문학이 나의 현실을 창조하거나 조소하고 변화시키거나 고수하는 것이 아니다.

『일광유년』을 쓰고 곧이어 『물처럼 단단하게』를 썼다. 『물처럼 단단하게』에 대해 검열자들은 '혁명적인 면과 선정적인 면' 모두 한계를 넘어섰다고 판단했다. 출판사의 책임자가 책임편집자가 아니었기 때문에 직접 베이징에 가서 온갖 연줄과 인맥을 동원하여 줄을 대봤지만 이 책은 일찌감치 금서가 되고 말았다. 『레닌의 키스』는 모두 대단한 소설이라고 말하지만 나는 이 소설을 썼다는 이유로 결국 군대에서 쫓겨나고 말았다. 『인민을 위해 복무하라』는 발표와 함께 금서가 된 뒤 여러 종의 언어로 번역, 출판되면서 매출을 위해 많든 적든 책 표지와 띠지에 이 작품과 관련된 다양한 상황 설명이 부기되기도 했다.『딩씨 마을의 꿈』이 나오자 독자들은『인민을 위해 복무하라』로 인해 그렇게 큰일을 당했으면서 어째서 또 그런 작품을 썼냐고 물었다. 사회의 기풍에 역행하여 사건을 만들고 이를 이용하여 이름을 날리고 싶은 것이냐고 묻기도 했다. 하지만『인민을 위해 복무하라』가 문제가 되었기 때문에 내가『딩씨 마을의 꿈』을 쓴 것임은 누구나 알고 있다. '주체적'으로 '표현'을 하고 싶었기 때문이다. 모든 사람에게 나는 삶을 사랑하고 현실을 사랑하며 현실 속의 모든 사람을 사랑한다고 말하고 싶었다. 니는 사랑하기 때문에, 현실 생활에 대한 애정을 표현하고 싶었기 때문에 그런 작품을 썼던 것이다. 나는『딩씨 마을의 꿈』을 쓰는 과정에서 최대한도로 현실과 역사에 대해 너그럽고 포용적인 태도를 보였다고 생각했다. 역사에 대해 최대한의 타협과 양보를 했으며 현실에 대한 나의 열정과 사람들에 대한 사랑을 표현했다고 생각했다. 하지만 결과적으로『딩씨 마을의 꿈』이 출판된 뒤 나의 이러한 사랑은 글쓰기의 가장 큰 무덤이자 워털루 전장이 되고 말았다. 책이 금서로 지정된 것뿐만 아니라 나 자신도 이 사회로부터 낙인찍혀 경계의 대상이 되었다. 가장 사랑받지 못하는 사람이자 전문적으로 사회 기풍에 저항하고 사건을 만드는 사람이 된 것이다.

  내가 쟁론과 금지의 대상이 되고 사회로부터 낙인찍힌 일에 관해 일일이 다 기록하자면 책 한 권으로도 부족할 것이다. 하지만 그 과정에서 나는 수없이 생각하고 사유했다. 매일 매년 사유하고 또 사유한 결과 마침내 약간의 이치를 깨달았다. 내가 깨달은 이치는 이렇다.

첫째, 중국 작가들 중에서 작품이 쟁론과 금지 대상이 되는 것은 대부분 작가가 의도하여 그렇게 되는 것이 아니라 아무 생각 없이 그렇게 된다는 것이다. 쟁론의 대상이 되는 것이 좋아서, 금지되는 것이 좋아서 그렇게 되는 것이 아니라 자기 생각과 전혀 관계없이 쟁론과 금지의 대상이 되는 것이다. 작가가 쟁론과 금지를 필요로 하는 것이 아니라 이 사회가 쟁론과 금지를 필요로 하는 것이다.

둘째, 쟁론과 금지는 좋은 일이 아니지만 꼭 나쁜 일만도 아니라는 것이다. 쟁론이나 금지는 적어도 작가가 글쓰기 과정에서 정직하고 아무것도 거리끼는 바가 없었다는 것을 증명해준다. 다시 말해 한 가닥 훌륭한 문학의 기질을 남긴다는 것이다. 작가에게는 사회와 현실을 변화시킬 능력이 없기 때문에 그들의 글쓰기의 힘은 정부 정책이나 공문서 안의 한마디 한담, 권력자들이 고개를 끄덕이거나 가로젓는 그 간단한 몸짓보다 더 클 수 없다. 이처럼 글쓰기는 현실을 바꿀 수 없을 뿐만 아니라 현실이 작가를 변화시키는 일이 없기를 애써 갈구할 뿐이다. 글쓰기의 한 가닥 정직하고 진실한 기질이 유지되고 남아 있기를 바랄 뿐이다.

셋째, 이러한 견지와 보존의 결과가 필연적으로 작가 스스로 자신을 좁은 길로 인도하여 사회와 환경, 수많은 독자로부터 갈수록 더 격리되고 소원해진다는 것이다. 때로는 견지가 견지로 그치지 않고, 그 상태가 오래 지속되다보면 일종의 배반이 되기 때문이다. 보존은 때때로 보존으로 그치지 않고, 보존이 많아지다보면 이에 반대하는 입장이 더 공고해지기 때문이다. 이리하여 나는 점차 견지와 보존 때문에, 변화되기를 원치 않기 때문에, 앞으로도 계속 쟁론과 금지의 대상이 될 수밖에 없다는 사실을 분명히 깨달았다. 이런 견지가 지속되지만 쟁론과 금지가 멈춘다면 이는 작가가 변한 것이 아니라 사회가 발전한 것이다. 하지만 그것은 얼마나 요원한 일인가! 또 얼마나 어려운 일인가! 계란과 돌이 서로 부딪쳤을 때, 계란은 멀쩡하고 돌이 박살나는 일이다.

사실대로 말하자면 나는 계란은 멀쩡하고 돌이 부서지는 환상을 품고 있지 않다. 다만 계란이 부서지더라도 그 부서진 계란이 아직 신선함을 간직하고 있고 흰자와 노른자가 선명하게 남아 있기를 바랄 뿐이다. 그래서 책을 읽는 행인들이, 그 얼마 안 되는 소수의 독자들이 큰 반감을 갖지 않으면 되는 것이다. 어차피 쟁론은 남들이 원해서 하는 것이고 금지도 남들이 하고자 해서 하는 것이다. 이 모든 것이 작가와는 무관하다. 작가는 글을 쓰면 된다. 사람들과 세계, 문학에 대한 인식으로 좋은 작품을 쓰려고 노력하기만 하면 그만이다. 그저 강대한 사회, 태평성대의 환경, 끝없이 펼쳐지는 시간이 작가를 변화시키는 것이 아니기를 바랄 뿐이다. 작가가 계란이

침묵과 한숨

되어 부서졌을 때, 그 계란의 흰자와 노른자가 아직 신선한 색깔과 맛을 간직하고 있기를 바랄 뿐이다.

6장

문학에 대한
나의 반성문

우리에겐 한 가지 인식과 판단의 습관이 있다. 어떤 사람이 누군가를 사랑하면 우리는 통상 그 혹은 그녀가 상대방을 위해 아주 많은 일을 해주거나 적지 않은 희생을 했을 거라고 생각한다. 이것이 사랑에 대한 상식적인 정리이자 감정의 무게에 대한 평가다. 이렇게 정리되고 평가되는 사람들은 큰 위안과 만족감을 얻게 된다. 하지만 또 다른 종류의 사랑이 있다. 사랑에 대한 다른 종류의 정리와 평가가 있는 것이다. 상대방에 대한 그 혹은 그녀는 사랑이 너무 깊어 이를 스스로 드러낼 수 없을 때, 그 혹은 그녀는 자신이 상대방에게 어떤 일을 해주었는지 돌이키기보다는 자신이 어떤 일을 해야 했을 때 하지 못했는지, 더 잘 할 수 있었는데 왜 그러지 못했는지를 생각하면서 영원히 자신을 책망하게 된다.

하지만 통상적이고 자연적인 사랑은 대부분 자기위안적 사랑이다.

반면에 영원히 자신을 괴롭히고 자책하는 사랑은 더 깊은 차원의 사랑으로서, 일종의 고통이라 할 수 있다. 사랑이기 때문에 고통스럽고 고통스럽기 때문에 사랑인 것이다.

문학과 글쓰기에 대한 나의 사랑은 이런 경지에 가깝다. 고통이다. 집에서 혼자 조용히 생각에 잠길 때나 혼자 서재에 멍하니 앉아 있을 때면, 이미 출판된 자신의 작품들을 바라보면서 스스로에게 묻곤 한다. 혹시 저 책들은 쓰레기가 아닐까? 5년이나 10년이 지났을 때, 혹은 내가 죽고 난 뒤 저 책들이 여전히 사람들에게 읽힐 수 있을까? 항상 이런 회의와 자문이 있다보니 사랑으로 인한 고통이 찾아왔다. 몹시 괴로우면서도 어쩔 수 없는 고통이었다. 그런 까닭에 항상 글쓰기에 대해 자신감을 잃곤 했다. 끊임없이 좋은 글을 써내지 못했다는 고통과 후회에 시달리다보니 하는 수 없이 조금씩 새로운, 적어도 나 자신이 새롭다고 여기는 글쓰기를 시도하게 되었다.

10년 전, 『레닌의 키스受活』가 출판되고 두 달이 지나지 않아 중국의 유명한 작가 한 명이 이 책을 사가지고 집에 가서 몇 쪽 읽다가 몹시 분노해 책을 박박 찢어버렸다는 얘기를 들었다. 그는 책을 찢는 것으로 그치지 않고 "앞으로 죽을 때까지 절대로 옌롄커의 책은 읽지 않겠다!"며 선언했다고 한다. 나는 『레닌의 키스』의 어느 부분이 내가 존경하던 그 동인을 화나게 했는지 알 수 없었다. 생각해보니 과거 그에게 미움을 산 일도 없었다. 어쩌면 문학에서의 내 표현이 다소 거칠고 생경하며 정의라고 생각하는 것을 위해 뒤도 돌아보지 않고 마구 나아가는 경향이 있었기 때문인지도 모른다.

침묵과 한숨

하지만 나는 생활에 있어서는 오히려 대체로 온화하고 매사에 조심스러운 사람이다. 글쓰기에 있어서는 사람과 사회에 대해 두려움 없는 태도를 보여 사람들의 미움을 많이 사므로 실제 사람들과의 관계에서는 어느 정도 보상을 하려고 노력하는 편이다. 하지만 나는 분노로 책을 찢은 이 친구에게 나의 어떤 부분이 그렇게 불경하고 조심스럽지 못했는지 정말 기억이 나지 않았다. 그래서 다시 『레닌의 키스』와 나의 글쓰기로 돌아가 어디가 부족한지, 어느 부분이 그렇게 잘못 쓰였는지 열심히 정리하면서 돌이키고 기억해보았다. 그리고 그때부터 항상 자신에게 끝없는 질의를 던지면서 심문하기 시작했다. 너는 독자들이 입에 올릴 만한 작가인가? 훌륭한 작품을 한두 권이라도 쓰긴 했는가? 네 글쓰기에는 도대체 어떤 문제들이 있는 건가? 법관이 잘못을 저지른 범죄자를 심문하는 것 같았다. 이리하여 마침내 나는 점차 자신의 글쓰기에 수많은 잘못과 부족하고 아쉬운 점들이 있다는 사실을 분명히 인식하고 깨달았다. 가장 중요한 결점과 잘못이 어떤 것들인지 알게 되었다.

풍부하고 복잡한 중국 현실을 대하는 내 글쓰기는 눈에 띄게 단순하고 편협했다

아주 오래전에 나는 세상의 어떤 국가나 지역의 현실도 중국만큼 부조리하고 복잡하며 풍부할 수 없다고, 중국인들의 생활 속에서 발생하는 실제 이야기들은 전 세계 모든 작가가 상상하는 것보다 더 상상하기 어렵고 전설적이며 고전적이라고 말한 적이 있다. 당시에는 이런 말을 하면서 다른 사람들이 나를 말이나 행동으로 군중심리에 영합하여 신임이나 칭찬을 받으려는 것으로 오해할까봐 두렵기도 했다. 하지만 지금은 거의 모든 작가가 이렇게 생각하고 있다. 이는 이미 삶의 진실과 풍부함, 복잡함에 대한 중국 작가들의 문학적 상상의 공통된 인식이 되었다.

우리는 수용소 안에서의 숨바꼭질로 인해 한 대학생이 벽에 머리를 부딪혀 사망하는 일을 어떻게 상상할 수 있을까? 치료보호소가 설립된 지 1년도 채 안 되는 시간에 늙고 연약한 장애인 1000여 명을 수용할 수 있었고, 그 가운데 10퍼센트가 넘는 사람들이 비정상적인 죽음을 맞았으며, 매달 평균 10명이 죽어나간다는 사실을 어떻게 상상할 수 있을까?

중국 산시성陝西省의 '검정 벽돌 가마'에서 여러 해 동안 농아 장애인들에게 섭씨 40도가 넘는 고온의 검정 벽돌을 지어 나르게 한 일을 어떻게 상상할 수 있을까?

얼마 전 상하이의 황푸강黃浦江 수면 위로 농민들이 애써 키운 돼지 11만 두가 죽어서 떠내려온 사실을 어떻게 상상할 수 있을까? 항저우杭州의 강 위로 원인 불명의 죽은 오리가 무수히 떠내려온 사실을 어떻게 상상할 수 있을까?

중국 사법 기관의 우수 간부이자 탁월한 반부패국 국장인 어느 성의 고등법원장이 사고로 갑자기 사망한 뒤 수억 위안의 재산이 드러난 것은 말할 것도 없고, 혼인증명서를 갖고 있는 네 명의 합법적인 아내와 여섯 명의 자식을 두고 있었던 것을 어떻게 상상할 수 있을까?

어떤 한 가지 일이 발생하는 것은 우연이라고 할 수 있다. 하지만 이상한 일이 열 가지, 스무 가지 끊이지 않고 발생한다면 그 사건들 사이에는 필연적인 연계가 있기 마련이다. 그리고 이렇게 듣기 힘들고 괴상한 일들이 매달, 매주, 거의 매일 한 지역에서 일어난다면 우리는 하는 수 없이 이런 사건들 자체의 구체적인 문제가 아니라 중국이라는 이 땅, 이 땅의 현실에 아무도 파악 못 하고 치료할 수도 없는 문제가 있다는 사실을 인정해야 할 것이다.

경제가 고속으로 발전하고 건설이 하루에 천 리를 달려가는 사이에 사람들과 인심의 변화 역시 불가사의할 정도로 미쳐가고 있다. 오늘날 작가들은 중국의 현실에 가득한 패기의 팽창이 불가사의할 정도로 왜곡되어 있음을 직시해야 한다. 태평성대의 강력한 발전 역량이 인간 정신의 파괴와 소멸에 대한 우려 및 초조함을 가리고 있다는 사실을 직시해야 한다. 사람들은 대도시나 시골에서 살아가면서 돈과 허망함과 아름다운 미래를 위해 바삐 돌아치고 있다. 하지만 사람들의 영혼은 어둠의 깊은 나락으로 추락하여 미끄러져가고 있다. 죽음을 향한 질주이자 추구라고 할 수 있다. 다시 말해서 오늘 살아 있는 사람들이 사실은 전부 죽은 영혼들인 것이다. 살아 있는 사람들의 죽은 영혼을 마주하여, 팽창되고 왜곡된 현실과 부조리, 불가사의한 어둠, 엽기적인 진실을 마주하여 문학적 상상은 전혀 힘을 쓰지 못하고 있다. 작가들은 빠르게 발전하고 변형되는 인심 및 생활에 대해 반드시 갖추고 있어야 할 파악 능력을 상실한 상태다.

간단히 말해서 현실의 생활은 온통 가시넝쿨로 가득한 새로운 미개와 야만이다. 그리고 우리는 이 새로운 미개와 야만에 두 발을 내디디려 하면서도 신발은 여전히 낡은 짚신이나 헝겊신을 신고 있다. 이 짚신과 헝겊신은 우리를 진정으로 새로운 미개와 야만의 내부로 데려가지 못한다. 우리가 새로운 미개와 야만 속의 새로운 발생과 규합, 새로운 모순과 붕괴, 새로운 생명력과 인간의 새로운 오만과 고통을 볼 수 없게 하는 것이다. 우리는 이 중국식 새로운 발전의 미개와 야만, 패기로 가득한 새로운 가시나무의 숲속에 감히 발을 들여놓지도 못하고 들어갈 능력을 갖고 있지도 못하다. 그런 탓에 그 숲의 주변이나 밖에서 바라보고 감상하며 추측하는 수밖에 없다. 한편 현실 자체에서 오는 각골명심의 경험과 체험은 결여하게 된다. 뼈와 가슴에 깊이 새겨져 영혼과 마음을 찌르는 아픔의 느낌은 없는 것이다. 그런 탓에 우리의 글쓰기는 단순하고 편파적인 '방관자 문학'의 출현을 피할 수 없게 된다.

나는 『레닌의 키스』를 찢어버렸다는 그 친구에 대해 한동안 슬픈 마음을 지울 수 없었다. 다른 한편 그에 대해 고마운 마음도 없지 않았다. 그 덕분에 중국의 현실과 그 현실 속에서의 내 글쓰기를 새롭게 인식할 수 있었기 때문이다. 그리고 그때부터 『레닌의 키스』에서 시작하여 현실의 부조리성과 복잡함에 대해 끊임없이 사유하게 되었다. 지금의 현실에서 나의 글쓰기와 비교하면 그는 확실히 나보다 훌륭한 작가다. 그의 소설에 있는 아주 많은 미묘한 부분은 내 글쓰기가 미치지 못하는 경지임에 틀림없다. 특히 내 소설적 시도가 현실에 뿌리를 두고 있을 때, 나는 비로소 내 소설이 단순하고 거칠며 세련되지 못했다는 것을 깨닫는다. 그때부터 나 역시 그 친구의 글쓰기에 관심을 갖기 시작했다. 『물처럼 단단하게』와 『레닌의 키스』 『딩씨 마을의 꿈』 『풍아송』 『사서』 등 중국의 역사 및 현실과 밀접한 관련이 있는 나의 일련의 소설들은 현실의 풍부성에 비하면 숲과 나무 한 그루, 강과 물 한 사발의 대비라고 할 수 있다. 오늘날 일부 독자가 중국 작가들 가운데 옌롄커의 소설이 가장 큰 현실적 의미를 갖는다고 말할 때, 나는 부끄러움과 자괴감을 떨칠 수 없다. 현실은 황허의 물처럼 바닥을 알 수 없을 정도로 혼탁하게 분등하고 있는데 내 소설은 아주 얕은 우물물에 불과하여 그 우물 위로 몸을 숙여 들여다보면 수면 위로 자신의 그림자도 볼 수 있다는 것을 잘 알기 때문이다. 우물이 아주 맑다는 것은 좋은 일이다. 하지만 황허를 우물이나 우물 속의 물로 표현하는 소설을 쓴다는 것은 실패일 뿐만 아니라 삶에 대해 부끄러운 일이고 문학과 현실에 면목 없는 일이다.

어떤 사람은 옌롄커의 소설에는 현실을 마주하여 항상 초조해하는 느낌이 있고 소설 안에 열독의 불안이 담겨 있다고 말하기도 한다. 나를 칭찬하는 말인지 비난하는 말인지 알 수가 없다. 작가로서 부조리한 현실을 마주한다면 그 현실의 반대편에 서서 그런 현실을 조사하고 심문해야 하며, 그 한가운데로 들어가 할 말을 해야 한다. 어떤 이성적 판단도 배제되어야 하고 자연주의적인 묘사와 상황 기록이 이루어져야 한다. 현실에 대해 어떤 시각을 갖고 있고 어떤 판단을 하든 간에, 나는 항상 희미하게나마 현실에 대한, 현실 속의 사람과 사람의 정신 혹은 영혼에 대한 나의 서술이 객관적이고 냉정한 묘사나 조망이든 이성적이고 올바른 판단과 분석이든 간에 전부 거칠고 세련되지 못했다는 느낌을 갖고 있다. 반면에 도스토옙스키나 카프카 같은 작가들은 어쨌든 간에 인간의 생명과 상황을 마주하여 하나같이 사랑과 연민, 어쩔 수 없는 불안과 초조감을 드러내고 있다. 특히 카뮈 같은 작가는 인간과 현실에 대해 차가운 거리감을 유지하고 있다. 이들 모두 인간과 세계에 대해 위대한 태도를 갖고 있는 작가들이다. 하지만 시선을 나 자신에게로 돌려보면, 아울러 중국 작가들의 상황을 살펴보면, 그런 경험과 태도들은 때를 만나지 못한 느낌을 갖게 된다. 오늘날 중국의 현실, 중국 현실 속의 사람들, 인심과 영혼은 이미 19세기 러시아도 아니고 미친 듯이 확장하던 시기의 유럽 국가들도 아니기 때문이다. 20세기의 미

　　　　　　　　　　　　　　침묵과 한숨

국과도 완전히 다르다. 오늘날 중국의 현실과 현실 속의 사람들에 대한 비판과 풍자, 폭로는 하나같이 연민과 사랑, 뜨거운 열정을 담은 포용과는 차가운 거리를 유지하고 있다. 하나같이 매우 단순하고 편파적이며 일부를 전부로 간주하는 경향이 있다.

좀더 구체적이고 깊이 있는 시각으로 얘기하자면 오늘날 중국의 수많은 작가가 마주하고 있는 문제는 사람들이 얘기하는 것처럼 복잡한 현실 파악 능력을 상실한 데 그치는 것이 아니라 중국 현실과 현실 속의 사람들에 대해 알맞은 태도를 유지하지 못하고 있는 것이다. 이러한 태도의 유지가 진정한 난제인 것이다. 나는 1950년대와 1960년대에 중국에서 출생한 작가들이 열독의 경험과 사유, 글쓰기 경험의 숙련 등의 시각에서 볼 때 전부 현실과 인물, 이야기, 인심을 파악할 능력이 가장 뛰어난 좋은 시기에 도달해 있다고 생각한다. 하지만 이들은 지금처럼 혼탁하고 복잡하며 모든 것이 마구 착종되어 있는 부조리한 현실을 마주하여 정확하고 딱 맞는 태도를 갖지 못한 채 현실을 인식하는 방법 및 가장 적절한 입장과 거리를 상실하고 있다. 지금 이들이 진정으로 갖추지 못하고 있거나 상실해버린 것, 그래서 현재 결여하고 있는 것이 바로 이런 방법과 입장이다.

과거의 어떤 문학적 태도도 오늘의 중국 현실을 대하는 데는 가소롭고 거칠며 조악할 수밖에 없다.

매일 이어지는 나의 글쓰기에 불안과 초조가 항존하는 것은 사실 글쓰기 과정에서 오늘날 중국의 현실을 어떻게 대해야 할지 잘 모르기 때문이다. 쓸 만한 이야기가 없고 이야기를 쓸 능력이 없는 것이 아니라 그 풍부하고 부조리하며 기이한 현실과 이야기를 대할 적절한 방법과 태도가 없는 것이다. 어떤 시각과 태도, 입장으로 이 모든 것을 평가하고 조사해야 좋을지 알 수 없다. 과거의 시각과 태도는 설사 그것이 위대한 연민과 사랑이라 해도 내게는 단순하고 유일하며 어쩔 수 없는 무력감 이후의 태도 및 입장의 일종의 타협이나 부득이함으로 느껴질 뿐이다.

독립성 속의 유약성

나이가 많아지면서 점점 포용을 배운다.

가족이 생명을 잃음에 따라 부모나 형제자매처럼 자신과 혈연관계에 있는 사람들이 갖고 있는 모든 결점을 이해하게 되는 것과 마찬가지다. 나는 항상 나의 아버지와 어머니가 도둑이었더라도 두 분은 변함없이 나의 부모였을 것이라고 생각하곤 했다. 내 형수나 누나가 범죄인이라면 나는 기꺼이 그들을 보호해주고 그들을 위해 범인은닉죄를 달게 받을 것이라고 생각했다.

나는 중국의 다른 작가들이 어떻게 글을 쓰는지에 대해 각박하게 말해서는 안 된다는 것을 잘 안다. 내게는 다른 작가들이 무엇을 어떻게 쓰는지에 대해 신랄하게 비판할 자격도 없다. 중국의 현실은 다양한 작가를 배출하는 비옥한 토양이기 때문이다. 어떻게 쓰는지, 써낸 작품이 어떻든지 전부 일정한 합리성을 갖는다. 하지만 나이 들고 나날이 몸이 빠르게 쇠약해지면서 나는 스스로의 글쓰기에 대해 갈수록 더 신중하고 겁이 나며 엄격해진다. 내가 자신에게 가장 철저해지는 부분은 작가로서 글쓰기의 독립과 명징한 각성이다. 스스로 너무 쉽게 권력과 돈, 명예에 이끌린다는 사실을 잘 알기 때문이다. 빈한한 집안 출신들은 약간의 성공을 거두면 쉽게 요절하고 돈과 권력, 명예 앞에 넘어진다는 것을 너무 잘 알기 때문이다.

중국의 단명한 황제 이자성李自成은 평생 힘들게 싸워 승리하다가 마지막에 가서는 성공한 뒤의 지위와 부패에 패하고 말았다. 중국의 현대 시인 귀모뤄郭沫若는 재능이 뛰어나고 고상한 풍류와 호방한 기질을 지녔지만 마지막에 가서는 초기의 모든 재능이 소진되어 독립적인 인격을 상실하고 결국 권력과 지위에 굴복하고 말았다. 중국 작가들이 너무나 잘 아는 피츠제럴드나 케루악, 커포티 같은 미국 작가들의 글쓰기는 최소한의 독립성을 잃지 않았지만 삶에서는 너무나 많은 유약성을 보였다. 그들을 제압하고 생명을 빼앗아간 것은 인생과 생활을 마주해 유혹을 이겨내지 못한 그들의 연약성이었다. 그런데도 나의 글쓰기와 인생에는 이런 작가들과 더불어 얘기할 만한 것이 눈곱만큼도 없다. 오히려 내게는 이들의 지위와 생활의 부패, 글쓰기에서의 소멸된 독립성과 갈수록 커졌던 유약성이 한 몸에 집중되어 있다.

한마디로 말해서, 나의 글쓰기는 독립성을 결여하고 있고 생활에서는 연약성이 너무 강하다고 할 수 있다.

2011년에 나는 중국 작가로서는 유일하게 사회 발전 과정에서 겪는 '강제 철거' 사건을 경험했다. 정부와 개발업자가 내게 집을 팔고 난 뒤 또 정부가 나서서 '집에 아무도 거주하지 않는다'는 구실로 불법으로 내 집의 명의를 소멸시켜버린 것이다. 나는 이 일로 인해 중국의 최고 지도자에게 상서를 올리기도 하고 대중매체의 힘을 빌려 인권을 지키기 위한 투사가 되기도 했다. 하지만 결국 나는 국가와 타협한 뒤 침묵하고 말았다. 그 과정에서 권력과 경찰력에 대한 두려움 외에 나로 하여금 타협하고 침묵하게 했던 더 큰 원인은 내 인격의 연약성이었다.

글쓰기에 있어서도 『인민을 위해 복무하라』 사건 이후로 『딩씨 마을의 꿈』을 쓰면서 나는 엄격한 '자기 검열'을 거쳐야 했다. 오늘날 중국을 제외한 여러 지역과 국가에서 많은 독자가 읽고 있는 『딩씨 마을의 꿈』은 그나마 간신히 첫 관문을 넘어 심사를 통과한 운 좋은 작품이었다. 하지만 내가 자신을 어떻게 심사했는지는 나밖에 알지 못한다. 중국의 검열 제도에 대한 문학적 두려움이나 글쓰기에 대한 경계심, 자기 검열의 속박이 없었다면 『딩씨 마을의 꿈』이 어떤 책이 되었을지는 나만이 알고 있다.

『풍아송』의 출판과 수정은 아예 한 작가의 인격적 결함과 연약성의 실천 도감이라고 할 수 있다.

『사서』는 중국에서 출판되지 못한 작품이자 나 스스로 타인의 검열을 피할 수 없을 것이라 판단해 반드시 자기 검열을 통과하려는 시도와 노력의 일환으로 삼았던 작품이다. 나의 글쓰기에서 독립 인격이 좀더 완성도 있게 보완되고 생성된 작품이기도 하다. 중국의 글쓰기와 출판 상황으로 미루어볼 때, 쓰는 족족 출판이 가능한 작가들의 인격이 독립성을 결여하고 있고 지나치게 연약하다고 단순하게 평가해서는 결코 안 된다. 하지만 나 자신의 글쓰기와 중국의 현실 및 역사와의 관계에 비춰볼 때, 나 같은 작가의 작품이 출판되기 위해서는 검열과 권력에 대한 양보와 타협이 있어야만 한다. 자신의 독립 인격 가운데 일부를 하나하나 파내야 하는 것이다.

지금 중국의 작가들이 국내나 국외에서 "우리는 검열에 대처하는 우리 나름의 방법이 있습니다. 예컨대 중국에서는 '6·4'를 언급하지 않으면 됩니다. 중국의 네티즌들은 이날을 '5·35' 혹은 '6월의 네 번째 날'로 표기하고 있지요"라고 말하는 것을 종종 들을 수 있다. 이는 일종의 유머나 지혜로 간주할 수 있겠지만 그보다는 연약성과 타협성이라고 규정하는 것이 진실에 더 가깝다. 개인의 독립성이 권력에 의해 물어 뜯겨 살점이 떨어져나간 부위의 상처를 스스로 치유하는 것이다. 나는 이런 이유로 중국 작가들에게서 유머나 지혜, 자부심 따위를 느끼지 못한다. 오히려 독립성의 약화에 대해 마음이 아프고 인격이 자신에 의해 왜소화되는 것에 대해 무력감을 느낄 뿐이다. 사실 작가들에게 아무런 권력도 없고 이런 단어를 '1989년 6월 4일'이라고 명확하게 기술할 수 있는 자유를 쟁취하지도 못해 '1990년에서 한 해 모자라는 해의 5월 35일'이라고 표현하고 있을 때, 우리는 이미 글쓰기의 독립성을 상실한 것이다. 이렇게 자신의 연약성으로 인해 약소함과 안전감으로 위안과 만족을 얻는 것은 아Q가 마음속으로만 욕을 내뱉으면서 이를 사회와 적에 대한 반항과 반격으로 여겼던 것과 다르지 않다.

이에 대해 나는 슬픔과 고통을 통감한다.

나는 '6월 4일'을 '5월 35일'이라고 부르는 사람이 되지 않으려 노력한다. 이는 남과 달라야 한다는 생각 때문이 아니다. 내 생각은 권력이 나의 독립성을 물어뜯어 한입 베어 물거나 다리를 부러뜨림으로써 나의 독립성이 영원히 불구가 되어 똑바로 서지도 못하고 절뚝거리면서 걸어다니게 할 수는 있지만 나 자신은 더 이상 이런 연약성으로 그 불구가 된 독립성을 부양하고 싶지 않다는 것이다.

작가의 글쓰기의 독립성과 관련하여 중국 작가들은 타이완과 홍콩에 감사해야 한다. 대륙 본토에서의 출판을 타이완과 홍콩이 보완하고 정리해주기 때문이다. 특히 타이완의 출판은 중국 문화와 문학의 완전성을 최대한 유지하고 있다. 어느 지혜롭고 선량한 승려가 말했던 것처럼 모든 구걸자에 대한 사랑을 베풀고 있는 것이다. 중국 대륙 작가들의 작품 가운데 어느 정도의 가치는 있지만 수

익을 보장할 수 없는 문학작품, 특히 갖가지 원인으로 중국에서 출판이 불가능하거나 일부 삭제당해야 하는 작품들에 대해서도 그들은 백 퍼센트 완전한 상태의 출판과 보존을 보장해준다. 타이완의 출판업은 한 민족의 텍스트 원형 보존을 대단히 중시한다. 모든 어머니가 아이의 생김새나 발육 상태, 장애 여부 등에 관계없이 똑같이 한없는 사랑을 베푸는 것과 마찬가지다. 이처럼 완전한 출판 상황은 대륙 작가들의 글쓰기에 상당한 보완적 의미를 가질 뿐만 아니라 대륙 작가들의 글쓰기의 독립성에도 적지 않은 영양과 지원을 제공한다. 그리고 바로 이런 이유로 수많은 작가가 글쓰기에 있어서 좀더 개방되고 자유로워질 수 있고 자기 검열 단계에서 해방과 자유에 도달할 수 있다. 필경 적지 않은 작가들이 대륙의 출판 환경과 타이완의 출판 환경 사이에서 강을 건널 작은 다리와 통로를 찾을 수 있었고 글쓰기에서 좀더 자유로운 마음 자세와 상상으로 예술적 진실의 최고점에 도달할 수 있었다. 또한 작품이 마무리되면 완전한 텍스트를 타이완이나 홍콩에 넘겨 출판하고 부득이하게 일부를 고치거나 삭제해야 하는 텍스트는 대륙의 출판사에서 출판하는 양면 작전을 취할 수 있었다. 이는 독립성 안에서의 타협이긴 하지만 여전히 연약성의 보완이라고 할 수밖에 없다. 그래서 중국 작가와 독자, 그리고 미래 시간의 중국 문화 및 문학의 상당 부분이 타이완과 홍콩의 출판에 머리 숙여 감사의 절을 올려야 한다고 생각한다.

특히 나처럼 글쓰기에 있어서 독립성이 결여되어 있지만 연약성은 남아도는 사람일수록 더더욱 타이완의 출판사와 출판인들에게 감사해야 한다. 그러한 출판업자들의 텍스트의 완전성에 대한 존중이 없다면 자신을 자기검열에서 해방시키겠다는 나의 결단력은 오늘날처럼 이렇게 거리낌 없이 의義를 위해 뒤돌아보지 않고 용감하게 나아가는 태도를 보일 수 없을 것이고, 상상과 예술적 탐색에 대한 꿈과 용기도 지금의 모습을 갖추지 못했을 것이다.

물론 국내에서의 출판이 허용되지 않을 때, 해외에서의 출판과 존재를 허용해준 권력에 대해서도 눈물을 머금고 감사해야 한다. 30년 전과 비교하면 이는 커다란 진보이자 관용임에 틀림없다. 30년 전에는 한 작품이 국내에서 금서가 되어 작가가 알아서 해외 출판을 시도한다면 감옥에 가거나 목이 잘릴 수도 있었다. 다행히 지금은 그렇지 않다. 얼마든지 해외 출판이 허용되고 포용되고 있다. 이는 작가의 심혈로 이루어진 텍스트가 완전하게 존재할 수 있음을 의미할 뿐만 아니라 작가의 인격과 독립성이 인정됨을 의미한다. 한쪽 다리를 잃었을 때, 권력이 한쪽 다리로 혹은 지팡이를 짚고 일어서는 것을 용인하여 그가 철저하게 넘어지거나 연약성의 매트리스 위에 무릎 꿇지 않아도 되게 해주는 것이다. 이 점에 있어서도 권력을 향해 절하고 향을 피워 올려야 한다.

그런 까닭에 나는 여기서 포용에 대해 감사하고 또 감사하고 싶은 것이다!

가장 독특한 서술의 경로와 방법이 있는가

거대한 문학의 성취와 방대한 고전들을 대하면서 때때로 작가가 가장 두려워하는 것은 현실의 복잡성과 권력으로부터의 압박이 아니고 글쓰기의 자유 박탈도 아니다. 진정으로 두려운 것은 어떻게 쓸 것인가, 제대로 쓸 능력이 있는가 하는 질의다. 한번은 일본의 유명한 시인 다니카와 슌타로谷川俊太郎와 같은 자리에 있게 되었다. 말이 나온 김에 간단히 설명하자면 다니카와 슌타로는 세계에서 거의 유일무이하게 시에만 의존하면서도 경제적으로 넉넉한 생활을 하고 있는 시인이다. 일본의 유명 작가 무라카미 하루키村上春樹의 산처럼 많은 인세 수입에 비할 바는 못 되지만 그래도 노벨문학상 수상자인 오에 겐자부로大江健三郎보다는 수입이 더 많은 것으로 알려져 있다. 이런 점을 고려하면 이 시인이 누리는 일본에서의 인기와 세계 각국 출판계에서의 지명도를 대략 가늠할 수 있을 것이다. 그와 함께한 자리에서 나는 중국의 글쓰기 환경과 출판 제도, 작가의 독립성 등의 문제에 관해 얘기했다. 한참 동안 침묵하던 그는 대단히 진지한 표정과 어투로 말했다.

"중국 작가들은 운이 아주 좋은 편입니다. 소설 한 편이 작가의 독립성을 갖추기만 하면 권력을 그렇게 긴장하고 불안에 떨게 할 수 있으니 말입니다. 그건 작가의 인생에서 정말 부러워할 만한 일이 아닐 수 없지요."

나는 아무런 대꾸도 하지 못했다.

이 유명한 시인에게 무슨 말을 해야 좋을지 알 수 없었다.

하지만 나는 다니카와 슌타로의 시가 중국에서 광범위한 환영을 받는 것이 그의 시 속에 솔제니친이나 오웰, 케루악, 긴즈버그, 헬러, 밀러, 나보코프 같은 작가들이 자기 작품에서 표현했던 인간과 글쓰기의 독립성을 충분히 갖추고 있기 때문이 아님을 잘 알고 있다. 그가 중국 독자들에게 수용될 수 있었던 것은 그의 시에 가장 독특한 운율과 서술, 그리고 인간세계에 대한 깨달음이 가득 담겨 있기 때문이다. 때때로 한 작가의 독립성과 가장 독특한 예술적 서술은 별개의 것일 수 있다. 하지만 독립성과 작가 고유의 독특한 예술의 가장 완전하고 아름다운 결합, 그것이 바로 소설가들이 꿈에도 그리는 최고의 경지일 것이다. 이것이 바로 위대한『수용소 군도』와『1984』는 성공하지 못한 성공이라는 역설의 사례가 되었지만『롤리타』는 성공 때문에 성공했지만 위대하지는 못한 정설의 사례가 되었던 이유다.

다시 중국 문학으로 돌아가 나 자신의 글쓰기를 되돌아본다. 내 글쓰기가 독립성을 결여하고 있다는 사실을 알고 그에 대해 신중하고 조심스런 태도를 가지면서 내가 수시로 의심하고 경계하는 것은 중국 작가들이 어느 날 작가로서 가능한 독립성을 획득했을 때, 가장 독특하고 자신만의 고유한 소설의 서사도 함께 획득할 수 있느냐 하는 것이다.

서술하는 이야기가 자신의 이야기인가?

서사의 인물과 스토리와 디테일이 가장 중국적이고 가장 개인화된 것인가?

사용하는 언어에 있어서 비밀번호가 자신이 독창적으로 설정한 것인가 아니면 다른 사람들의 언어 기교를 수용하는 것인가?

이런 질의들이 계속 뇌리를 맴돈다. 똑같이 도, 레, 미, 파, 솔, 라, 시의 음계를 사용하여 작곡한 노래와 선율이 모두 듣기에는 아주 신선하고 낯설며 아름답다. 또한 사람들에게 감동을 주고 유행을 타기도 하면서 점차 사람들의 귀에 익숙해진다. 하지만 대부분의 노래와 선율은 진정한 창의가 아니라 차용이나 복제인 경우가 많다.

자신의 글쓰기에서 완전히 새롭고 독특한 서사의 질서를 수립하고자 시도해본 적이 있는가? 시도한 결과는 실패였나 성공이었나?

이런 질의와 관련하여 짚고 넘어가야 할 것은 중국의 비평가들이 중국 소설을 연구하고 논술하면서 절대다수가 서양의 문학 이론으로 중국 소설 예술의 좌증을 삼거나 혹은 중국의 소설 예술을 통해 서양의 문학 이론을 차용하고 있다는 점이다. 이는 축구 경기에서 동일한 심판이 우리 팀 선수가 공을 정확하게 상대방의 골문 안에 차 넣었다고 판정할 수도 있고 상대방이 찬 공이 이리저리 돌아서 골문 안으로 들어갔다고 판정할 수도 있을 때, 당연히 우리 팀은 점수를 얻어야 하고 이런 자살골에 환호해야 하는 것과 같다고 할 수 있다. 중국의 비평가들에게 다분히 중국적인 자신만의 소설 이론이 없어서 그런 것인지 아니면 중국 소설가들이 진정한 의미의 '중국 소설'을 써내지 못했기 때문인지 알 수 없다. 그래서 비평가들은 어쩔 수 없이 서양 이론으로 우리 소설을 연구하는 것인지도 알 수 없다. 자살골이 발생한다는 것은 결코 좋은 일이라고 할 수 없다. 상대방의 자살골 때문에 우리 팀이 승리한다 해도 마찬가지다.

상패나 트로피를 높이 들어올릴 수는 있다. 하지만 말로 표현하기 힘든 마음속 쓴맛은 자신만이 알 것이다.

작가들은 비평가들에게서 뭔가를 얻으려고 애쓸 필요가 없다. 먼저 스스로 이른바 창조와 글쓰기를 점검해야 한다.

오늘날 중국 작가들의 글쓰기는 서양의 인지와 기술 측면에서 너무 많은 것을 흡수했다는 점을 인정해야 한다.

이제는 중국 작가들이 서양의 글쓰기 경험에서 뭔가를 얻을 것이 아니라 뭔가를 벗어버릴 때가 도래했음을 깨달아야 한다.

결국에는 자기가 갈 길로 돌아와야 한다. 그렇다면 되도록 빨리 엉뚱한 길에서 퇴출하여 자신만의 글쓰기 길을 찾는 것이 바람직할 것이다. 이러한 퇴출은 중국의 전통 속으로 되돌아가 주저앉는 것이 아니라 인지든 예술적 기교든 간에 서양에 대한 충분한 흡수가 이뤄진 다음 좀더 명확하고 분명하게 동양 문화의 의미와 위대함을 인식하고 전통의 미래와 의미를 인식하며, 이어서 한 발은 서양을, 또 한 발은 동양을 딛고 서서 문학에 대한 우리 동양만의, 중국만의, 작가 자신만의 독특하고 창조적인 인식 및 방법론을 창조해내는 것이어야 한다.

우리는 오로지 중국의 것인 현대성, 자기만의 문학적 현대성을 완성해야 한다.

세계 문학의 서사 질서 안에 반드시 동양적인 서사 질서, 자신만의 서사 질서가 들어가 있어야 한다.

내 소설을 놓고 말하자면, 최초의 독자와 비평가들이 내 소설이 부조리와 풍자, 블랙 유머, 환상, 모던과 포스트모던으로 가득 차 있다고 말할 때, 나는 마음속으로 은근히 흐뭇한 미소를 지었었다. 하나같이 내 소설을 그 대단한 서양 및 남미의 소설들과 한데 엮어 해석과 논술을 진행하고 있었기 때문이다. 하지만 지금은 독자와 비평가들이 또다시 이런 방식으로 내 소설을 해석하고 토론할 때, 나는 일종의 좌절과 패배감을 느낀다. 그들은 갈수록 더 진지하게 말하고 이론과 논리의 근거도 있기 때문에 반격의 여지가 없다. 나의 좌절감과 패배감만 더 가중되고 깊어질 뿐이다. 시험에서 남의 답안을 베껴 쓴 아이가 더 많은 칭찬을 받을수록 더 죄스럽고 황당한 마음을 갖게 되는 것과 마찬가지다. 한 가지 서술 속에 독특한 창조의 절망이 담겨 있는 것이다. 나는 아무렇지도 않은 듯이, 심혈을 기울여서 중국 문학과 자신의 창작에 대해 이른바 '신실주의神實主義'라는 개념을 제시한 바 있다. 그리고 이 개념에 기초하여 이른바 문학 이론서라고 할 수 있는 『소설의 발견發現小說』이라는 작

은 책을 출판하기도 했다. 분량이 10만 자 정도밖에 안 되는 이른
바 '이론서'에서 나는 순전히 나 자신의 19세기, 20세기 세계 문학
에 대한 개인적 인식을 서술하는 동시에 중국 소설의 동양식 '신실
주의'를 제시했다. 그 결과 중국에서 수많은 비평가에게 냉소와 조
롱의 대상이 되고 말았다. 그들은 내 이론을 아예 거들떠보지도 않
았다. 묘당의 위대한 신들이 모든 참배객이 올리는 향을 가소롭게
여기는 것과 다르지 않았다. 하지만 나라는 참배객에게는 이 한 가
닥 향이 피어오르는 것이 한편으로는 서양 문학에 대한 일종의 저
항과 그로부터의 탈피를 시도하는 것이었고, 동시에 서양 문학에서
철저하고 완벽하게 탈피할 수 없음을 인정하는 것이기도 했다.

이 한 가닥 향이 설명하는 것은 기왕에 서양 문학의 서사 예술이
먹구름처럼 우리 머리 위를 가득 뒤덮고 있다면 (나를 포함한) 중
국 작가들은 구름을 걷어내고 안개를 흩뜨려버린 다음, 자신을 비
출 수 있는 독자적인 한 줄기 빛을 찾아야 한다는 것이다. 혹은 서
양 문학 서사의 빛다발이 태양처럼 뜨겁게 머리 위를 비추고 있을
때, 우리는 중국의 한 조각 연잎이나 부들을 찾아 머리 위의 그 빛
을 가려야 한다는 것이다.

나는 아직 훌륭하게 이러한 퇴출과 재건을 완성하지 못한 것에
대해 부끄러움을 느낀다. 하지만 글쓰기 과정에서 수시로 자신을
점검하면서 이를 완성하려 노력하고 있다.

모든 아쉬움 속에서도 발전을 추구해야 한다

작가는 수시로 자기를 돌아보면서 발전을 추구해야 한다.

소설 한 편을 완성할 때마다 작가는 홀로 조용히 앉아 멍하니 생각에 잠겨야 한다. 방금 완성한 그 작품에 부족함이나 아쉬운 점이 없는지 생각해봐야 한다. 자신과 가장 가까운 동인을 찾아 그 작품에 어떤 가능성이 있는지 공동으로 탐구해봐야 한다. 나는 중국 작가들 가운데 독서량이 비교적 적은 편이고 독서에 일정한 계통도 없는 사람이다. 자신의 글쓰기에 대한 나의 요구는 어느 대목을 잘못 썼고 어느 부분이 충분히 좋지 않은지 알아야 한다는 것이다. 나는 나 자신이 앞서 언급한 것처럼 풍부하고 복잡한 중국의 현실에 대해 확실한 파악 능력과 명징한 인식의 태도를 결여하고 있다는 것을 잘 안다. 문학적 독립성은 부족하고 생활의 연약성만 많아 가장 독특한 문학 서사의 질서를 확보하지 못했다는 것도 안다. 또한 문학과 현실 생활, 그리고 삶에 포함된 정치적 부조화, '신실神實'과 일상생활의 격리도 인식하고 있다. 기술과 내용이 충분히 조화되고 융화되거나 소통되지 못한 것, 그리고 언어와 스토리 내지 사상이 반복되고 있다는 것도 안다. 이 모든 것이 반성과 수정, 새로운 창조와 노력을 요구하고 있다. 하지만 나는 이미 이 나이에 이르러 있다. 인식과 점검이 쉬운 나이지만 수정과 수립은 쉽지 않은 나이다.

세월은 사람을 비켜가지 않는다. 하지만 인간의 마음은 스스로 강해질 수 있다.

이 두루뭉술한 문학적 반성문에서 말한 것들을 나는 앞으로도 계속 반성하고 사유해나갈 것이다. 사사건건 모든 것을 하나하나 수정하고 새로 수립하지는 못하겠지만 사유와 각성과 수정을 유지하고 추구해나갈 것이다.

"혁명이 아직 성공하지 않았으니, 동지들의 지속적인 노력이 필요하다!"•

• "革命尙未成功, 同志仍須努力." 1923년에 쑨원이 중국 국민당 단합대회에서 했던 말이다.

7장

중국에서의
글쓰기의
특수성

중국 이외 지역의 독자들과 대화할 때면 그들은 작가인 나의 상황이 어떻고 내게 어떤 특수성이 있는지에 대해서만 관심을 갖는 게 아니라 이 작가가 살고 있는 나라는 어떤지, 어떤 뚜렷하고 정확한 특수성을 갖고 있는지에 대해서도 관심을 갖고 있다는 것을 알 수 있다. 매일 텔레비전이나 신문, 그리고 중국을 여행하고 돌아오는 이들의 입에서 쏟아지는 다양한 특수성과 문제점들은 믿지 못하는 것 같다.

나는 세계 각국, 각지에서 중국에 대해 갖는 이미지가 시골에서 온 벼락부자처럼 돈은 있지만 문화와 교양, 학식은 하나도 갖추고 있지 않은 모습이라는 것을 잘 알고 있다. 물론 돈 말고도 독재와 불공정, 반민주 등이 있을 것이다. 그 형상은 마치 온몸에 금으로 된 장식을 휘감고 있지만 옷차림은 단정치 못하고 입안 가득 악취를 풍기며 한 번도 게임의 법칙에 따라 일을 처리한 적 없는 야만인의 모습일 것이다. 중국이 정말 이런 사람의 모습이라면 작가는 또 이런 사람의 휘하에서 글을 쓸 때, 이 사람을 어떻게 평가하고 논술하며 묘사할 것인가?

그렇다면 이 '사람'을 겨냥하여, 이 사람의 특수성을 겨냥하여 중국 작가들이 글쓰기에 있어서 어떤 특수성에 직면해 있는지 생각해볼 필요가 있을 것이다.

반쯤만 열려 있는 창문 아래의 빛과 그림자

중국이 경제에 있어서는 고도로 개혁개방이 이루어진 나라라는 사실을 전 세계가 잘 알고 있다. 동시에 중국이 정치적으로는 대단히 폐쇄적이고 보수적이라 경제발전에 비하면 그 유명한 이솝 우화의 「토끼와 거북이」를 연상케 한다는 사실도 잘 알고 있다. 이 우언에서 토끼의 자만심과 여유, 휴식과 긴 낮잠으로 인해 결국에는 거북이가 먼저 골인 지점에 도달하여 승리의 테이프를 끊는다. 오늘날 중국의 경제와 정치 개혁의 경주 노선에서 한참 앞서 달리고 있는 것은 경제이고 휴식과 수면을 취하고 있는 것은 정치다.

우리가 본 것은 경제발전 과정에서 정치라는 토끼는 천천히 기어가지도 않을 뿐만 아니라 오히려 자꾸 뒤를 돌아보고 뒷걸음질치거나 옛날에 걸었던 길을 향해 주저앉거나 물러서는 점이다. 예컨대 중국의 언론 자유와 사상 해방이 그렇다. '문자옥文字獄'은 '감옥'이라고 말할 수 없을지는 몰라도 적어도 '문자의 새장'이라고는 할 수 있을 것이다. 경제의 창문은 최대한 활짝 밀어젖히면서 정치의 창문은 완전히 닫거나 최대한 닫아걸려고 노력한다. 문화는 반쯤 열려있어 때로는 열렸다가 때로는 닫히는 창문의 빛과 그림자 아래서 어찌할 바를 모르고 고개를 들었다가 숙이기를 반복하면서 사방을 두리번거리고 있다. 그리고 문학, 즉 작가들의 글쓰기는 바로 이런 위치에 멈춰서 있다. 다시 말해서 창문이 때로는 열렸다 때로는 닫히고, 빛이 때로는 밝았다 때로는 어두워지기를 반복하는 가운데 이 창문 앞에 모여 호흡하고 생존하는 사람들, 즉 14억의 중국인은 밝기와 어둡기가 일정치 않고 냉기와 열기가 안정적이지 못하다보니 인간의 정신과 영혼, 인성마저 항상성을 나타내지 못해 갈수록 타락하고 어두워지는 것이다.

수십 년 동안 이어지는 중국의 계획경제가 문학의 이러한 법칙을 증명하고 있다. 다시 말해서 계획경제의 성패는 경제의 계획에 있는 것이 아니라 인심의 계획에 있는 것이다. 경제의 계획은 인심의 계획이기도 하다. 모든 계획경제의 최종 목적은 경제 번영에 있는 것이 아니라 인간 영혼을 국가가 소유하고 당이 소유하는 데 있는 것이다. 국유경제(기업)라고 하는 것보다 인간의 '국유' 혹은 정신 및 영혼의 '당유黨有'라고 하는 게 나을 것이다. 시장경제에 있어서 시장은 경제에 국한되는 것이 아니다. 경제가 큰 폭으로 개방되면, 하는 수 없이 적당한 폭으로 인간의 정신과 자유를 풀어주어야 한다. 하지만 인간의 정신적 자유는 권력과 정치의 필요에 의해 일률적으로 경제의 등락과 명암에 따라 기복하게 되고 자유롭게 비상하지 못한다. 경제의 대문은 열려 있는데 정치의 문은 닫혀 있다. 의식과 권력이 절대적으로 집중되어 있는 상황에서 인간의 정신은 때로는 열렸다 때로는 닫히기를 반복하면서 갑자기 열렸다 갑자기 닫히고 절반은 닫혀 있고 절반만 열려 있는 창문의 불빛과 그림자 아래, 변화무쌍한 명암과 일정치 않은 비바람의 환경에서 생장하는 한 포기 풀과 같다. 빛이 부족하고 바람이 일정치 않지만 또 빛과 바람이 전혀 없는 완전한 어둠과 폐쇄 상태는 아니기 때문에 이 풀들 가운데 바람과 빛을 볼 수 있는 것들은 빛과 바람을 쟁취하기 위해 투쟁한다. 빛과 바람이 전혀 없으면 빛을 갈구하게 되고 바람에 굶주려 한숨을 쉬며 몸부림치게 된다.

오늘날 중국의 상황이 바로 이렇다. 경제의 창문은 열려 있지만 정치의 창문은 닫혀 있다. 한쪽은 얼음이고 한쪽은 불이다. 한쪽은 바닷물이고 한쪽은 화염이다. 문화는 이런 얼음과 화염 사이를 돌아다니거나 아슬아슬하게 떠다니고 있다. 바닷물 위에서 불꽃에 타버리는 것이다. 문화와 현실에 속한 문학은 씩씩하고 왕성한 경제생활을 마주해서는 불꽃을 안고 있는 것 같고, 사회의 복잡한 현실과 현실 생활 속의 정치 혹은 정치를 통해 없는 곳이 없고 통제하지 않는 곳이 없는 권력을 마주해서는 거대한 얼음을 껴안고 있는 것 같다.

정치는 작가들에게 불꽃과 환한 빛, 눈에 보이는 이른바 '긍정적 에너지'의 현실과 존재를 쓸 것을 요구한다. 하지만 문학 자체는 작가들에게 '긍정 에너지'만 쓸 것이 아니라 겉으로 보기에 '긍정적 에너지가 아닌' 존재와 진실, 혹은 눈에 보이지 않는 존재와 '존재하지 않는' 진실도 쓸 것을 요구한다. 한쪽은 어둡고 한쪽은 밝은 빛과 그림자의 교차 속에서 중국의 현실 속에 있는 사람들은 갓난아기들이 단순하고 깨끗하며 아름다운 것을 제외하면 아동과 노인들에게마저 영혼의 어두운 변화와 착란이 발생하고 있다. 거의 모든 아동이 유치원에 들어가는 그날부터 유치원 선생님에게 선물을 건네야 한다는 것을 항상 보고 들어서 자연스럽게 알게 되고 습관이 된다. 선생님에게 선물을 주어야 사랑을 받는다는 속세의 원리를 어려서부터 확실하게 인지하는 것이다. 노인이 길에서 넘어지면 사람들이 가서 부축해 일으켜주는 것은 하늘과 땅의 도리이자 이치다. 하지만 한 사람이 노인을 부축해줬더니 그 노인은 부축해준 사람이 자신을 밀쳐 넘어뜨렸다고 우기면서 고액의 배상금을 요구할 수도 있다. 이는 아주 특수한 일이고 하나의 사건이라 할 수 있다. 하지만 한 사회에서 아주 짧은 시간에 유사한 일이 동시에 발생하면 우리는 어쩔 수 없이 노인의 속마음을 의심하면서 그를 존중하지 않게 된다. 사람들의 마음속에 온통 어둠만 남게 되는 것이다. 그래서 오늘날 중국에서는 노인이 넘어지거나 혹은 자동차에 치여 부상을 당해도 길을 가던 사람들이 전부 보고도 못 본 체하며 총총히 자리를 떠나버린다. 노인이 피를 흘리며 쓰러져 있는데 아무도 나서서 구해주지 않는 것을 사람들은 아무렇지 않게 생각할 뿐만 아니라 이런 태도를 서로 이해하고 넘어간다. 이것이 오늘날 모든 중국인의 정신의 마비이자 어색함이고 어두움이다.

열린 경제의 창살에서는 돈과 욕망의 맹수가 자생하고 배출되지만 닫힌 정치의 창살에서는 통통하게 살이 붙은 어둠의 부패와 권력의 탐욕, 인간에 대한 천시와 탄압이 자생하고 배출된다. 양자의 작용으로 생산되는 인성과 문화 심리는 왜곡되고 변형되며 부조리해진 영혼이 된다. 작가가 현실에 기초하여 가장 진실하게 인간의 가장 깊이 있는 영혼을 묘사하는 것은 원래 하늘과 땅의 가장 본질적인 원리에 관한 일이자 신이 작가에게 부여한 책임이자 의무다. 이 점을 포기한다며 작가는 존재의 필요성을 잃게 된다. 그런데 중국의 현실에서는 지령과 통제라는 두 가지 창문이 어디든 무수하게 열려 있고 닫힌 곳은 적다. 언제 열리고 언제 닫히든, 어떻게 열리고 어떻게 닫히든 간에 사실 글을 쓰는 작가들의 손과 펜을 항상 장악하고 통제하면서 수시로 이것은 써도 되지만 저것은 쓰면 안 된다고 일깨워준다. 인성의 빛과 긍정적 에너지는 아주 크고 특별하게 쓰되 인성의 어둠은 쓰지 말아야 한다. 인성의 어둠을 쓰면 그 어두운 인성을 발생시킨 원인과 근원으로 연결되기 때문이다.

그리고 작가들은 절반은 열려 있고 절반은 닫혀 있는 이 창문 아래서 생존과 명예, 지위를 위하여 글을 쓴다. 그 과정에서 이 창문을 관리하는 사람의 휘하에서 세 가지 글쓰기 방식을 취하게 된다.

첫째는 빛을 받아들여 글을 쓰는 것이다. 빛을 보고 빛을 얻는 것이다. 빛을 써서 더 빛날수록 명예와 지위가 아침에 창문을 통해 쏟아져 들어오는 일출처럼 자신의 펜과 인생을 온통 찬란한 빛으로 비춰줄 것이다.

둘째는 빛을 차용하여 쓰는 것이다. 빛을 빌려 쓰는 작가들은 전부 가장 뛰어난 능력을 갖추고 있고 일정한 양심과 지혜를 갖춘 사람들이다. 빛을 받아들여 쓰고 싶지 않지만 내면의 예술적 감정과 심리를 포기하고 싶지도 않은데, 이 절반은 열려 있고 절반은 닫혀 있는 창문의 그림자 아래서 어쩔 수 없이 남의 빛을 차용해서 글을 써야 한다. 그리하여 마음속에 항상 부끄러움과 감사하는 마음이 남아 있고, 이에 보답하기 위해 그 닫힌 창문 뒤의 사람과 인심의 진상은 묘사하지 않거나 깊이 파고들지 않는다. 그 창문 뒤의 존재가 가장 큰 진실의 존재라는 것은 알지만 남의 빛을 차용하는 연고로 남의 기구를 빌리고 남의 양식을 얻어먹는 것과 같기 때문에 당연히 남의 밑바닥을 깊이 파내려가지 못하는 것이다. 이것이 서로 간의 묵계로 자리 잡으면서 내가 너에게 생활을 위한 빛을 주었으니 그 어둠 속의 비밀은 캐지 말라는 무언의 규칙을 받아들이게 되는 것이다. 그리하여 이처럼 남의 빛을 차용한 글쓰기는 어둠과 빛 사이를 떠다니면서 예술이라는 평형의 장치를 사용하여 양자 모두에게 손해가 나지 않는 '문학적 이상'을 완성하는 것이다.

셋째는 빛을 넘어서 곧장 어둠 속의 진실로 다가가는 것이다. 이러한 글쓰기는 일종의 모험이라고 할 수 있다. 일단 빛을 넘으면 빛을 배반하게 되고 빛과 어둠의 주변을 오가며 글을 쓰는 대다수 작가의 인정된 글쓰기를 배반하는 것이기 때문이다. 게다가 빛과 빛 주변의 존재는 전부 일종의 공통된 인식이라 누구나 볼 수 있지만, 어둠 속의 진실은 눈에 보이지 않기 때문에 직접 가서 접촉하고 느끼며 증명해야 한다. 때문에 글을 써도 종종 사람들에게 인정을 받거나 공통 인식으로 자리 잡지 못하고 모든 사람에게 회의와 쟁론, 비난의 대상이 된다. 또한 바로 이런 이유로 이처럼 빛을 뛰어넘어 곧장 어둠에 다가가는 글쓰기, 밝은 창문을 벗어나 닫힌 창문 뒤로 다가가는 글쓰기에는 상당한 용기가 필요할 뿐만 아니라 좀더 큰 재능과 창조력이 필요하다. 닫힌 창문은 사실이고 활짝 열린 창문도 사실이라는 것을 알아야 하기 때문이다. 작가는 어둠 속의 진실과 존재를 볼 수 있기를 기대하지만 동시에 빛 속의 진실과 존재도 볼 수 있기를 원한다. 작가가 가장 관심을 가져야 할 문제는 밝은 곳에서의 인간의 즐거움과 순조로움, 그리고 어둠 속에서의 몸부림과 한숨에 그치는 것이 아니다. 작가가 더 큰 관심을 가져야 하는 것은 절반은 닫혀 있고 절반은 열려 있는 창문의 빛과 그림자 사이에서, 빛과 어둠의 상호 변화, 그 빈번한 상호 변화 속에서 인간의 내면이 겪어야 하는 불안과 구체적인 상황이다.

침묵과 한숨

검열이 확대되는 무원칙

문학에 있어서 검열 제도는 아주 폭력적인 가장이 말을 충분히 잘 듣지 않는다고 생각하는 아이들에게 내리는 회초리와 훈계라고 할 수 있다. 중국 작가들은 글쓰기 검열에 대해 이미 잘 알고 있고 아주 익숙해져 있다. 아버지에게 매번 얻어터지는 아이가 자신을 때리는 아버지의 거칠고 조악한 분노의 법칙에 익숙한 것과 같다. 기억과 경험을 가진 모든 작가는 검열과 피검열에 대해 자기 손가락의 대략적인 길이만큼이나 잘 알고 있다.

문학과 관련한 중국의 검열은 대체로 크게 세 차원으로 구분할 수 있다.

국가의 검열

국가의 검열은 작품에 대한 이데올로기적 검열로서 이데올로기가 정권에 복무하는 정책이자 규정이며 법칙이다. 어떤 제도나 규정 내지 법률과 그 조문이든 간에 모든 것이 누군가가 규정하고 생각해 낸 것일 수밖에 없다. 하지만 그 시작과 끝은 항상 국가의 명예로 권력을 집행하는 형태가 된다. 검열 및 심사와 관련하여 오랜 시간이 지나고 문서가 갈수록 복잡해지며 회의와 통지의 세월을 통해 경험이 축적되면서 오늘날 중국의 이데올로기와 관련된 문화와 뉴스, 문학, 예술 등 각 기관과 요원들이 자각적으로 검열의 구체적인 정책과 틀, 기초와 한계를 장악했고, 무엇을 써야 하고 무엇을 쓰면 안 되는지, 무엇을 애매하게 묘사하거나 언급해야 하는지(예컨대 문화대혁명 같은 것), 무엇을 절대로 언급하거나 묘사하면 안 되는지(예컨대 6·4 같은 것) 아주 잘 알고 있다. 국가의 검열에 대해 작가들은 마음속으로 매우 익숙해져 있다. 아들이 폭력적인 아버지를 잘 알고 현신이 폭군의 기질을 잘 아는 것과 마찬가지다. 하지만 작가들로 하여금 진정으로 어느 쪽을 따라가야 할지 몰라 갈팡질팡하게 만드는 것은 구체적인 문학예술 정책을 집행하고 당을 대신하여 장악하는 구체적인 집행자들이다.

검열 집행자

검열의 실행에는 위에서 아래까지 각 단계의 기구와 마디가 있다. 맨 위에는 중앙선전부와 신문출판서 같은 이데올로기 관련 고위 기관들이 있고 중간에는 각 성과 시의 상응 집행 기관이 있으며 맨 밑에는 구체적인 실행을 담당하는 각 출판사와 잡지사 등이 있다. 사실은 이 모두가 문학예술 정책을 집행하고 실행하는 구체적인 집행자들이다. 정책이 얼마나 좋고 얼마나 안 좋든 간에 모두 이들 집행자에 의해 추진되고 실행된다. 법률의 조문이 생성된 뒤에는 법관이 이를 집행해야 하는 것과 마찬가지다. 이들은 문학의 사법 기관이자 법관이라고 할 수 있다. 구체적인 차이가 있다면 중국에서는 법제가 느슨하긴 하지만 법률 조문 자체는 상대적으로 대단히 엄격하다는 것이다. 어떤 범죄를 법에 따라 처리할 때는 대체로 의거할 만한 기준이 있어 간단하게 대응할 수 있다. 예컨대 강도나 강간 같은 범죄에 대해서는 징역 몇 년을 구형하면 되는지 상대적으로 분명하게 규정되어 있다. 하지만 문학에 대한 심사와 검열에 있어서는 범죄나 과실이 아니기 때문에 대응할 수 있는 명확한 법률 조문이 없다. 또한 변호사도 없고 검찰도 없기 때문에 범죄에 대한 변호도 없고 법원과 법관의 집행에 대한 감독도 없다. 모든 것이 집행자들의 정책 기준에 대한 감각과 파악, 양심의 깊이에 따라 결정된다. 예컨대 중화인민공화국 수립 이후의 반우파투쟁과 대약진운동, 대규모 강철제련운동, 1960년대 초의 대기근과 문화대혁명 등 혁명이 몰고 온 국가와 인민에 대한 거대한 재난에 대해서는 문학예술 정책에서 언급하거나 묘사해서는 안 되는 것으로 규정되어 있다. 하지만 예술적 필요와 일부 작가의 소멸되지 않는 집단적 양심 및 지성으로 인해 적지 않은 작가가 이런 역사의 기억에 대한 언급과 묘사, 상상을 계속하고 있다. 이러한 저촉과 상상 가운데 '허구'적인 것과 개인의 운명에 관한 것, 소설예술과 인생에 의미를 둔 것은 전부 출판과 발행이 가능했었다.(지금은 이미 완전히 불가능해졌다.) 엄격한 의미에서 말하자면 내 소설『물처럼 단단하게』와 왕안이王安憶의『계몽시대』, 자핑와賈平凹의『오래된 화로古爐』, 위화余華의『형제』상편, 그리고 모옌莫言의『인생은 고달파生死疲勞』『개구리』등이 모두 검열의 '저촉 작품'에 속한다. 하지만 전부 순조롭게 출판

되었을 뿐만 아니라 비교적 좋은 평가를 받았다. 하지만『딩씨 마을의 꿈』과『사서』『나의 중국현대사往事并不如烟』같은 또 다른 작품들은 출판이 금지되어 아예 세상에 나오지도 못했다. 이는 금지와 관련된 검열 집행자들의 공적이다.

물론 검열을 통한 금지의 기준은 국가의 정책이다. 정책이 쓰지 못하게 규정한 것들을 글로 쓴다면 이는 '법규 위반'이나 '금기 위반'이 되기 때문에 인쇄를 중지하고 출판과 유통을 금지하게 된다. 하지만 상황은 종종 집행자들이 머리에 '오사모'를 쓰기 위해서인지 아니면 당에 충성하기 위한 것인지, 그것도 아니면 감정적으로 일을 처리함으로써 권력을 확대하려는 것인지 모르겠지만 원래 탄력적인 검열의 수준을 최대한 확대하고 삼엄하게 만들어 중국식 운동과 혁명에 일관되었던 확대의 습성이 검열에서 더욱 강화되게 하는 경향을 볼 수 있다. 털을 불어 헤쳐서 상처를 찾듯이 억지로 결점을 찾아내는 것이다. 이는 엘리베이터를 조종하는 노동자가 손에 들고 있는 상승과 하강 버튼을 다른 노동자들이 집으로 돌아갈 수 있는지 여부를 결정하는 자물쇠와 열쇠로 변화시키는 것과 마찬가지다. 검열은 검열로만 그치는 것이 아니라 동시에 권력이 되기도 한다. 수많은 책이 검열 과정에서 '관계'의 영향을 받기도 한다. 검열을 집행하는 권력이 임의로 통과될 수 없는 책을 통과시켜 출판할 수 있게 해주고 통과되어야 할 책을 통과시키지 않는 일이 벌어지는 것이다. 또 다른 유형의 책들도 있다. 대부분의 중국인이 아는

웨이후이衛慧의 소설 『상하이 베이비上海寶貝』와 미엔미엔棉棉의 소설 『설탕』이 금지된 것은 주제나 표현이 금기를 어기지도 않았는데 집행자의 권력과 감정을 건드려 화를 초래한 사례다. 전해지는 바에 따르면 웨이후이와 미엔미엔 두 작가의 소설은 서로가 서로의 경험을 이야기로 썼다는 주장이 갈등으로 비화돼 두 작가 사이의 감정이 악화되고 서로 폭로를 이어가면서 검열을 집행하는 관원의 분노를 샀다고 한다. 그 결과 소설도 금서가 되고 출판사 역시 문을 닫아야 했다. 이때부터 검열을 통한 금서의 물결이 이어지면서 모든 출판사의 편집자들은 춥지도 않은 날씨에 몸을 떨어야 했다.

검열을 집행하는 과정에서의 권력 남용과 출판사들의 과도한 긴장이 오늘날 검열의 집행 단계에 나타나는 두 가지 가장 큰 특징이다. 출판사들은 너무 신중하여 사소한 것까지 신경을 써야 하고, 그럴수록 검열은 더 확대된다. 권력의 남용은 중국의 모든 권력 기관이 공유하고 있는 특징이다. (3단위의 권력과 7단위의 확대, 10단위의 권위가 바로 이러한 권력의 필연적 논리다. 가장 구체적인 출판 관련 기구와 뉴스, 영화, 텔레비전, 그리고 기타 예술 관련 단체들이 하나같이 이런 모습을 보이고 있다.) 예컨대 출판사나 출판공사는 원래 일종의 출판 기업이자 기층 문화의 가장 구체적인 실행자이지만 오늘날에는 조사와 금지가 너무 많고 검열이 지나치게 엄격하다 보니 큰일, 작은 일 할 것 없이 전부 그물에 걸리고 만다. 위로는 주제가 무엇이냐 하는 것에서부터 시작해 어휘와 문장을 어떻게 사용하는지까지 전부 검열 집행의 필연이 되고 있다. 그러니 출판사 사장과 주간들이 늘 출판 때문에 검열과 심문 대상이 되고 정직과 파면을 당하곤 한다. 검열을 집행하는 문화인들은 한 사람이 열 명을 타이르고 열 사람이 100명을 타이르게 되며, 한 번 뱀에 물리면 10년 동안 두레박줄까지 무서워하게 되는 식으로 검열 기관마저 검열당하는 출판 기구(기업)의 검열 대상이 된다. 이리하여 지금은 이미 '온 백성이 전부 병사'로 검열 집행자가 되어 있다. 한 권의 원고가 도착하면 먼저 심사하는 것은 그 책의 예술적 가치나 시장 가치가 아니라 내용이 민감하진 않은가, 위험 요소는 없는가 하는 것이다. 작가가 '상부'에서 주시하고 있는 인물이면 엄격하게 심사하고 그렇지 않으면 비교적 관대하게 평가한다. 편집자는 작품의 예술성과 시장성을 판단하는 사람인 동시에 최초의 원시적 검열자이기도 하다. 출판사의 2심과 3심, 최종심은 원고의 예술적 가치를 판단하는 재판관인 동시에 정치적 심사를 담당하는 경찰이자 법관이기도 하다. 상당한 예술적 가치를 지니고 있고 또 일정한 위험도 안고 있는 '미정未定'의 작품에 대해서는 검열을 계속하고 좀더 높은 기관인 신문출판서나 총서總署에서 판결하여 최종 판정을 내린다. 이리하여 한 편의 문학예술 작품에 대한 검열의 길고 긴 여행이 시작된다. 그럼으로써 예술 및 민감성의 미정과 모호함으로 인해 심사 결과는 '요람에서부터 위험을 말살하는' 것이 아니면 '잘못 죽이는 한이 있어도 절대로 그냥 놓아주지 않는' 것이다. 이처럼 검열 집행자는 위

침묵과 한숨

에서 아래로, 또 아래에서 위로 철저한 검열의 네트워크를 형성하고 있다. 소리나 형태도 없이 검열의 피라미드가 우뚝 서 있는 것이다. 이 피라미드의 맨 꼭대기에는 문학예술 정책의 제정자들이 있고 중간에는 검열 제도의 집행자들이 있으며 맨 아래층에는 출판 기구의 편집자들이 있다. 출판의 자유와 검열의 관대함을 갈구하는 계층은 작가들로 그치는 것이 아니라 검열의 집행 과정에 참여하는 양심과 지성, 책임감을 갖춘 집행자 및 출판자들도 그 대오에 함께한다. 특히 검열자의 역할을 담당하면서 또 양심과 지성을 지닌 편집자와 출판인들이기도 한 사람들은 갈등과 모순 속에서 일하며 노력하고 있다. 이들은 한편으로는 검열을 확대함으로써 작은 것으로 인해 큰 것을 잃어야 하고, 한 가지를 얻고서 만 가지를 흘려버려야 하지만 다른 한편으로는 출판이 가능한 틈새를 찾아 출판 시장의 운행과 지식인들의 내면 안정을 유지하고 추진한다. 하지만 이처럼 미약한 양심과 지성은 검열을 집행하는 과정에서 간신히 박동하는 심장과 같고 철로에 가로누워 미친 듯이 달려오는 열차 운행을 막으려는 행동과 같다. 그물에 난 작은 구멍을 통해 생명을 갈구하는 작은 새가 빠져나가 날아오르는 것과 같다. 가시적인 효과를 보기는 하지만 검열 집행자의 그물과 과정에 대해 근본적으로 어떤 돌파와 단절을 기대하는 것은 완전히 불가능하다.

자기 검열

국가 검열이라는 권력과 정책은 법률보다 더 큰 효력으로 검열 집행의 실행과 감독을 강조하고 이러한 검열의 실행이 오랜 세월 지속되면서 결국 작가들의 자기 검열을 유도하게 되었다. 검열의 실행이 권력의 압박에 의한 조치라면 작가의 자기 검열은 자발적이고 본능적인 여과 장치라 할 수 있다.

　내 소설 『딩씨 마을의 꿈』도 자기 검열을 거친 작품이다. 수많은 작가의 작품이 출판을 위해 자기 검열을 거친다. 자기 검열에 관해서는 이미 여러 차례 말했지만 여기서 약간 보충할 필요가 있을 듯싶다. 작가들의 자기 검열의 자각성과 본능성이 예술에 미치는 피해는 사람들이 가시적으로 파악하는 검열과 삭제, 금지의 폐해를 훨씬 초과한다. 자기 검열은 출생하기도 전에 거세하는 것이나 마찬가지이기 때문이다. 게다가 본인에 의한 거세다. 심지어 자신이 의식하지 못하는 상태에서의 거세라고 할 수 있다. 가족계획 정책 하에서 태아가 세상에 나오기도 전에 이 세상에서 사라지는 것과 같다. 혹은 태아로서의 생명이 형성되기도 전에 본능적으로, 그리고 자발적으로 소실을 '계획'하는 것이라 할 수 있다.

전업 작가 제도의 장점과 단점

전업 작가 제도는 중국 사회주의 문학의 가장 뚜렷한 특징으로서 제도와 권력이 문학과 사상, 예술을 규제하기 위한 행정 시스템이다. 주로 사회주의 국가에만 존재할 수 있는 이러한 행정 제도에서는 국가 기관과 같은 중국작가협회가 작가들의 사상과 행위, 글쓰기를 양성하고 관리하는 효과적인 방법으로 작용한다. (그 외에 영화, 텔레비전, 연극, 회화, 서예, 민간 예술 등과 관련된 문학예술 단체들은 중국문학예술계연합회에서 관리한다.) 가장 큰 장점은 재능 있는 수많은 작가가 특별한 공적도 없이 지원 혜택을 누리면서 기본적인 생활에 대한 걱정 없이 문학예술의 끊임없는 탐구에 전념할 수 있다는 것이다. 또한 조직이나 활동과 같은 방법이 살롱 형식을 대체하여 문학에 대한 토론과 추구, 확산을 이룬다. 하지만 전업 작가 제도의 근본적인 목적은 예술의 멀고 높음과 자유를 위한 것이 아니라 작가의 글쓰기와 사상, 상상에 대한 관리 및 규제, 통제를 위한 것이다. 그렇기 때문에 대체로 이러한 장점들은 실제로 존재하지 않는다. 소수의 작가만이 이러한 집단적인 관리 속에서 작가로서의 글쓰기의 독립성과 문학 인격의 독립성을 유지하고 있다.

전업 작가 제도의 가장 큰 폐단 가운데 하나는 작가들로 하여금 타성에 빠져 창조성을 잃게 한다는 것이다.

이러한 체제 내에서 전업 작가들은 지금까지의 국유화와 당유화

黨有化, '큰솥 밥'처럼 노동을 하든 안 하든 보수가 같고 창조를 하든 안 하든 같은 결과를 맞게 된다. 개혁개방이 시작된 지 30년이 훨씬 넘은 오늘날에 이르러 시장경제가 이미 사회에서 가장 팽창하는 활력이 되고 있지만 전업 작가들은 1년이든 2년이든 5년이든 출근을 하지 않고 글을 쓰지 않아도 월말이나 연말이 되면 국가 재정에서 일정한 임금을 지급받는다. 그런 까닭에 작가면서도 글을 쓰지 않아도 되는 것이다. 매일 공담을 일삼고 각종 행사와 회의에 참석하기만 하면 된다. 수많은 전업 작가가 아마추어로서 글을 쓸 때는 재능이 넘치고 줄줄이 훌륭한 작품을 생산해냈지만 일단 이런 전업의 기질을 수용하고 난 뒤에는 작품 수가 적어지다가 아예 펜을 놓는 상황에 이르기도 한다. 전업 작가의 위치에서 일생을 그냥 조용히 늙어가는 것이 전업 작가들의 대오에서는 아주 흔하고 일상적인 일이다. 따라서 그렇게 공담을 일삼는 한가한 전업 작가들은 현실과 감각에서 이탈하여(관방에서는 생활에서 이탈한다고 표현함) 결국 창작에 종지부를 찍게 된다기보다는 전업 작가 시스템이 인간의 필연적인 타성을 조성하여 작가의 민감함과 분투 노력, 재능과 창조에 종지부를 찍게 한다고 하는 것이 더 옳을 것이다.

전업 작가의 두 번째 폐단은 작가들이 글쓰기의 개성을 상실하여 쉽게 집단화되고 국유화된다는 것이다.

본질적으로 말하자면 글쓰기는 무척 고독하고 적막한 선택이자 종교적인 감정과 정서의 문학적 기탁이라고 할 수 있다. 하지만 전

침묵과 한숨

업 작가 체제의 본질은 개인의 글쓰기를 집단화하고 국유화하며 당
유화하는 것이다. 그리하여 사상을 통일하고 주제를 통일하며 나아
가 가능한 한 예술적 표현을 통일하여 창작을 개인에게서 집단으
로 집중시키고 꽁꽁 묶어 최대한 당유와 국유를 완성한다. 마오쩌
둥의 '옌안延安문예좌담회에서의 연설'•은 처음 발표된 뒤로 줄곧 중
국 문학예술 정책의 강령적인 지침이 되었고, 지금까지도 전업 작가
대오에 속한 작가들의 글쓰기와 언론, 행동의 지침이자 이데올로기
로 작용하고 있다. 수십 년 동안 학습과 연구와 토론의 대상이 되어
온 이 연설에서는 문학이 어디서 왔는가, 누구를 위해 복무하는가
하는 문제들을 얘기하고 있는 것 같지만 그 실질적인 근본은 문학
을 마음과 영혼을 위해 복무하는 종교적 정서에서 이탈시키고 작가
들로 하여금 이런 종교적 정서를 상실해 통일적으로 지도되고 관리
되는 집단의 일원이 되게 하는 것이다. 그리고 문학이 정치와 권력
을 위해 복무함으로써 당과 당의 각종 필요에 따른 발성과 징소리
가 되게 한다.

작가들이 기본적인 생활의 보장을 바란다면 반드시 전업 작가의
대오에 들어가야 한다. 전업 자가익 대오에 들어가면 반드시 사상
의 깊은 곳이 집단화되고 당유화되며 국유화되어야 한다. 또한 글

• 1942년 옌안에서 마오쩌둥이 직접 행한 연설로서 문학예술이 노동자, 농민, 병사들에
게 복무해야 한다는 취지로 문학과 예술의 독립성 및 자유를 부정하고 이데올로기의 도구
로 전락시켜다는 평가를 받고 있다.

쓰기에 대한 국가의 모든 정책과 권력의 규정을 인정하고 받아들여 출판에 임해야 하고 이러한 출판은 수십 년 동안 양성해온 독자들의 가치관을 반영해야 한다. 이런 것들을 인정하고 받아들임으로써 개체에서 집단으로 들어가게 되고, 이로써 문학의 국유화와 당유화를 완성할 수 있게 된다. 이는 대단히 통속적이고 효과적인 연계이자 체제의 가장 효과적인 사상 관리의 사슬이 된다. 작가가 이런 사슬의 한 고리 또는 마디가 되면 그의 문학관과 세계관 내지 인생관과 가치관이 독립성과 개성을 상실하게 되고 집단과 국가의 글쓰기 이데올로기만 남게 된다.

"체제 안에서 일하고, 체제 밖에서 사유한다." 이는 체제 안에 있는 수많은 사람의 변명이자 이상이다. 수많은 중국의 지식인이 이러한 품행과 추구를 유지하고 있다. 하지만 전업 작가의 대오에 들어서면 이렇게 말하는 사람은 많지만 실제로 이런 상태를 견지하는 사람은 소수에 그친다.

조지 오웰의 『동물농장』 같은 작품이 반드시 중국 작가들의 글쓰기의 모범이자 방향이 되는 것은 아니다. 카프카의 『소송』도 반드시 중국 작가들의 글쓰기의 지향이자 방법이 되는 것은 아니다. 하지만 이처럼 풍요로운 삶의 토대에서는 세상을 깨우치고 반성과 성찰을 유지하는 예술적 사유와 글쓰기가 거의 두절되며 하는 수 없이 전업 작가 대오의 방법과 현실이 국가의 사상 집단화와 국유화의 완성에 지대하고 탁월한 효과를 발휘하면서 절대적인 성과를 나타내게 된다.

전업 작가 제도의 세 번째 폐단은 작가들로 하여금 자아를 잃고 독립적 인격을 상실하게 하는 것이다. 한 회사의 직원들이 매년 매달 사장으로부터 월급이나 연봉을 받다보면 업무에 있어서 필연적으로 회사를 위해 노력하고 복무하면서 언행에 있어서도 사장을 숭배하고 그에게 귀의하게 되는 것과 다르지 않다. 작가의 업무는 글을 쓰는 것이고 언행은 그의 작품이라 할 수 있다. 그리고 회사는 중국의 위에서 아래까지의 모든 작가협회 조직이고 사장은 인민을 대표하며 이끄는 당이라고 할 수 있다. 이런 체제 안에서 조직이 작가를 양성하고 키워주면 작가는 자신의 독립적이고 자유로운 글쓰기와 자기 상상의 궤적 및 역동적인 발전을 추구하는 것이 아니라 자연스럽게 조직을 위해 일을 하고 (글을 쓰고) 복무하게 된다.

한마디로 말해서 중국작가협회의 근본적인 목적은 수많은 특수 시기에 그랬던 것처럼 모든 작가를 '당의 작가'가 되게 하는 것이다. 개혁개방 이전에만 해도 모름지기 작가는 당의 작가가 되어야 한다는 사실은 모든 작가가 기꺼이 인정하고 받아들이는 공통 인식이었다. 하지만 그 뒤로는 예술적 자유에 대한 작가들의 추구에 따라 '당의 작가'라는 목소리는 간행물과 회의에 명기되고 입에만 오르내릴 뿐, 수많은 작가의 마음속에서는 퇴색하고 사라졌다. 하지만 중국작가협회의 목적은 전혀 변하지 않고 방법만 변할 뿐이다. 강제성과 압박성, 학생들에 대한 억지 주입식 교육 같은 정치적 주입으로 유도와 교육, 회의와 학습을 통해 전통적 방식인 명예와 수상授賞, 문학예술 가치의 훈육과 양성 등의 방식으로 '당의 작가'가 되게 하는 목적을 달성하고 작가들에게 '순수한 예술의 자유'이기는 하지만 인격의 독립을 바탕으로 한 글쓰기가 아닌 일종의 타협의 방법으로 글을 쓰게 하는 것이다.

전업 작가 시스템은 예술 개성의 자유를 거부하진 않지만 작가 인격의 독립을 주장하지도 않는다. 전업 작가 시스템 안에서는 작가가 당의 작가가 아니라 그냥 작가인 것은 용인하지만 작가가 '주선율'이 아니거나 '긍정 에너지'가 아닌 것을 쓰는 것은 용납하지 않는다. 작품의 언어와 형식에 있어서는 무한한 탐구가 가능하지만 이러한 탐구가 현실 속의 사람들이나 사상, 영혼, 첨예한 사회 갈등 같은 사회적인 내용으로 확장되는 것은 허용되지 않는다. 예술 형식에 있어서 작가의 사상은 독립적일 수 있지만 그 내용과 작가의 인격, 사상에 있어서는 독립적인 사유가 허락되지 않는다. 이런 제한을 위배할 때는 버림받고 금지되고 평가 절하되는 반면, 이에 순순히 따르면 칭찬과 표창, 장려의 대상이 된다. 그리하여 한 가지 새로운 문학적 가치 판단의 기준은 작가들의 대오에서 형성되는 것이 아니라 '당의 작가' '당의 작품'이라는 기준에서 '예술의 주선율'이나 '예술의 긍정 에너지'로 전환된다. 거의 모든 작가가 '주선율'과 '긍정 에너지'의 방향으로 달려가고 있을 때, 혼자서 '주선율'과 '긍정 에너지'의 방향으로 가진 않지만 최대한 '부정 에너지' 쪽으로 가지도 않겠다는 기준에 집착해 있을 때, 이러한 대오 속에서 작가의 독립성은 조금씩 약화되고 말살될 수밖에 없다. 그리하여 작가에 대한 체제의 관리가 직접 혹은 간접적으로 표현되고 완성되는 것이다.

오늘날 중국 작가들 가운데 중·노년층의 80퍼센트는 모두 이런 전업 작가 대오에 속해 있다. 1980, 1990년대에 출생한 작가들에 대해서도 중국작가협회는 회원제로의 흡수와 정기 회의(전국작가대표대회나 청년작가창작대표대회), 평가 및 장려 제도(마오둔문학상이나 루쉰문학상 등) 등의 표창 및 수상 방식을 통해 빠르게 대응하고 있다. 젊은 작가들과 새로 등장하는 인터넷 작가들을 흡수하여 당을 중심으로 '단결'시키고, 더 나아가 동화시키거나 양성하고 변화시킨다. 우선은 이런 대오의 일원이 되게 한 다음, 점차 독립된 인격이 없는 문학의 가치 판단을 받아들이게 한다. 그리고 마지막으로 이런 작가들의 글쓰기에서 독립과 자유, 사상을 상실하게 하는 궁극의 목적을 달성하는 것이다.

특수성 안에서의 글쓰기의 대응법

문화대혁명처럼 철두철미한 극좌의 독재가 아니지만 그렇다고 민주와 자유가 보장되지도 않고 부분적이며 가변적인 정치 개방과 경제의 시장화, 정치의 폐쇄화 등의 이중 모순을 보이고 있는 환경에서 작가들은 독립적 사유와 상상의 가능성을 갖추고 있고 동시에 거대한 정체성의 장애 및 유혹에 직면해 있다. 이에 대해 대부분의 작가는 나름의 대응 방법을 갖고 있다.

첫 번째 방법은 순종과 호응으로 이익을 위해 글을 쓰는 것이다. 문학과 재능을 명예와 지위, 물질적 이익의 교환 조건으로 삼는 셈이다. 중국의 작가 대오에서 이런 작가들은 얼마든지 찾아볼 수 있다. 생존과 생활이 이러한 교환의 가장 그럴듯한 이유가 된다. 최대한 '주선율'과 '긍정 에너지'를 추구했으니 그에 상응하는 각종 문학상과 지위(전국 대부분 지역의 작가협회 주석이나 부주석 자리), 자동차, 집, 권리(신문 판매권)를 주어 넉넉한 생활과 생존을 유지할 수 있게 해달라는 것이다. "백성에게는 먹는 것이 가장 중요하다民以食爲天"라는 명제는 예로부터 지금까지 모든 중국인의 삶의 신념이자 신앙이다. 일단 문학을 생존 및 생활과 한데 결합시키면 모든 아첨과 비위 맞추기, 물질적 이익과 명예가 이치에 맞고 인지상정에 부합하며 합법적인 것으로 변하면서 토론의 여지가 없는 정당성을 지니게 된다. 이것이 바로 오늘날 대부분의 작가가 그렇게 살고 있는 이유이자 근거다.

두 번째 방법은 거리 두기와 도피다. 이는 대단히 숭고하고 가치 있는 글쓰기 전략으로서 "나의 모든 것은 문학 자체를 위한 것이다"라는 숭고한 신념의 발현이기도 하다. 문학을 '상아탑'의 부속물로 여기거나 혹은 '상아탑'의 명예로 주류와 권력, 복잡한 사회의 온갖 어지러운 현상에서 이탈하여 혼자 서재 안이나 무릉도원에서 조용하고 한적한 마음으로 산보하는 것, 문학을 귀숙歸宿으로 삼아, 장자莊子의 출세를 이유와 근거로 삼아 맑고 조용한 생활과 글쓰기 상태를 유지하는 것이다. 매일 서재와 무릉도원에 있지 않고 세속적 생활과 사회 현실에 스며든다 해도 그 글쓰기는 여전히 현실과의 거리 두기와 도피, 순수성의 유지가 가능하다. 이는 일종의 자세일 뿐만 아니라 하나의 세계관이자 방법론이기도 하다. 오늘날 중국에서 사유하며 추구하는 바가 있고 재능을 갖춘 작가들이 흔히 취하는 일종의 입장이자 대응법이다. 이런 작가들의 글쓰기에는 현실과의 거리 두기와 분투가 있기 때문에 오늘날 중국 문학의 상황을 풍부하게 해준다. 인격에 있어서는 "나는 생각한다. 고로 존재한다"는 의미의 독립성이 없더라도 글쓰기에 있어서만큼은 독립된 추구와 개성이 있는 것이다. 이런 작가들은 중국 문학의 중견이자 지주로서 문학의 미래와 비전이 그들에게 달려 있다.

세 번째 방법은 문학에서는 독립된 사유를 유지할 뿐만 아니라 사회생활에서도 독립 인격을 갖춘 작가가 되는 것이다. 이런 작가들은 과감하게 인간의 곤경과 현실을 직시하고, 용감하게 글쓰기에 임하며 현실 속에서 문학의 존재를 직시하고 용감하게 문학 속에서의 인간과 현실적 존재를 직시한다. 그들은 도전자의 자세로 독립하는 것이 아니라 글 쓰는 작가의 신분으로 현실의 한쪽에 서 있거나 현실을 직시하는 것이다. 현실을 살펴보고 현실 속의 모든 것을 사유한다. 도피하거나 거리 두기를 하지 않으면서 오늘날 중국의 부조리하고 복잡하며 거세게 요동치는 존재와 현실 속 사람들의 곤경에 대해 할 수 있는 최대한의 관심과 사랑을 표현한다. 문학이 현실의 아침과 저녁 사이에 있는 모든 것을 변화시키기를 기대하지는 않지만 문학이 이 역사와 현실의 아침과 저녁 사이에 무엇을 남길 수 있는지를 사유한다. 현실에 대한 관심은 문학으로 그치는 것이 아니라 인생과 인간 세상 전체로 확대된다. 특히 최근 중국의 가장 중요한 작가들의 작품은 현실에 대한 되돌아보기에 주목하고 있다. 예컨대 자평와의 『진강秦腔』과 『오래된 화로』, 왕안이의 『계몽시대』, 모옌의 『인생은 고달파』와 『개구리』, 위화의 『형제』, 류전윈劉震雲의 『말 한 마디가 만 마디를 대신한다一句頂一萬句』, 쑤퉁囌童의 『하안河岸』, 거페이格非의 『춘진강남春盡江南』 같은 작품이 그렇다. 그리고 이 원고를 정리하면서 읽게 된 한샤오궁韓少功의 『일야서日夜書』와 쑤퉁의 『참새 이야기黃雀記』, 자평와의 『등불을 들고帶燈』, 위화의 『제7일』 같은 작품도 이에 해당된다고 할 수 있다. 이런 작품들은 중국문학의 위대함을 상징하지도 않고 이들 작가의 필생의 글쓰기를 대표하지도 않지만, 이들 모두가 거의 동시에 소원한 자세에서 갑자기 몸을 돌려 민족의 현실과 역사에 주목하고 사회 현실에서 피할 수 없는 부조리 속의 인간에 관심을 갖기 시작했음을 상징한다. 이는 아마도 이들 작가가 문학예술 작품의 완전성을 추구하는 것으로 그치지 않고 동시에 작가 인격의 독립성과 완전성도 함께 추구하고 있음을 분명하게 말해주는 것인지도 모른다.

작가 인격의 독립성과 완전성이 진정으로 문학의 위대한 시대가 도래했다는 것을 의미하지는 않지만 적어도 중국 문학이 발전할 하나의 가능성은 예시한다고 할 수 있다.

8장

두려움과 배반은
평생 나와
동행할 것이다

이는 그리 유쾌하거나 가벼운 주제가 아니다. 하지만 한 사람의 가장 내면적인 영역이라고 할 수 있다. 이를 고스란히 드러내는 것은 많은 사람과 함께 향유하기 위함이 아니라 다른 사람들이 이해해주기를 혼자 갈망하기 때문이다.

"두려움과 배반은 평생 나와 동행할 것이다."

나는 무엇을 두려워하고 있는가

가장 먼저 거론해야 할 것은 권력에 대한 두려움이다.

나는 어려서부터 담이 큰 아이가 아니었다. 너덧 살 때 나는 집 앞에서 늑대를 보았다. 무척 야윈 몸집에 누런빛과 잿빛이 뒤섞인 늑대였다. 오래 굶은 것 같았다. 우리 집은 마을 어귀에 있었다. 어느 날 황혼 무렵에 대문을 밀어 열다가 저만치 서 있는 녀석을 보고는 그 자리에서 몸이 굳어버렸다. 나는 처음에 녀석을 굶주린 개라고 생각하고는 뭔가를 찾아 녀석에게 먹이고 싶었다. 그래서 녀석과 나는 그렇게 잠시 서로를 바라보고 있었다. 당시에는 나 역시 항상 먹을 것이 없었고 늘 배가 고픈 상태였다. 녀석에게 뭔가 먹일 것을 찾지 못한 채로 우리는 그렇게 서서 한참을 서로 바라보기만 했다. 그러다가 마을 사람이 나와 녀석을 쫓아버리고 나서야 나는 녀석이 개가 아니라 늑대였다는 사실을 알게 되었다. 그때 마을 사람이 놀라서 내게 말했다.

"내가 조금만 늦게 왔어도 저놈이 너를 잡아먹었을 게다!"

그때 이후로 나는 늑대에 대해 이상한 애착과 함께 특별한 두려움을 갖게 되었다. 녀석은 굶주려 몹시 야윈 상태였다. 하지만 녀석의 눈빛은 아주 따스했고 뭔가를 갈구하는 표정으로 가득했다.

내게는 어려서부터 세 가지 숭배 대상이 있었다. 도시를 숭배하고 권력을 숭배하고 건강을 숭배한 것이다. 지금은 이 세 가지 숭배를 다르게 이해하고 있다. 도시는 현대 문명이고 권력은 나의 생명을 좌우할 수 있는 힘이며 건강은 곧 생명이다. 이 세 가지 숭배 가운데 가장 먼저 두려움으로 전환된 것이 권력이다. 오늘날 권력에 대한 두려움은 어린 시절 늑대에 대한 두려움과 다르지 않다. 이런 두려움은 눈에 보이진 않지만 없는 곳이 없다. 두려움은 우리에게 돈과 명예, 그리고 갖고 싶은 모든 것을 준다. 하지만 두려움은 언제든지 우리를 사지로 내몰 수 있고 우리의 생명을 바꿀 수 있다. 고귀한 자리에서 비천한 자리로 끌어내릴 수 있고 천사에서 악마로

침묵과 한숨

변화시킬 수 있다.

내 유년 시절에 굶주림은 마치 꼬리처럼 한순간도 내 곁을 떠난 적이 없었다. 나는 매일 등교하거나 하교하는 길에 종종 향鄕 간부들을 만날 수 있었다(당시에는 향이 아니라 인민공사라고 불렀다). 식사 때가 되면 간부들이 물주전자를 들고 국자로 법랑 밥그릇을 두드리며 식당으로 가서 마음껏 고기와 반찬, 새하얀 만터우를 먹는 모습을 보았다. 한 마을과 주위의 백성은 끼니마다 초라하고 거친 음식도 충분히 먹지 못하는데 그들은 어째서 고기 반찬에 하얀 만터우를 먹을 수 있는 것일까? 다름 아닌 권력 때문이었다. 그들이 국가의 간부이기 때문이었다. 이리하여 당시 내 머릿속에 뿌리 내린 이상은 시골을 떠나, 사람들과 고향 땅을 떠나, 가장 바람직하기로는 매달 월급을 받고 매일 먹을 밥이 있으며 체면과 존엄을 갖춘 국가 간부가 되는 것이었다! 나중에 만 스무 살이 되던 해에 나는 군인이 되었다. 인생과 운명을 바꿀 수 있는 첫걸음을 내디딘 것이다. 군인이 되기 전에 이미 소설을 쓰기 시작했지만 당시에는 작가가 되기 위해서가 아니라 글쓰기를 통해 운명을 바꾸고 싶어 택했을 뿐이었다. 도시인이나 촌장처럼 손에 권력을 쥔 사람이 되어 항상 먹을 것과 마실 것이 있는 그런 사람이 되고 싶었던 것이다. 그다음에 나는 정말로 글을 써서 공을 세웠고, 간부로 발탁되었다. 도시인이 되었을 뿐만 아니라 손에 '권력'을 쥔 사람이 된 것이다.

진정으로 손에 권력을 쥔 듯한 미묘함을 느낀 것은 스물다섯 살에 소대장이 되고, 스물여섯 살에 지도원이 되었을 때였다. 오후에 어느 중대에 가서 신고를 하고 밤에 잠잘 때가 되자 통신원이 나 대신 칫솔 위에 치약을 짜놓은 것을 발견하게 되었다. 뿐만 아니라 발을 닦을 물도 침상 아래 단정히 놓여 있었다. 발을 닦을 수건도 의자 등받이에 걸려 있었다. 그때, 얼굴에 소년티가 가시지 않은 통신원 한 명이 나를 향해 귀여운 미소를 지어 보였다. 가슴 깊은 곳에서 뭐라 표현할 수 없는 야릇한 서글픔이 밀려왔다. 자신의 동생이나 아들이 밥 한 그릇을 위해 노복이 되어 있는 것을 바라보는 듯한 기분이었다. 물론 누군가 치약을 짜줄 수도 있고 발 닦을 물을 떠다줄 수도 있다. 그런 느낌은 충분히 '아름답고 기묘하기도 했다'. 아마도 자신이 정말로 '관官'이 되어 권력을 갖게 되었음을 분명히 의식했기 때문인지도 모른다. 진정으로 '관'이 되어 권력이 생겼다는 사실을 분명하게 의식하는 일이 다시 발생한 것은 지도원이 된 다음 날이었다. 나는 부대를 이끌고 아침 여섯 시에 연병장에 나가 구보를 하다가 일곱 시가 되어서야 땀을 줄줄 흘리며 내무반으로 돌아왔다. 실내로 들어와 신발을 갈아신고는 침대보를 들추자 사병 한 명이 보내온 다기 세트가 침상 아래 놓여 있었다. 이어서 침대 옆을 보니 실크로 된 커버가 씌워져 있고 창문 아래 탁자에는 술 한 병과 담배 한 보루가 놓여 있었다.

  1985년의 일이었다. 이런 물건들을 보내준 사람은 중대의 1호 인물인 내게 무언가를 부탁하고 싶은 전사들이었다. 그들은 휴가를

침묵과 한숨

얻어 집에 다녀오거나 입당하고 싶은 사람들, 혹은 당안檔案(개인 신상 기록 파일)에 기록된 처분 결정을 지워주기를 원하는 친구들이었다. 특수한 원인으로 내가 소속되어 있던 그 중대는 100명 남짓한 인원 가운데 경고나 엄중한 처벌을 받은 사람이 30명에 달했다. 전체 인원 가운데 거의 4분의 1에 해당되는 숫자였다. 게다가 당시에는 부대에서 처벌을 받아 불명예 제대를 하고 집으로 돌아가면 일자리를 배정받는 것이 불가능했다. 내가 소속된 중대는 이런 중대였다. 상당히 부정적인 국면에 처해 있었다. 이런 일들을 통해 내게 처음으로 권력을 느끼게 한 것은 권력 자체뿐만 아니라 타인의 운명을 장악할 수 있는 마법의 지팡이와 힘이었다. 바로 그때부터 나는 권력에 대한 일종의 미혹을 느꼈고 보이지 않게 존재하는 두려움을 갖게 되었다. 그해에 내가 한 일들 가운데 가장 중요한 것은 전사들이 준 선물을 하나도 남기지 않고 전부 돌려준 것이었다. 나에 대한 요구, 더 정확히 말해서 나의 권력에 대한 요구는 대부분 합리적이고 인지상정에 부합하는 것이라 전부 수락하고 만족시켜줄 필요가 있었다. 아무리 생각해도 앞으로 크게 발전해나가고 싶어하는 사병을 입당시켜주는 것이 그들을 해치는 일은 아닌 것 같았다. 아무래도 그들을 도와주는 것이 인지상정에 들어맞는 일이었다. 집에 돌아가 부모님과 할아버지 할머니를 뵙고 싶어하는 사람들에 대해 나는 아무도 모르게 며칠간의 휴가를 주어 고향에 다녀오게 했다. 처벌 기록이 있는 30명에 가까운 사병의 경우, 평소의 생활과 복무 태도에 큰 문제가 없으면 당안에서 몰래 처벌 기록을 꺼내 그들이 보는 앞에서 박박 찢어버렸다. 처벌을 받은 전력이 있는 20여 명의 사병이 이때부터 과거의 처벌 기록에 대한 부담 없이 가벼운 마음으로 훌륭하게 훈련과 업무에 임할 수 있었다.

그 결과 반년 뒤에는 우리 중대가 사단 전체를 통틀어 가장 훌륭한 중대로 변신하게 되었다. 이를 구호로 표현하자면 '옛 모습을 새 얼굴로 바꾼舊貌換新顔' 것이라 할 수 있었다. 나는 우리 중대에 커다란 변화를 일으킨 것이 나의 지혜가 아니라 권력이라는 사실을 잘 알고 있었다. 예컨대 병사들이 휴가를 받아 고향으로 돌아가는 것은 대대의 동의를 얻어야 하고 군단에까지 보고해야 하는 일이었다. 하지만 나는 아무에게도 말하지 않고 사병들이 집에 다녀올 수 있게 해주었다. 병영에서의 생활 및 복무 태도가 좋은 사병들이 예전에 받았던 경고 처분을 당안에서 삭제하는 일은 중대 당 지부와 상의하여 결정하고 보고한 뒤에는 연대의 허가를 받아야 하는 일이었다. 하지만 나는 아무에게도 말하지 않고 단독으로 이런 조치를 강행했다. 혼자 다 결정해버린 것이다.

그해 말에 나는 사단에서 우수 기층 간부라는 평가를 받았다.

이듬해에 나는 군단으로 자리를 옮겨 선전 업무를 담당하게 되었다. 중대를 떠날 때, 사병들이 전부 나와 엉엉 울면서 나를 보내주려 하지 않았다. 하지만 나는 사병들과 나 사이의 감정이 전부 내가 직권을 남용하고 자신의 권력을 확대했던 감정에 기초하고 있다는 사실을 모르지 않았다. 중국 각 도시에서 온 20여 명의 사병이 당안에 처벌받은 기록이 전부 사라진 덕분에 그해 제대한 사람 모두가 좋은 직업과 일자리를 배정받았고 일생의 운명이 좋은 시작을 맞이하게 되었다. 결혼하고 가정을 꾸려 아름답고 가슴 벅찬 생활을 시작한 친구도 많았다. 이 모든 것이 나 때문이 아니라 권력 때문이었고, 지도원이라는 하찮은 직권을 마구 남용하고 확대한 결과였다.

그다음에는 모든 일이 그렇게 아름답지만은 않았다. 수많은 일에 놀라운 변화가 일어났다. 그 가운데 정말 잊기 어려운 일은 군 기관에서 일할 때, 수장 한 명과 무슨 일로 군영 밖에서 식사를 함께 하게 된 것이었다. 식사 자리에는 지방 공안국의 고위 간부 한 명과 그의 기사도 동석했다. 중국에서 일반적으로 기사는 간부와 한자리에서 식사를 하지 못하게 되어 있었다. 하지만 그날은 사람이 많지 않았기 때문에 기사도 동석하게 했던 것이다. 문제의 발단은 기사가 재빨리 식사를 마치고 평소 습관대로 자리에서 일어나 음식점 밖에 나가 기다리지 않고 그 자리에 계속 앉아 있었던 것이다. 식사 도중에 우리는 어떤 사람들과 업무에 대해 실명을 거론하며 우스갯소리를 곁들여 얘기를 나눴다. 우스갯소리는 정말 우스운 이야기였다. 나 자신도 배꼽을 쥐고 웃어댔다. 그래서 나이가 서른이 채 되지 않은 기사도 그 우스운 이야기를 듣기 위해 식사를 마치고도 얼른 자리를 뜨지 않았다. 수장과 공안국 간부도 우스운 이야기에 파안대소하며 보통 사람들과 다르지 않은 모습을 보였고 기탄없고 너그러우며 자연스러운 언행을 유지했다. 약간의 추태를 보이면서 우스갯소리가 일반적인 사실에서 선정적인 사실로 나아가는 순간, 우리는 갑자기 그 자리에 '외부인'이 앉아 있는 것을 발견했다. 바로 그 순간, 외부인은 다름 아닌 기사였다. 기사가 고위 간부들의 대화를 옆에서 듣는 것은 있을 수 없는 일이었다. 하지만 이 기사는 우스갯소리가 너무 재미있어서 식사가 끝났다는 사실을 까맣게 잊고 그 자리에 계속 앉아 많은 얘기를 듣고 있었던 것이다. 부대 수장의 우스갯소리가 가장 선정적인 절정 단계에 이르렀을 때 갑자기 그 기사가 맞은편에 앉아 있는 것을 보게 되었다. 수장은 이야기를 멈추고 기사의 얼굴 위로 눈길을 던졌다.

그제야 기사는 재빨리 상황을 파악하고 몸을 일으켜 자리를 떴다.

지방 공안의 수장은 자기 기사가 식사를 끝내고도 자리에서 비키지 않은 것 때문에 몹시 미안한 얼굴로 수장을 쳐다보다가 한마디 던졌다. "죄송합니다."

부대 수장이 말했다. "괜찮소. 돌아가서 교육을 잘 시키면 되지 뭘."

이렇게 모든 일이 지나갔다.

나도 모든 일이 그렇게 지나갔다고 생각했다. 생활 속에 가벼운 가랑비가 내렸지만 햇볕에 다 말라버린 것 같았다. 하지만 이튿날

침묵과 한숨

오후 퇴근 시간이 되어 내가 집으로 돌아가 보니, 그 기사가 우리 집 문 앞에서 날 기다리고 있는 것이었다. 그가 우리 집을 어떻게 찾았는지 알 수 없었다. 상심한 아이처럼 길가에 쭈그리고 앉아 있던 그는 나를 보더니 황급히 달려와서는 연신 고개를 숙여가면서 애절한 어투로 국장의 기사 자리에서 잘렸다고 말했다. 쫓겨났다는 것이었다. 어제 저녁 식사 자리에서 얼른 자리를 뜨지 않고 많은 얘기를 들은 것이 원인이었다. 그는 내가 부대 수장에게 한마디 해주기를 바랐다. 수장이 다시 공안국 간부한테 얘기해서 자신을 자르지 않고 계속 기사로 일할 수 있게 해달라고 부탁해달라는 것이 그의 요구였다. 그러면서 온갖 관계를 통해 이런 일자리를 얻었고 자신이 공안국 간부의 차를 모는 것을 온 가족이 자랑스럽게 여긴다고 말했다. 온 가족의 생계가 그 한 몸에 달려 있지만 일단 공안국 간부의 기사를 그만두게 되면 그는 한동안 일자리가 없는 실직 상태에 놓일 터였다.

나는 몹시 놀랐다.

그에게 수장을 찾아가 얘기해보겠다고 약속했다.

그렇게 하룻밤을 보내고 출근한 나는 조심스레 수장의 사무실을 찾아가 이 기사의 운명이 수장의 말 한마디에 달렸다고 말하면서 그의 딱한 처지에 관해 설명했다. 아울러 수장이 그 공안국 간부에게 전화해서 기사를 쫓아내지 않게 해달라고 간절히 부탁했다. 내 말이 다 끝나자 수장의 눈길이 내 얼굴 위로 떨어졌다. 나를 한참이나 조용히 바라보던 수장이 갑자기 물었다.

"자네는 그(공안국 간부)가 잘못했다고 생각하나?"

나는 할 말이 없었다.

수장이 다시 입을 열었다.

"나는 그의 일 처리가 그렇게 단호하고 깔끔하리라고는 미처 생각지 못했네. 그가 부대에 있었다면 병력을 이끌고 전장에 나가기에 부족함 없는 인물이었을 걸세."

나는 아무 말도 하지 못했다.

입가에 말 한마디는 고사하고 단어 하나도 올릴 수 없었다. 결국 대단히 어색한 얼굴로 수장의 사무실을 나와야 했다.

그 기사는 그렇게 일자리를 잃었다.

이것이 바로 권력이다. 이것이 바로 권력의 필연적인 존재로부터 나오는 두려움이다!

권력에는 사람과 사람의 운명에 대해 마음대로, 편의대로 바꾸고 변화시킬 수 있는 거대한 마력魔力이 담겨 있다. 어떤 사람들은 이러한 마력에 무한히 미혹되고 또 어떤 사람들은 이를 무한히 두려워한다.

권력에 대한 나의 두려움은 아마도 이 사건에서부터 시작된 것 같다. 그 후로 내 생활에서 일어난 수많은 일도 권력에 대한 나의 존중이 경외를 거쳐 두려움으로 치닫도록 했다. 권력에 대한 분명한 두려움은 이렇게 딱 맞는 시기에 약속처럼 다가와 내 머릿속에 단

침묵과 한숨

단하게 자리를 잡고서 다시는 사라지지 않았다. 그리고 바로 이때부터 나는 신분을 높이고 관원이 되기 위한 노력을 문학으로 전환했다. 인생과 목표를 하루하루 바꾸기 시작한 것이다. 나의 일생이 속할 수 있는 곳이 문학밖에 없다는 사실을 굳게 믿게 되었다. 문학이 내게 속하지 않는다 하더라도 내 선택은 그것밖에 없었다.

1994년에 나는 베이징의 새로운 부대로 전속되었다. 그곳 사람들은 나를 아주 잘 대해주었다. 하지만 그 시절 나는 허리 디스크로 인해 사방으로 의사를 찾아다녔지만 치료 효과를 보지 못해 제대로 걸을 수도 없었고 무거운 것을 드는 것은 더더욱 불가능했다. 1층에서 2층으로 층계를 기어오르는 것조차 불가능했다. 당시 내 글쓰기는 전부 침대 위에 눕거나 특별히 제작한 장애인용 의자에 눕듯이 앉아서 해야 했다. 예컨대『연월일』과『일광유년』등이 이 시기에 완성된 작품이다. 이 기간에 중국 산둥성山東省의 지난濟南 군구軍區에서 이 병을 치료하는 새로운 기술을 확보했다는 소식을 듣고 베이징에서 산둥까지 수술을 받으러 갔다. 공교롭게도 수술대에 올라 수술 준비를 하는 동안 새로 배치된 부대의 간부로부터 전화를 한 통 받게 되었다. 빨리 부대로 돌아오라는 명령이었다.

나는 곧 수술을 받아야 한다고 말했다.

간부는 큰일이 터졌으니 수술대에서 당장 내려오라고 했다.

나는 아내와 함께 서둘러 베이징으로 돌아왔다. 그제야 나의 소설『샤를뤄夏日落』가 비판을 받아 심사를 거쳐 출판 및 유통이 금지되었다는 사실을 알게 되었다. 이때를 기점으로 반년 가까이 나는 침대 위에 올라가 검토서檢討書(일종의 반성문으로 주로 스스로 자기 사상을 비판하고 뉘우치는 것을 내용으로 한다)를 써야 했다. 한 장 또 한 장 반복해서 검토서를 썼지만 한 번도 통과되지 못했다. 당시 나는 이미 아내와 아들을 데리고 고향으로 돌아가 다시 농사를 지을 준비까지 해놓고 있었다. 아무리 써도 통과되지 못할 검토서라면 더 이상 수정할 것도 없고 더 쓸 필요도 없다고 생각했다. 하지만 어느 날 갑자기 부대의 최고 수장이 과일을 한 바구니 들고 나를 찾아왔다. 그는 내게 별일 없을 거라면서 앞으로 부대를 예찬하고 조국과 영웅들을 찬미하는 작품을 좀 쓰면 된다고 말했다. 수장이 우리 집에 앉아 있는 동안 나는 너무나 감격하여 뜨거운 눈물을 흘렸다. 수장이 가고 나서도 나는 집 안에서 말없이 눈물을 흘렸다. 눈물이 하염없이 흘러내렸다. 한편으로는 운명의 급전직하 반전에 감사하면서도 다른 한편으로는 가슴 깊은 곳에서 권력에 대한 말로 표현할 수 없는 두려움이 솟아나왔다. 혼자서 고요한 밤길을 걷는 기분이었다. 사방은 온통 공허한 광야이고 주위에는 인적이 전혀 없었다. 달빛만 물처럼 조용하고 밝았다. 달빛이 땅바닥에 떨어지는 소리가 들릴 것만 같았다. 그러면서 빨리 그곳에서 벗어나 멀리 달아나야겠다는 생각이 들었다.

나는 문학 속으로 도망치기 시작했다. 이때 이후로 나는 더 이상 군대를 소재로 한 작품은 쓰지 않기로 마음먹었다. 군대라는 공간

침묵과 한숨

에서 내가 보고 체험하고 느끼는 것은 다른 사람들과 같지 않았다. 문학에서는 자신이 느끼고 인식한 사람과 사람들의 상황, 그리고 자신이 처한 세계를 개인적인 방식으로 표현해도 무방할 수 있기를 갈망했기 때문이다. 권력에 대한 그런 자연적인 공포감 때문에 마지막 마음을 문학에 걸기로 했다. 그리고 문학에 있어서 군사문학의 허구에 대한 글쓰기는 현실 권력의 압박을 유발할 수 있었다. 그리하여 최대한 향촌문학의 서사에 집중하면서 다시는 군사 문제와 관련된 문학과는 접촉하지 않기로 마음먹었다. 당시에 내가 쓴 장편소설 『일광유년』과 『물처럼 단단하게』 『레닌의 키스』, 그리고 약간의 우언을 담고 있지만 대단히 향토적인 중단편 작품들이 내게 문학의 새로운 천지를 열어주었다고 생각한다. 이처럼 더 멀리 달아날 수 있었을 때, 어느 날 갑자기, 말하자면 『레닌의 키스』가 출판되고 얼마 지나지 않아 홍콩의 봉황위성텔레비전에서 나를 인터뷰한 내용을 방송에 내보낸 이튿날 또 일이 터지고 말았다. 방송이 나간 것은 첫째 날 저녁 여덟 시였다. 둘째 날 아침 여덟 시에 막 퇴근을 했을 때 부대 간부가 집으로 전화를 했다. 그가 말했다.

"어제 저녁에 봉황위성텔레비전에서 자네를 인터뷰한 내용을 수장들께서도 보셨네. 수장들께서 자네에게 부대를 떠나 다른 직업을 찾아보게 하라고 하시더군."

이 말을 듣고 3, 4분 동안 아무런 반응도 할 수 없었다. 무슨 일이 일어난 건지 알 수 없었다. 부대의 이직간부지원판공실 간부가 우리 집으로 전화를 걸어왔다. 사흘 내에 다른 직장을 알아보라는 것이었다. 사흘 내에 다른 직장을 찾지 못하면 조직에서 배치해주는 대로 순종하는 수밖에 없다고 했다. 아마도 창핑昌平에 가게 될 거라고 했다. 당시 창핑은 베이징 외곽지역으로 베이징에서 꽤 멀리 떨어진 곳이었다. 이리하여 나는 이 간부에게, 즉 권력에게 내 고향으로 배치해줄 수 없느냐고 간청하듯 물었다. 내가 고향인 시골에서 떠나왔으니 나의 고향 시골로 다시 돌아가고 싶다고 말했다.

이직간부지원판공실의 간부는 전화 통화 중 잠깐 생각해보지도 않고 곧장 대답했다. "자네는 간부니까 조직의 배치에 순순히 따라야 하네. 조직을 향해 어떤 요구를 해선 안 된단 말일세."

나는 그렇게 한순간에 군대에서 쫓겨나고 말았다.

그런 뒤에야 나는 내가 소속되어 있던 부대에 중장 한 명이 새로 부임한다는 사실을 알게 되었다. 책 읽기를 무척 좋아하는 이 신임 중장은 얼마 전 독서와 관련해 얘기하면서 최근에 책을 두 권 읽었는데 한 권은 『레닌의 키스』이고 다른 한 권은 『나의 중국현대사』 (나중에 금서가 됨)라고 말했다고 했다. 그러면서 중국에서 또다시 반우파투쟁이 벌어진다면 전국에 단 두 명의 투쟁 대상이 있을 텐데, 다름 아닌 이 두 권의 저자들일 것이라고 말했다는 것이다. 이어서 그는 또 봉황위성텔레비전에서 내가 "작가는 꽃병이라 때로는 고위 간부들이 식사할 때 자리에 배석하기도 한다. 하지만 술자리에서는 작가가 쉴 새 없이 술을 따라주어도 그 간부가 반드시 작가를 기억한다는 보장은 없다. 하지만 술을 따라주지 않는다면 간부는 그때부터 이 작가를 확실하게 기억할 것이다"라는 농담을 하는 걸 들었다고 했다. 그제야 나는 이것이 바로 내가 군대에서 쫓겨난 직접적인 원인이라는 사실을 알게 되었다. 그리하여 이튿날 출근해 가장 먼저 일어난 일은 수장들이 내가 최대한 빨리 부대를 떠나도록 결정하여 통지한 것이었다. 그렇게 나는 26년 동안 생활하고 일하고 글을 썼던 부대를 떠나게 되었다. 권력은 오만함과 사악함, 그리고 음흉한 힘으로 가득 찬 거대한 악마의 지팡이 같았다. 이 지팡이가 사람들에게 은덕을 베풀 때는 많은 돈과 신선한 꽃을 가져다주지만 조금이라도 화가 나면 개인뿐 아니라 그 가족 전체의 운명까지 어디서 왔는지 모를 바람이 열심히 길을 가고 있는 개미의 몸을 덮치는 것과 같은 꼴이 되고 만다. 개미는 바람에 날려 어디로 가게 되는지도 알지 못한다.

물론 운명을 놓고 말하자면 내가 중국인들 가운데 가장 견디기 어려운 운명의 소유자라고 생각하지는 않는다. 하지만 견디기 어려운 일은 꼬리에 꼬리를 물고 일어났다. 심지어 몇 년 전에는 어렵게 베이징에 집을 한 채 샀지만 권력에 의해 영문도 모른 채 빼앗기고 말았다. 강제 철거에 순응하지 않으면 경찰이 언제든 집에 들이닥칠 수도 있었다. 언제든 물건을 도난당하고 전기와 수도가 끊기거나 어디서 날아왔는지 모를 돌멩이에 유리창이 깨질 수도 있었다. 깊은 밤이 밀려가고 아침이 되자 철거 업무를 담당하는 국가 기관의 간부가 찾아와 비웃는 듯한 표정으로 말했다. "고소해도 돼요. 법원의 대문은 영원히 활짝 열려 있으니까 말이에요!" 이렇게 권력은 내게 또다시 분명한 깨달음을 주었다. 인간인 내가 개나 돼지처럼 살수는 없다는 것이었다. 돼지는 억압을 받아 화가 나면 사람들을 향해 맹렬히 울부짖으며 반항한다. 개도 화가 나면 자신을 지키기 위해 사람을 물거나 쫓아낸다. 하지만 권력 아래서 사람인 나의 권위와 존엄은 개미나 모기의 신세와 다르지 않았다. 개나 돼지 같은 반항의 용기조차 없었다. 개나 돼지에 비해 인간이 다른 것을 지니고 있다면 그건 인간의 민감함과 유약함, 기억이라고 할 수 있을 것이다. 인간은 모든 상처와 피해에 대해, 설사 그것이 그리 심하지 않은 상처와 피해라 할지라도 죽을 때까지 치유되지 않고 죽을 때까지 잊지 못하는 기억의 고통을 갖게 된다.

그리하여 두려움은 죽을 때까지 나와 동행하게 될 것이다.

그리하여 두려움은 평생 아내와 아들, 부모보다 더 오래, 더 영원히 나를 따라다닐 것이고, 도저히 떨쳐버릴 수 없는 반려자가 될 것이다. 두려움은 나의 피부와 머리칼이 될 것이고 맨 마지막에는 내 혈액과 내장의 일부가 될 것이며 인간으로서 처세와 일 처리에 있어서의 근신 및 무력감이 될 것이고 내 인생관과 세계관이 될 것이다. 또한 이 모든 것이 나의 문학관을 수정하고 변화시킬 것이며 내 글쓰기의 출발점이자 종점이 될 것이다.

하지만 두려움과 인생, 운명에 관해 얘기할 때, 권력에 대한 두려

　　　　　　　　　　　　　　　　　　침묵과 한숨

움은 내 모든 두려움의 일부분일 뿐이며, 가장 민감하고 뼈와 심장에 새겨야 할 두려움은 아니다.

사실 내게 있어 가장 말하기 어렵고 남들에게 털어놓기 싫은 두려움은 장수와 건강에 대한 숭배다. 뒤집어 말하자면 죽음에 대한 두려움이라 할 수 있다. 열 살 전부터 예순이 넘은 지금까지 죽음을 생각할 때마다 나는 언제나 결코 잠을 이루지 못했고 심지어 인생이 무의미하고 허무하다고 느끼면서 처연한 눈물을 흘리기도 했다. 죽음에 대한 두려움은 끝과 종말을 두려워하는 것이다. 그래서 매일, 매 순간 고통스러워하고 갈등을 느끼면서도 죽음에 대한 무시와 망각, 도피와 대항을 시도하는 것이다.

인간은, 죽음에 대한 두려움 때문에 더더욱 살려고 노력하게 되며 건강과 장수에 대해 숭배 심리를 갖게 된다. 한마디로 말해서 무의미해도 살아가야 하는 것이다. 하지만 이렇게 살아가는 과정에서 우리는 수시로 일상과 평범함, 그리고 가정에 대해 미묘한 권태감을 느낀다. 세월이 물처럼 흘러감에 따라 이런 권태감이 쌓이면서 또 다른 두려움으로 변한다. 근거가 없는 새로운 두려움이다. 이처럼 권력과 죽음, 가정과 평범함 등이 사방을 둘러싼 두려움의 그물이 되어 나를 포위한다. 그리고 나는 이러한 두려움의 그물에 갇힌 한 마리 새가 되고 두려움의 황량한 들판에 핀 한 포기 풀이 되며 두려움의 숲속에 뒹구는 한 조각 낙엽이나 물 한 방울이 된다. 나는 두려움의 고향의 황량함을 위해 글을 쓰지만 결국에는 글쓰기 때문에 현실 세계에 대해 더 큰 두려움과 황량함, 불안을 갖게 된다. 이것이 내 글쓰기의 출발점이요, 과정이자 종점이다.

두려움에서 걸어 나와 두려움 속을 걷다가 다시 두려움 속으로 돌아가는 것이다.

나의 현실 세계는 아우슈비츠 수용소다

담이 작고 두려움이 많은 사람이 어떻게 글쓰기에 있어서는 상대적으로 강경한 태도를 보일 수 있는 것일까?

나의 글쓰기로 미루어 보자면 아마도 자신의 긴장과 불안, 두려움을 알아주는 사람이 없기 때문일 것이다. 심지어 나를 아주 강경하고 거친 사람이나 용기 있고 대항하기 좋아하는 작가라고 생각하는 사람도 적지 않다. 어쩌면 그런지도 모른다. 하지만 내가 말하는 '그렇다'는 것은 모두가 일상적으로 듣고 있고 수많은 작가가 그렇게 말하는 '생활 속에 뭔가를 결여하고 있기 때문에 소설에 그것을 쓰는' 것이 아니다. 현실 속에서는 가질 수 없기 때문에 문자와 이야기 속에서 포만감을 누리려 하는 것이 아니다. 적어도 나는 그렇지 않다. 나는 두려움에서 도피하고 싶기 때문이고, 이러한 도피는 배반이기 때문이다. 그래서 글에서는 강경하고 강인한 예술로 대항하는 것처럼 보이는 것이다.

　　　　　　　　　　　　　　　침묵과 한숨

나는 유년 시절에 시골의 가난한 자연에 대해 민감함과 두려움을 가졌었고 어려서부터 가난으로부터 벗어나고 싶은 바람이 마음 깊은 곳에 감춰져 있었다. 그리고 정말로 이러한 도피가 이루어진 뒤에 고개를 돌려 당시 생활을 돌아보면 시적인 그리움과 정감을 느낄 수도 있지만, 그런 생활에 대한 도피와 배반이 결국 자발적인 것이었고 당시 인생의 주선율이었음을 인정하게 된다. 사랑하기 때문에 미워한다는 것과 같은 논리다. 미움이 절실할수록 사랑도 더 깊어진다는 역설이라 할 수 있다. 현실 생활에서 무언가를 증오하고 두려워하게 되면 본능적으로 그것에 저항하고 반대하게 된다. 대항할 힘이 없을 때는 도피하는 것이 대항 수단이 된다. 그리고 도피에 성공한 뒤에는 배반이 일종의 필연으로 뒤따른다. 현실 속에서 나는 가장 뚜렷하게 도피를 대항 방법으로 삼는 사람이다. 일단 문학에 진입한 뒤에는 이러한 현실의 도피가 본능적으로 배반이 되고, 나는 '문학으로써 현실을 배반하는' 사람이 된다. 수많은 사람이 내 글쓰기가 표현해내는 것이 대지의 아들이 보여주는 혈육 간의 정을 바탕으로 하는 사랑이라고 말한다. 하지만 나는 자신이 대지의 아들들 가운데 철저히 불효한 자손이자 살아 있는 배반자라고 생각한다. 생활 속에서는 대지와 향촌의 삶에 대한 싫증과 두려움 때문에 도피하고, 도피한 후에는 다른 사람들처럼 향토에 대한 끊임없는 그리움과 아쉬움, 그리고 참회의 감정도 없다. 구체적으로 작품을 놓고 말하자면 나는 중국 작가 선충원처럼 대지와 머나먼 고향에 대한 아름다움과 사랑으로 가득한 그런 작품을 써내지 못한다. 적어도 지금까지는 그런 작품을 써내지 못했다. 오히려 루쉰의 향토에 대한 원망과 어둠, 비판을 더 많이 계승한 편이다. 초기 작품에 나타나는 대지에 대한 약간의 본능적 온정이 어째서 나중에는 점점 사라졌는지 모르겠다. 게다가 마지막에는 현실 생활에 대한 인식도 완전히 사라지고 말았다. 『일광유년』과 『물처럼 단단하게』 『딩씨 마을의 꿈』 『풍아송』 『사서』, 그리고 방금 탈고한 『작렬지』 등 일련의 작품을 쓰는 과정이 전부 대지에 대한 비판과 배반, 혹은 땅의 문화에 대한 비판과 배반이었다. 때로는 나 자신도 이런 글쓰기가 단조로움과 엉성함을 면할 수 없다는 점을 의식한다. 하지만 정말로 글쓰기로 들어가면 그처럼 따스한 온정과 넘치는 사랑은 찾아보기 어렵다.

중국에서는, 일부 작가가 자신이 백성을 위해 글을 쓴다고 말하곤 한다. 또 어떤 사람들은 자신이 하층 인민을 대변한다고 말한다. 글쓰기 행위가 일종의 '내려다보기'라고 말하는 사람들도 있고(예컨대 지식청년문학) 글쓰기가 올려다보는 행위라고 말하는 사람들도 있다. 삶의 밑바닥에서 위를 올려다보는 것이 바로 문학이라는 얘기다. 또 어떤 사람들은 글쓰기가 올려다보지도 않고 내려다보지도 않는 평행하게 바라보는 것이라고 말한다. 삶에 대해 동일한 고도와 평행의 거리를 유지해야 한다는 것이다. 내 글쓰기에 관해서는 평행하게 바라보는 것이라고 말하는 사람도 있고 올려다보는 것이라고 말하는 사람도 있다. 하지만 나는 자신이 생활에서 도피한 뒤로 생활의 맞은편에 서 있는 방관자이자 비판자라고 생각한다. 아우슈비츠에서 도망쳐 나와 멀리서 아우슈비츠 수용소 안에 있는 사람들과 그곳에서 일어나고 있는 일들을 관망하고 추억하며 비판하고 있는 것이다.

현실의 생활은 나의 아우슈비츠다. 현실과 생활에서 도망쳐 나온 뒤로 나는 글쓰기를 통해 전율하면서 회상하고 말한다. 나는 생활을 아우슈비츠라고 규정하는 사람이기 때문에 내 글쓰기의 입장과 자세는 자연히 현실에 용납되거나 수용되지 않는다. 그리하여 『물처럼 단단하게』는 '붉은(혁명) 부분과 노란(성적인 주제나 묘사) 부분 양쪽 모두의 금기를 범한 책'으로 간주되어 쟁론을 피할 수 없었고 『레닌의 키스』는 권력이 군대에서 나를 쫓아내는 데 가장 좋은 구실이 되었다. 여기서 문제의 발단이 생겨났다. 내가 정말로 권력이 가장 집중되어 있는 공간인 군대를 떠나자 권력에 의해 직접적으로 억압당하는 고통도 없어졌고 호흡곤란 같은 다급함도 없어졌다. 오히려 한 번도 경험해보지 못한 시원함과 자유를 느꼈다. 갑자기 하늘에서 떨어진 듯한 자유와 해방의 느낌이 몰려왔다. 이러한 현실 생활에서의 해방이 문학으로 전이되면서 『인민을 위해 복무하라』 같은 자유와 타성에 따른 '멋대로 쓰기'가 가능했던 것이다. 그런데 『인민을 위해 복무하라』는 중국에서 엄청난 파장을 일으키며 비판과 금지, '담화'의 대상이 되면서 또다시 내 현실과 생활에 커다란 영향을 초래하게 되었다.

한 가지 디테일을 말해둘 필요가 있을 것 같다. 『인민을 위해 복무하라』가 금서로 지정되었을 때, 하룻밤 사이에 문건이 전국 각지, 각급 선전 기관에 전달되었다. 당시 나는 군대를 떠났지만 아직 군대에 소속된 가족들 전용 주거단지에 거주하고 있었다. 『인민을 위해 복무하라』와 관련하여 무슨 일이 일어나고 있는지는 전혀 알지 못했다. 하지만 현실 생활 속에서는 첫날은 햇빛 찬란하고 봄날의 따스함 속에서 꽃이 피다가도 그다음 날 모든 것이 돌변하기 일쑤였다. 이튿날 내가 단지 안을 이리저리 돌아다닐 때, 조석으로 함께하면서 자주 마주치던 과거의 동료들이 나를 보고도 더 이상 말을 걸지 않았고, 심지어 피하거나 두려워했다. 그들은 멀리서 나를 보면 괴상한 짐승을 보기라도 한 것처럼 얼른 몸을 피했다. 내 아내가 찬거리를 사러 밖에 나갈 때 같은 건물에 거주하는 이웃들을 만나도 더 이상 내 아내에게 인사를 건네거나 말을 걸지 않았다. 그러다가 며칠이 지나서야 나는 『인민을 위해 복무하라』를 금서로 규정하는 중앙의 기밀문서와 군대의 긴급통지가 하달되었다는 것을 알게되었다. 이미 방금 군대 기관을 떠났는데도 문건이 하달됨과 동시에 기관의 장교들이 전부 소환되어 "당분간 누구도 옌롄커와 왕래를 해서는 안 된다"는 통지를 받았다고 한다.

그리하여 나는 사람들의 '적'이 되었다. 사람들이 피해다니는 무서운 괴수가 되었다. 내가 직업을 바꿔 일하게 된 직장에서는 내 글쓰기가 사람들에게 불안과 고통을 안겨주었다면서 사람들에게 빚을 지고 있는 것이라고 말했다. 그리고 『인민을 위해 복무하라』를 발표했던 잡지사는 벌금과 검토서 제출의 처벌을 받았다. 그곳에서 일하는 동료들은 전부가 '적의 점령 구역'에서 오기라도 한 것처럼 누구도 신뢰를 받지 못했다. 모두 엄격한 심사를 받아야 했고 철저한 검사를 거쳐 '통관'과 '입국'이 결정되었다.

현실 생활에 대한 두려움으로 인한 문학에서의 도피와 배반은 결국 이런 문학에서의 '탈북脫北'으로 나타나고 말았으며 현실 생활에 대한 더 큰 두려움과 불안으로 나아갔다. 얼마 전에 어디선가 『딩씨 마을의 꿈』에 관해 언급한 적이 있다. 사실 이 소설은 잔혹한 현실에 대해 타협을 시도한 작품이었다. 권력과 현실에 대한 두려움 때문에 '고개를 숙이고 화해를 구하는' 실험이었다. 나의 글쓰기에서 『딩씨 마을의 꿈』은 인성의 따스한 온정으로 가득한 정신의 여행이었다. 하지만 결과는 너무나 뜻밖이었다. 이 소설에서 작가가 표현해낸 인성의 따스함을 위에 있는 사람들은 느끼지 못하는 것인지, 아니면 이 작품을 쓴 작가가 무슨 말을 해도 이미 도저히 믿을 수 없는 문학의 '탈북자'가 되어 있기 때문인지는 알 수 없었다. 『딩씨 마을의 꿈』은 출판된 지 사흘 만에 유통이 금지되는 금서가 되고 말았다. 이때 이후로 중국에서 나는 철저하게 불신임의 코드이자 지표가 되어버렸다. 나의 모든 작품이 편집자와 주간을 거쳐 상급 관련 부서인 출판총서에 이르는 긴 검열 제도의 주요 '관심' 대상이 되어버렸고 생활 속에서는 어느 정도 '이단' 혹은 '이질적 사고'의 소유자로 낙인찍히고 말았다. 글쓰기에서의 글자 하나 단어 하나가 '다른 마음'을 갖고 있는 것으로 간주되었다.

전업 작가로서 모든 글쓰기가 신임을 받지 못하고 오래전에 쓴 산문집 한 권을 출판하려 해도 출판총서의 심사를 받아야 할 때, 내 마음속에는 온 종일 초조와 불안이 없을 수 없었다. 그리고 이때부터 이러한 초조와 불안이 나의 글쓰기가 되고 나의 삶이 되었다. 이런 초조와 불안이 나의 정신적 존재일 뿐만 아니라 현실적 삶이 되었다. 식사할 때면 나는 추호의 의심도 없이 펜과 젓가락을 분명하게 구별할 수 있다. 하지만 매일 글을 쓸 때는 그런 초조와 불안이 종이 위의 삶인지 아니면 나의 정신생활 혹은 일상생활인지 구별이 되지 않는다.

두려움은 이렇게 내 삶의 일부가 되었다. 글쓰기가 내 생명의 일부가 된 것과 마찬가지다. 살아 있는 한 나는 글을 써야 하고, 글을 쓰는 한 필연적으로 초조와 불안, 두려움이 따라다닌다. 그리고 두려움과 두려움으로부터의 도피로 인해 내 글쓰기에는 "나는 아무것도 두려워하지 않는다"는 자세가 형성되었다. 고요한 밤에 아이가 들판을 걷고 있을 때, 두려움을 이기기 위해 "나는 무섭지 않아! 무섭지 않다고!"라고 외치는 것과 마찬가지다. 아이는 무섭기 때문에 "무섭지 않아!"라고 외치는 것이고 큰 소리로 "무섭지 않아!"라고 외치기 때문에 더더욱 무섭고 겁이 나는 것이다.

침묵과 한숨

사실 나와 내 현실은 어떤 사람이 자신의 아우슈비츠를 대면하고 있는 것과 같다. 그리고 글쓰기는 겁 많은 아이 하나가 두려움 속에서 "나는 무섭지 않아! 무섭지 않다고!"라는 외침으로 무서움을 자인하고 자백하는 것과 같다. 이런 외침이야말로 나의 가장 큰 두려움이자 불안이다.

매일 한바탕씩 울고 싶다

최근 몇 년 동안 나는 쉬지 않고 글을 썼다. 몸이 아무리 안 좋아도 괘념치 않고 글을 썼다. 집에 있기만 하면 거의 매일 글을 썼다. 산문도 쓰고 소설도 썼다. 소설에 대한 나의 인식과 깨달음을 다룬 이론서나 수필도 썼다. 하지만 내가 진정으로 쓰고 싶었던 책은 이런 것이 아니라 '나는 왜 매일 한바탕씩 울고 싶은 것인가'라는 제목의 책이다. 이 책은 허구도 아니고 소설도 아니고 '마음속 감정의 실록'이다. 이 책에서 기술하고 싶은 것이 무엇인지는 말로 다 설명하기 어렵다. 구체적으로 어떤 내용을 쓸 수 있는지는 나 자신도 알지 못한다. 하지만 몇 년 전 어느 날, 우연한 순간에 "매일 한바탕씩 울고 싶다"는 생각이 들었을 때부터 항상 그런 책을 써야겠다고 생각했다. 이 책의 이 씨앗은 그렇게 내 마음속에 파종되고 뿌리를 내리며 싹을 틔웠다. 언제 꽃을 피우고 열매를 맺을 수 있을지에 관해서는 아직 확실한 계절과 날짜가 정해지지 않았다. 하지만 그 뿌리와 싹은 내 마음속에서 흐르는 세월과 함께 천천히 가지와 덩굴을 뻗어가고 있었다.

말하자면, 상당히 서글프지만 나는 그다지 남자다운 사람이 아니다. 어쩌면 이렇게 말하는 것은 열혈 남성 작가가 할 수 있는 말이 아닐지도 모른다. 나는 아마도 이 세상에서 가장 변변치 못한 남자일 것이다. 나는 종종 혼자 멍하니 앉아 있을 때면 어떤 일을 생각하고 또 생각하다가 울고 싶어진다. 때로는 얼굴 가득 눈물을 흘리기도 한다. 소리는 내지 않지만 이렇게 아주 오래 울곤 한다. 아마 3년 전쯤의 일일 것이다. 한번은 우리 집 창문에서 건물 아래에 있는 불탑을 바라보다가 무슨 생각을 했는지 갑자기 훌쩍훌쩍 소리 내어 울기 시작했다. 아마도 불탑이 상징하는 불교가 내게 죽음을 연상케 했던 것 같다. 그렇게 창가 바닥에 앉아 혼자 한참이나 눈물을 흘렸다. 고아처럼 울었다. 그렇게 울다가 졸려서 침대로 갔다. 베개를 베고 누워 또 한참을 더 울었다. 베갯잇이 눈물로 축축하게 젖었다.

또 한번은 아주 사소한 일로 아내와 말다툼을 한 적이 있다. 말다툼을 하고 나서 아내는 찬거리를 사러 거리로 나가면서 내게 한마디 물었다. "점심때 뭐 먹고 싶어요?" 아내가 나가고 나서 나는 또 웬일인지 울음이 터지고 말았다. 아내가 찬거리를 사가지고 돌아와 내 두 눈이 온통 새빨개진 것을 보고는 왜 울었냐고 물었다. 그제야 나는 눈물을 멈추고 울음을 그쳤다. 왜 울었을까? 알 수 없었다. 정말 운 이유를 알 수 없었다! 아내도 알지 못하고 나도 알지 못했다. 하지만 나는 현실 생활이 무의미하다고 느꼈다. 아우슈비츠 같았다. 뭔가 벗어날 수 없는 초조와 불안, 두려움과 무력감을 느꼈다. 하지만 죽음을 생각하고 육체의 해탈을 생각하면 또 두려움과 무력감을 느끼는 것이 내 생활 자체이고 초조와 불안이 내가 살아가는 과정이자 필연이었다. 그리하여 나는 할 말이 없어졌다. 모든 것을 묵인하기로 했다. 운명에 대한 묵인이 내 운명 자체가 되었고 현실에 대한 어쩔 수 없는 무력감이 내 생명의 본질이 되어버렸다. 이리하여 글쓰기가 내 생명의 유일한 의미이자 존재가 되었다.

나는 나 자신이 일생 동안 다른 사람들이 써낸 것처럼 그렇게 좋은 작품을 써낼 수 있으리라고 믿은 적이 없었다. 그럼에도 불구하고 나는 하루하루 글을 써나가지 않으면 안 된다.

나는 내 후반생에서 글쓰기가 대체 어떤 의미와 존재 가치를 지니는지 분명히 알지 못한다. 나의 초기 글쓰기는 땅으로부터의 도피와 운명에 대한 저항과 배반 같은 것이었지만 후반생의 글쓰기는 이처럼 의미가 모호하고 흐릿해졌다. 그럼에도 한 자 또 한 자, 한 편 또 한 편 써나가야 한다. 쓰지 않을 수 없지만 왜 써야 하는지는 분명하게 알지 못한다. 현실 세계는 나의 아우슈비츠이고 내가 써내는 글은 이런 현실 세계에 대한 감시와 원한, 비판이다. 하지만 분명히 사랑을 담고 있는 감시이자 원한이며 비판이다. 감옥에서 도망쳐 나온 사람이 감옥생활에 대해 갖는 사랑과 그리움 같은 것이라 할 수 있다. 왜 그런지는 알 수 없다. 나에게는 모든 것이 분명하지 않다. 하지만 확실하게 느낄 수 있는 것은 글쓰기 과정에서 손에 펜을 쥐고 원고지를 대하고 있으면 내가 진정으로 살아 있는 사람, 제법 존엄하게 살고 있는 사람이라는 점이다.

지난해 4월, 나는 홍콩침례대학에서 손으로 원고를 쓰느라 며칠 동안 컴퓨터를 켜지 않았다. 바로 이때, 베이징에서 온 전화를 한 통 받았다. 미국에서 누군가 내게 이메일을 한 통 보냈으니 읽고서 잘 생각해보라는 것이었다. 그러고 나서 나는 이 전화 때문에 며칠 동안 잠을 제대로 자지 못했다. 며칠 동안 계속해서 한밤중에 잠을 자지 않고 글을 쓰거나 책을 읽었다. 그러다가 체력이 완전히 고갈되고 나서야 다시 침상으로 올라갔다. 우리 집이 강제로 철거되었을 때(이 일을 다시 언급하고 있다), 누군가 내게 공안이 내 생활에 개입하기 시작했으며 내 과거를 조사하고 있다고 암암리에 알려주었다. 그러면서 입을 다물고 당분간 글 쓰는 걸 자제하면서 조신하게 있는 것이 바람직하다고 말했다. 그때 이후로 나는 항상 좌불안석이었고 초조하고 불안했다. 밖에 나가 사람들과 이 문제에 관해 얘기할 만한 용기도 없었다. SNS에서 집이 강제로 철거되고 폭행을 당하는 장면을 올려 설명할 수도 없었다. 나는 그토록 유약하고 겁이 많은 사람이었다. 산과 들에서 집을 찾지 못한 한 마리 양 같았다. 또 그토록 용기가 부족하여 온순하고 무력한 한 마리 개처

럼 살아왔다. 나 자신의 그런 무능력과 기개 없는 모습이 한스러웠
다. 문인의 기개와 절개가 내게는 바람을 만나면 누워버리는 풀과
같았다. 하지만 자신이 무엇을 할 수 있고 무엇을 할 수 없는지, 무
엇을 해야 하고 무엇을 해서는 안 되는지는 분명하게 알고 있었다.
그리하여 생활 속에서의 겁과 두려움, 초조와 불안, 망설임과 갈등
이 글쓰기 과정에서는 도피와 재도피로 나타났다. 글쓰기가 현실에
대한 피난처가 된 것이다. 소설은 현실에 대한 나의 직접적인 반영
이 아니라 내 마음속 도피의 공간이자 묘사였다. 각양각색의 방식
으로 이야기했고 각양각색의 이야기를 늘어놓았다. 이렇게 글쓰기
를 통해 현실을 도피했고 도피는 또 그럴듯한 배반과 반항을 나타
냈다. 도피로 인해 대항하고, 대항으로 인해 배반하며 배반으로 인
해 좀더 깊이 개입하는 것 같았다. 이것이 바로 나의 글쓰기와 생활
이 구성하는 역설의 순환 고리다. 이러한 순환 고리에 나의 생활과
글쓰기가 매여 있는 것이다. 결국 삶이 반드시 나의 글쓰기인 것은
아니지만 글쓰기는 필연적으로 나의 삶이다. 삶이 반드시 나의 생
명에 영향을 미치진 않지만 글쓰기는 필연적으로 나의 생명이고 필
연적으로 나의 생명에 영향을 미친다.

　이러한 역설의 순환 고리와 논리로 인해 현실이 나의 아우슈비츠
가 될 때, 혹은 부분적으로 나의 정신적 수용소가 될 때, 나는 또
현실 속에서 반항하고 배반할 능력이 없어 글쓰기에서만 도피와 배
반을 진행할 뿐이다. 나는 소설의 도움을 받아 자신을 현실의 유약

함으로부터 구해내려고 시도한다. 그리하여 나의 글쓰기는 자연스럽게 '도피에서 배반으로'의 방향으로 가게 된다. 가장 독립적인 인격 같은 쪽을 향해 나아가게 된다. 글쓰기의 '반도叛徒'가 되는 길로 나아가는 것이다. 이러한 '반도'의 지향과 형성은 소설의 내용과 이야기, 인물이 될 뿐만 아니라 예술 자체의 여러 요소가 된다. 예컨대 서술 방식과 언어, 수사, 구조의 기교와 문학에서의 문학과 세계관이 되어 한 걸음 한 걸음 고삐에서 풀린 말처럼 먼 곳을 향해 달려간다. 더욱더 오해되고 오독되는 방향으로 달려가는 것이다. 예컨대 『사서』와 방금 탈고한 『작렬지』는 중국의 현실 세계에 대한 도피이자 배반이다. 하지만 이러한 도피와 배반으로 직접적인 개입과 진실을 완성한다. 그리고 소설의 예술 사유에 있어서도 이 두 작품은 도피이자 배반으로서 중국 소설의 서사에 있어서 새로운 질서를 완성하려고 시도하는 것이지 중국 소설 고유의 집단적이고 정부 기관을 포함해 독자와 비평가 모두에게 인정받거나 수용되기 위한 것이 아니다. 그 결과 『사서』는 중국에서 아예 출판되지도 못했고 『작렬지』의 운명도 예측하기 어렵다.

독자들이 읽어주기를 가장 바라는 나의 소설을 모국어로 본토에서 출판할 수 없을 때, 나는 자신의 영혼을 먼 곳으로 쫓아내버린 '영혼 추방'의 황량함을 몸으로 느낀다. 남다른 정견을 가져 이질 분자로 간주되는 인사들이 서둘러 다른 나라 타향으로 떠나는 것이 얼마나 똑똑하고 지혜로운 일인지 이해할 수 있을 것 같다. 이는 권

침묵과 한숨

투 선수가 링을 떠난 뒤 상대가 없는 상태에서 허공에 대고 주먹의 힘과 기술을 발휘하는 것과 같다. 내용에서 형식에 이르기까지, 사유에서 상상에 이르기까지 모두 배반의 경향을 지닌 소설들이 바깥으로 쫓겨난 뒤에도 작가는 여전히 살아가고 있고 그 정신은 외지를 떠돌게 된다. 그의 인생은 정착할 곳을 찾겠지만 머리가 어지럽고 눈앞이 아찔한 떠돌이의 느낌을 면할 수 없을 것이다.

한 가지 인정하지 않을 수 없는 것은 이처럼 몸이 땅 위에 떠 있는 듯한 느낌은 육체와 영혼이 모국어의 대지 밖을 떠도는 망명의 느낌보다 훨씬 더 따스하고 안정적이라는 것이다. 하지만 때에 따라 어떤 사람에게는 이처럼 땅 위에 떠 있는 느낌이 나라 밖을 떠도는 것보다 훨씬 더 초조하고 불안할 수 있다. 철저한 유랑과 망명, 떠돌이의 상태는 어떤 각도에서 보면 철저하게 어떤 해방과 시작일 수 있기 때문이다. 하지만 내 두 발이 시종 모국어의 대지를 밟고 있는데도 내 글쓰기, 즉 나의 정신과 영혼이 유랑과 망명 상태를 유지하게 된다면 철저함을 담보하지 못하고 단지 일종의 지향성만 갖게 된다. 자아의 완전한 독립성을 확보하지 못하고 그러한 연약함과 나약함 속의 완고함만 갖게 되는 것이다. 이리하여 불안이 찾아오고 두려움이 밀려온다. 현실 세계는 영원히 나의 정신적 수용소가 되는 것이다. 그리고 글쓰기는 근본적으로 내게 정신 해방과 자유를 가져다주지 못하고 단지 내 정신에 일종의 유랑과 망명, 떠돌이의 느낌을 줄 뿐이기 때문에 진정한 도피와 배반은 절대로 불가능하다. 그렇다면 글쓰기를 떠나서 내가 또 무엇을 할 수 있을까? 글쓰기를 제외하면 내게는 아무것도 없다. 그리고 글쓰기 자체는 자신을 구원하지 못한다. 펜을 놓을 수 없는 사람들이 계속 글을 쓰는 수밖에 없다. 이렇게 써나가다보면 두려움과 불안, 초조와 배반의 가능 및 불가능은 영원히 나와 함께 얽혀 있어 나를 구속하게 된다. 영원히 나와 동행하는 것이다.

9장

고도의
권력 집중과
상대적으로
너그러운
하늘 아래서

이제, 우리 이런 경우에 관해 생각해보자.

사나운 호랑이가 철창 밖으로 뛰쳐나왔다. 호랑이를 다시 철창 안으로 집어넣을 방법은 더 이상 없다. 그리하여 다음의 몇 가지 상황에 봉착하게 된다. 첫째는 호랑이를 관리하는 사람이 총으로 이 호랑이를 쏘아 죽이는 것이다. 하지만 그렇게 되면 호랑이를 관리하는 사람은 직장을 잃고 집으로 돌아가야 한다. 일자리가 없어지는 것이다. 둘째는 호랑이를 산으로 돌려보내 자유롭게 야수의 본성에 따라 산을 점령하여 숲의 왕이 되게 하는 것이다. 숲과 하늘, 강과 하나가 되어 진정한 자연의 아들이 되게 하는 것이다. 이럴 경우에도 호랑이를 관리하던 사람은 할 일이 없어지지만 호랑이를 완전하게 원래 모습으로 복원시켜줄 수 있게 된다. 자신의 직업과 권력, 관광객들의 존경과 존엄을 희생함으로써 아무 할 일도 없는 사람이 되는 것이다. 결국 호랑이가 산으로 돌아간 뒤에는 자신도 고향으로 돌아가 농사나 지어야 하는 신세가 되고 만다. 셋째는 호랑이를 다시 우리로 집어넣을 수 없고 또 호랑이를 광야나 산속으로 돌려

보내고 싶지 않다면 가장 좋은 방법은 호랑이에게 상대적으로 원래의 생태에 가까운 서식지를 마련해주어 일정한 범위 안에서 자유롭게 돌아다니게 하고 적당히 음식을 공급하여 적당한 제한 속에서 자유를 누리게 함으로써 그처럼 다급하게 제한된 경계지를 이탈하여 순수한 자유의 산천으로 회귀하지 않아도 되게 하는 것이다. 그러면 이 호랑이 관리자의 수중에 호랑이가 먹고 싶어하는 신선한 고기가 있기 때문에 호랑이는 멀리 벗어날 리가 없고 반드시 우리 안에 가둬두어 사육사가 호랑이를 우리에 넣느라 유혈의 부상을 당할 위험을 감수하지 않아도 된다. 그리고 호랑이 관리자, 즉 그 사육사는 자신의 일과 직위, 월급, 호랑이를 관리하고 먹이는 즐거움을 유지할 수 있다. 동시에 호랑이를 관리하고 먹이는 사람으로서의 위엄과 권력, 그리고 관광객들 앞에서의 존엄을 유지할 수 있다.

보아하니 호랑이가 우리를 벗어난 뒤에 가장 좋은 인간과 호랑이의 관계는 세 번째인 것 같다.

세 번째 방법은 풀어놓고 먹이는 것이기도 하면서 또 풀어놓고 가두는 셈이 된다. 이것이 바로 오늘날 중국의 정치와 중국의 시장경제, 중국식 권력 집중과 중국 문학의 특수한 관계다. 애석한 것은 중국 문학이 아름다운 얼룩무늬 호랑이가 아니라 비교적 온순한 면양이라는 점이다.

미세먼지와 햇빛 사이의 경계지대

중국 문학에 관한 담론에서 배나 차량이 바다와 도로를 피할 수 없는 것처럼 도저히 피할 수 없는 화제들이 있다. 예컨대 정치가 그렇다. 문학은 정치를 피할 수 있다. 문학, 즉 작가들이 역병을 피하듯이 정치를 피할 수 있다. 하지만 때때로 어떤 특정 환경 아래서 정치가 한밤중에 문을 두드리는 귀신처럼 찾아올 수 있다. 그리하여 작가들은 이를 피하지 못하면서 그저 보고도 못 본 척할 뿐이다.

전에도 말한 적 있는 문제이긴 하지만 중국에서는 한 작가의 글쓰기가 진정으로 검열 제도의 여과를 피한다는 것이 불가능하다. 예컨대 어느 작가가 자신의 글쓰기는 정치와 무관하다고 말할 수 있을까? 물론 중국 작가나 전 세계의 수많은 작가가 애써 피하려고 하는 정치와 권력에 대해서 말하자면, 분명히 말할 수 있는 것은 중국식 정치와 권력이 40여 년 전 마오쩌둥 시대 중국의 절대적인 권력 집중이나 오늘날 북한식 절대 권력과는 다르다는 사실이다. 이러한 다름의 가장 큰 특징은, 중국 경제는 고도로 개방된 반면 정치는 최대한의 긴축 상태를 유지하고 있다는 것이다. 이러한 개방과 긴축의 역설 속에서 시장경제는 우리 안의 호랑이를 방출한 것과 같고 진정으로 다시 우리 안으로 잡아들일 가능성도 없다. 울타리 문을 단단히 잠가 철저하게 가둬두려면 어쩔 수 없이 상대적으로 넉넉하고 자유로운 공간과 땅을 제공해야 한다. 이처럼 이 호랑이가 자유로운 타성을 지닌 어선처럼 거대한 바다 위를 마음대로 항행할 수 있게 하는 것이 아니라 자동차처럼 도로를 따라 통제 가능한 방향으로 운행할 수 있게 하기 위해 반드시 필요한 것은 상대적인 관용과 자유뿐이다. 여기서 호랑이로 비유되는 시장경제와 사람들의 사상 및 언론의 자유와 관련하여 시장경제가 자유롭고 자연스런 법칙에 따라 활기차게 움직이며 호흡할 수 있게 하면 되고, 사람들의 언론 및 사상의 자유에 있어서는 가느다란 틈새에서 간신히 숨쉬고 생존할 수 있게 하면 되는 것이다. 그리하여 중국의 정치와 시장경제는 호랑이와 고기의 관계가 되어버렸다. 정치가 시장경제에 일정한 관용과 부양을 제공하지 않으면 사람들에게 피해를 줄 뿐만 아니라 권력의 기둥과 기반을 무너뜨릴 수도 있지만, 지나치게 넓은 관용과 운신의 공간을 제공하면, 당연히 누려야 할 자유를 철저하게 확보한 뒤 그런 자유를 위해 힘차게 달리고 약동하게 될 것이고, 그때부터 집중된 권력의 기반과 자리를 넘어뜨리거나 무너뜨리게 된다.

중국식 권력 집중과 상대적으로 느슨한 자유가 바로 중국식 정치와 시장경제의 관계다. 민주 제도 하에서는 산은 산이고 물은 물이요 호랑이는 호랑이다. 그리고 산과 물, 호랑이, 숲과 나무 및 기타 금수들이 모두 그 실체를 지니고 있지만 전부 자연이라는 큰 체제에 속한다. 이른바 자유와 조화라는 것도 바로 물이 숲을 에두르고 호랑이는 산으로 돌아가며 산에는 호랑이가 있고 숲속에는 새가 있는 자연이며, 이런 자연은 다시 더 큰 대자연에 귀속된다. 하지만 또 다른 권력 집중 제도 하에서는 호랑이가 우리 안으로 들어가고 자연의 산수도 전부 권력의 손으로 귀속된다. 숲과 나무, 화초의 성쇠와 승패, 사계절 비바람이 왔다가 물러가는 것도 권력의 통제와 계획에 의해 조종된다. 꽃이 피었다가 지고 봄여름이 가고 가을과 겨울이 오는 것도 권력의 통제와 배치에 따라 이루어진다.

하지만 오늘날의 중국은 이러한 절대적인 권력 집중과 느슨한 자유 안에 있는 것이 아니라 양자 사이에 있다. 왼발은 동쪽을 딛고 있고 오른발은 서쪽을 딛고 있다. 한쪽은 집중된 권력이고 다른 한쪽은 상대적으로 느슨한 자유다. 세상만사와 만물이 모두 권력과 상대적으로 느슨한 자유의 가랑이 사이에 있다. 그 가랑이 밑은 손바닥보다 약간 큰 하늘과 땅이다. 모든 자유가 이 가랑이 아래서 안정을 찾고 무대 연습을 한다. 물론 이런 상태가 권력의 두 다리와 가랑이, 몸 전체를 피곤하게 하고 체력을 고갈시키며 불안하게 한다. 그 불안한 가랑이 밑에는 항상 우리를 뛰쳐나온 호랑이가 있어 산과 강으로 돌아가 자신만의 세계를 갖고 싶어한다. 따라서 권력은 적당한 수준으로 이 호랑이를 먹이고 사육해야 한다. 먹이를 너무 많이 줘서 호랑이의 몸이 건장해지면 가랑이 밑을 벗어날 수 있고 먹이를 너무 적게 주어 굶주림이 극한에 이르면 권력의 허벅지를 물어 가랑이에 상처를 입히고 피를 흘리게 할 수도 있다. 이것이 바로 중국의 현실이다! 이것이 바로 고도로 집중된 중국의 권력과 철저하게 회귀가 불가능한 자유시장경제의 모순이자 관계다. 그리고 문학은 한쪽은 상대적으로 개방된 경제와 한쪽은 고도로 집중된 권력의 모순된 조건 하에서 생존하고 호흡하며 발전하고 글쓰기를 진행한다.

권력의 집중은 문학의 음산한 하늘이다. 상대적 느슨함은 하늘에서 새어나오는 밝고 아름다운 햇빛이다. 그리하여 문학은 이처럼 때로는 흐렸다가 때로는 비가 오고, 때로는 햇빛이 쨍쨍하다가 때로는 바람이 부는 하늘 아래서 생장하며 꽃을 피우고 춤추고 탄식한다.

회피할 수 없는 글쓰기와 정치의 관계

문학은 정치와의 거리를 유지할 수도 있다. 진한 맛을 싫어하는 사람이 완전히 싱거운 음식을 골라 먹을 수 있는 것과 마찬가지다. 30년 전만 해도 중국에서는 '문학이 정치에 복무해야' 했다. 문학은 정치의 한 부분이고 문학은 정치에 완전히 예속되어 있었다. 문학이 정치에 관심을 갖지 않으면 감옥이 작가들에게 관심을 가졌다. 하지만 오늘날에는 문학의 상황이 천지가 개벽한 것처럼 변했다. 문학은 정치에 관심을 갖지 않을 수 있을 뿐만 아니라 작가들의 글쓰기가 능력과 법력을 갖추기만 한다면 정치보다 더 크고 정치보다 더 높을 수 있으며 정치를 이끌 수도 있다.

문학이 정치에서 멀어지고 도피할 수 있다는 것은 수많은 작가의 입장이고 원칙이다. 따라서 중국 작가들이 신처럼 떠받들고 있는 카프카와 그의 작품을 정치와 완전히 떨어뜨려놓고 이야기할 수 있다. 중국 동진 시기의 작가 도연명과 현대 작가 선충원도 글쓰기에서 성공적으로 정치와 현실에서 벗어날 수 있었기 때문에 후대 사람들의 추앙을 받고 있다. 지금 말하고자 하는 것은 정치가 정치일 뿐만 아니라 우리 모든 개인 생활의 일부분일 때, 우리가 매일 대면하지 않으며 안 되는 일상이 될 때의 상황이다. 혹은 정치와 우리의 일상생활이 한 연못 안에 뒤섞여 물과 젖이 섞이듯 한데 녹아들어 분리가 불가능해질 때, 우리는 정치와 거리를 유지하고 탈피하고 회피해야 하는가 하는 것이다.

중국은 1949년 이후로 인민들의 일상생활이 정치에서 분리된 적이 없었다. 정치가 사람들의 일상생활을 좌우할 뿐만 아니라 정치가 완전히 일상생활에 스며들어 사람들의 일상과 디테일을 구성하고 있었다. 지식인들이 '반우파투쟁'을 자신의 일상과 인생, 운명으로부터 잘라낼 수 있었을까? 이른바 '3년 자연재해'로 전국에서 수천만 명이 굶어 죽고 집집마다 아사자가 나와 무덤이 땅 위에 가득했을 때, 이것이 집중된 권력으로 인한 일이었을까 아니면 메뚜기떼와 가뭄의 결과였을까? 이러한 인류의 재난에 처했을 때, 중국 작가들은 그저 굶주림의 상황만 묘사할 수 있을 뿐, 정치와 권력, 인재人災의 근본적인 이유 따위는 고려할 수 없었다.

문화대혁명은 중국의 모든 인민을 대상으로 한 혁명이었고 모든 사람에게 10년 동안의 일상이었다.

30년 후인 오늘날에 이르러서는 '6·4'를 제외한 정치의 대규모 격동은 우리 생활에서 멀리 퇴장했지만, 또 다른 면에서 보면 정치가 중국 인민들의 생활에 미치는 영향은 훨씬 더 세분화되고 날카로워지며 없는 곳이 없게 되었다고 할 수 있다. 중국 작가와 인민들이 한 대학생이 노동교화소에서 '술래잡기' 사건*으로 사망한 일에 관심을 갖지 않는다면, 한 사람의 생명이 구류 중에 '세면실에서의 익사'**로 끝나버린 사건에 관심을 갖지 않는다면, 너무나 우연적이고 개별적인 사건이자 '정치와 현실의 관계'임에 틀림없는 이러한 '특수 사건'을 비롯하여 모든 개인이 필수적으로 직면하게 되는 주거와 생계, 교육, 의료, 취업, 퇴직, 도시 농민공, 강제 철거 등 다양한 항목과 개별 사안들, 그리고 모든 인민의 제도와 부채, 투명성, 공평과 공정, 빈부격차와 신흥 계층의 형성 등의 문제들이 어떻게 철저하고 분명하게 권력과 정치를 상대로 확실한 간섭의 이탈을 보

---

* 24세 청년 리차오밍李喬明이 윈난雲南성 푸닝普寧 감호소에서 사망한 사건이다. 사건 직후 당국에서는 수감자들끼리 술래잡기를 하다가 쓰러져 병원으로 이송되었으나 결국 사망했다고 발표했다. 이에 전국의 네티즌들이 무수한 질의를 올려 좀더 정확한 진상을 밝힐 것을 요구했으나 흐지부지되고 말았다.
** 중국 싱저우荊州에서 범죄 혐의로 수감된 54세의 쉬에薜 씨가 감호소에서 사망했다. 무직으로 자전거 절도 혐의로 체포된 그는 감호소 세면장에서 익사한 것으로 발표되었다. 하지만 이 불가사의한 사건에 대해 추후 조사를 진행한 결과 온몸에 상처와 혈흔이 있는 것이 발견되었고 유족들이 조사를 요구하면서 격하게 항의하자 위로금 30만 위안을 지급하는 것으로 마무리되었다.

침묵과 한숨

장하면서 뚜렷한 경계선을 그을 수 있겠는가?

유치원의 하늘에는 아동들의 순진한 환상과 햇빛이 가득하지만, 매번 유치원 교육에 관해 담론할 때마다 유치원 교육의 부패를 논하게 되고, 고착 상태와 사소한 문제들을 크게 확대하는 경향을 피하지 못한다. 소설에서 도시에 나가 일하는 농민공에 관해 묘사한다고 해서 반드시 도농 간의 차이와 중국의 고용 제도 및 호구 제도, 그리고 도시 확장과 농촌의 극단적 압박을 설명해야 하는 것은 아니다. 문학은 다양성을 지니고 있다. 오늘날에는 문학도 다원화되고 다양해지는, 상대적으로 여유 있는 시대라고 할 수 있다. 중국의 유아 교육도 마찬가지다. 유치원은 어린아이들이 성장하는 아름다운 정원이지만 동시에 은밀하게 정치가 내재되어 있는 사회적 교육의 현장이기도 하다. 여기서 문학은 100퍼센트 완벽하게 아름답고 선하며 햇빛 찬란하고 건강할 수도 있지만 이처럼 성결한 곳에서 글과 문학은 교육의 폐단에 대해 더욱더 깊이 있는 사유와 비판을 진행하는 것이 필요하고 마땅한 일일 것이다. 문학이 권력과 정치를 만나 비문학적이고 무비판적이어서는 안 된다. 오늘날의 중국 사회는 사람들의 마음이 전에 없이 복잡해진 시기를 맞고 있다. 어떠한 사회 구조와 형태, 선과 악도 사람들의 생활과 인심에 그대로 나타나고 반영된다. 가장 순결하고 깨끗한 유치원을 포함하여 생활의 모든 구석에 권력과 정치의 오염 및 파괴가 스며들어 있다. 예컨대 매년 유치원 입학 신청 같은 사소한 일에 있어서도 아이의 명단을 등록할 때, 유아 가정의 배경을 함께 등록하여 유아의 아버지와 어머니의 직업 및 직위를 밝히도록 하고 있다. 이것이 유아의 이름과 적성보다 더 핵심적이고 중요한 사항으로 간주된다. 어느 아동의 부모가 고위 관직이나 높은 신분의 사람이라면, 이 유아는 교육과정에서 이에 상응하는 좀더 많은 보살핌과 특별대우를 받게 된다. 이는 세속적인 현상인 동시에 권력이 만들어내는 필연이기도 하다. 그런 까닭에 천진무구한 아이들조차 유치원에 입학하면 세속에서 갖는 권력의 의미를 알게 되고 그것이 결여되어서는 안 된다는 중요성을 인식하게 된다. 그리고 이 때문에 6월 1일 어린이 날이 아동의 가장들이 유치원 선생님들에게 선물을 바치는 날로 받아들여지는 가소롭고 기형적인 현상이 나타나게 된다. 이렇게 보편적이지만 사소한 특수 사례들만 봐도 권력이 얼마나 일상적이고 일반적이며 세속적인지 알 수 있다. 이는 동시에 정치와 권력이 세간의 풍속을 소외시킨 결과이기도 하다. 이렇게 볼 때, 이러한 일상의 작은 일들 속에서 중국인들이 '권력'과 일상을 완전히 분리된 별개의 현상으로 간주할 수 있을까? 정치의 부패를 가장 깨끗한 곳에서 제거해낼 수 있을까? 그렇게만 된다면 모든 업종과 영역에서 권력과 정치 부패의 침식 및 영향을 논하지 않아도 될 것이다.

중국인들이 직시해야 하는 문제는 문학이 정치를 멀리할 수는 있지만 생활은 정치에서 도피할 수 없다는 것이다. 한 가정이 문과 창문을 다 닫고 밥을 먹거나 얘기를 할 수는 있다. 최대한 가정의 일상과 사회 현실을 분리시킬 수 있다. 하지만 모든 가정이 아이들을 교육시켜야 하고 학교에서 졸업하면 직장을 배정받아야 하며 주택을 구입하거나 의료 혜택을 받아야 한다. 가장 기본적인 인간의 이 모든 생존 요소는 절대로 사회 현실에서 분리될 수 없다. 생활이 인생의 생존 요소들에서 분리될 수 없을 때, 권력과 정치, 사회의 간섭과 영향으로부터도 벗어날 수 없다. 정치와 권력은 사람들의 생활과 생명의 모든 공간에 스며들어 있다. 이 때문에 중국 작가들은 역사적으로 정치가 문학을 주기적으로 인도하고 간섭해온 상태에서(오늘날까지도 변함이 없다) 문학이 정치로부터 멀어져야 한다는 집단적 공통 의식을 갖고 있다. 그러면서도 문학이 정치에서 멀리 벗어날 수는 있지만 정치가 사람들의 일상생활과 피할 수 없는 인생의 일부가 될 때 사람들은 이런 생활과 인생을 어떻게 대해야 하는 것일까 하는 의문을 제시하게 된다.

'9·11'이 세계 전체를 뒤흔들었던 테러 사건이자 모든 사람을 놀라게 했던 국제적 사건이라는 데는 의심의 여지가 없다. 문학과 영화 같은 예술 영역에서도 이 사건을 주목한 바 있지만 다원화되고 풍부한 예술의 요소에 기초해서 보자면 당연히 적지 않은 작가와 예술가가 이 사건을 회피하거나 멀리 거리를 두는 것도 허용해야 한다. 시간의 추이에 따라 어느 날 이러한 정치 사건과 테러리즘이 사람들의 심리적 요소가 되어 거의 모든 미국인의 가정과 대다수 사람의 일상적 심리에 스며든다면, 문학과 예술은 이러한 사건

들과 그 영향에 대해 거리를 두거나 회피하거나 보고도 못 본 척할
수 있을까? 바로 여기에 문제가 있다. 중국의 정치가 사람들과 사람
들의 생활에 미치는 영향은 오늘날 '9·11' 사건과 테러리즘이 무수
한 미국인 가정과 미국의 한 세대 또 한 세대 사람들의 심리에 미
치는 영향과 매우 흡사하다. 나는 모든 미국 작가가 한 명도 예외
없이 '9·11'과 '9·11'이 미국인들에게 미친 심리적 영향에 관심을
갖는 것은 옳지 않다고 생각한다. 하지만 모든 작가가 망각과 회피
의 태도로 이러한 것을 멀리하고 도피하는 것 역시 옳지 않다고 본
다. 일부 작가가 정치에 대해 귀를 막고 듣지 않는 것을 허락해야
하는 동시에 일부 작가가 정치와 권력, 부패한 암흑의 현실 및 역사
에 대해 관심을 갖고 사유하는 것도 허용해야 한다. 특히 모든 사람
이 고도로 권력이 집중된 세상에서 살고 있을 때는 더더욱 그렇다.
문학의 가장 중요한 목표 가운데 하나는 인생과 감정의 가장 복잡
한 묘사와 증명이기 때문이다. 이러한 인생과 감정의 연유 및 근거
가 또 제도와 권력, 정치, 공평, 자유 등과 불가분의 밀접한 관계에
있을 때, 문학이 이런 것들을 회피한다는 것은 나무가 고사하는 것
을 보면서도 일부러 그 나무의 뿌리를 감싸고 있는 흙과 계절을 소
홀히 하는 것과 같다. 정치가 모든 개인의 일상생활에 스며들어 있
을 때, 작가들이 집단적으로 정치를 멀리하는 것은 가소로운 일인
동시에 슬픈 일이기도 하다. 오늘날 중국의 느슨하면서도 복잡한
정치 상황에서 문학이 정치와 권력에서 이탈하여 거리를 두려고 한

다면, 이는 정치와 제도가 싸움도 하지 않고 승리하게 하는 것이며 바로 정치와 권력이 생각하는 바를 만족시키는 것이 된다.

문학이 정치보다 더 높고 커야 한다는 것이 작가들이 현실과 글쓰기를 대하는 커다란 전제다

정치가 오늘날 중국 작가들이 '순수 문학'을 명예로 여기면서 정치를 멀리하고 회피하는 것을 허용한다면 이는 정치의 각성이자 진보라고 할 수 있을 것이다. 아버지가 아들딸이 공부만 하면서 집안일에 지나치게 관심을 갖지 않는 것을 용납하는 것과 같다. 하지만 사회와 현실, 권력과 정치에 무관심한 것을 허용하면서 현실과 정치, 권력에 관심을 갖는 것은 허용하지 않는다면 이는 진보 속의 함정이요 각성 속의 궤도 이탈이라고 할 수 있다. 또한 이는 문학예술에 대한 국가 정책과 정치인들의 간섭 및 전략, 수단이자 사전에 설계된 '문학의 음모'다. 진정한 각성과 진보, 개방은 일상과 디테일에, 또한 인간의 감정과 기분, 정서, 그리고 이로 인해 파급되는 인간 내면과 영혼에 대한 작가들의 관심과 배려에 있다고 할 수 있다. 하지만 동시에 작가들이 사회의 현실(예컨대 첨예한 권력과 정치)로 인한 인간의 생존 상황에 대한 핍박 및 억압에 대해 사유하고 배려하는 것도 허용되고 고무되어야 한다. 작가들이 현실을 정면으로 직시하고 인심과 인간 생존의 상황에 관심을 갖는 것이 허용되어야 한다는 것이다. 현실 속에서의 인간 생존의 곤경을 조성하는 것이 정치와 제도, 권력이라면 작가들이 사회의 정치 제도와 권력을 주시할수 있도록 허용되어야 하고, 인간 생존의 곤경을 조성하는 것이 자원과 환경이라면 작가들이 자원과 환경에 관심을 갖는 것도 허용되어야 한다. 중국의 환경과 환경보호 상황이 몹시 열악하여 베이징의 거리에서도 사람들이 제대로 걷거나 호흡할 수 없고 거의 질식할 정도에 이를 때, 설마 소설가들이 문학과 생존의 관점에서 이런상황을 사유하거나 묘사해서는 안 된단 말인가? 누구나 다 아는바와 같이 중국의 환경보호 문제는 다른 가치들을 무시하면서 오로지 경제발전만 추구해온 결과다. 경제의 기형적인 발전은 또 권력과 사회의 정치 제도가 조성한 것이기도 하다. 따라서 한 작가가 생존의 상황과 환경보호를 얘기한다면, 이는 정치 제도와 사회 제도에 대해 사유하는 것이 아닐 수 없다. 사실 진정한 글쓰기의 상황에서 문학이 단순히 환경보호에만 관심을 가지면 문제가 없다. 혹은 그것이 순수하고 시적이기만 하면 된다. 하지만 이러한 관심을현실 속의 정치와 사회 체제로 확장할 경우, 필연적으로 금지를 당하고 사유와 탐구에 빨간불이 켜진다.

깊이 탐구해봐야 할 예술의 한마디가 바로 여기에 있다. 설마 예술이 현실과 정치, 권력, 체제에 그렇게 깊이 있게 관심을 가질 수있는 것일까? 그것이 하나의 사상을 형성할 수 있을까? 관심을 갖

침묵과 한숨

지 않는다면, 충분한 깊이도 없고 사상을 결여한 채 그대로 넘어갈 수도 있단 말인가? 이는 모든 독자와 작가가 부딪히는, 아주 어색하고 간단해 보이지만 한 번도 분명하게 정리된 적이 없는 문제다. 닭을 잡아 달걀을 취하는 것이 좋은가 아니면 닭을 잘 키워 알을 낳게 하는 것이 좋은가 하는 역설의 양가성이자 우유부단이라 할 수 있다. 닭을 죽이는 것은 하나의 결말이 되겠지만 일종의 단맛이기도 하다. 기다리는 것은 일종의 기대이지만 굶주림을 견뎌야 하고 나중에 아무런 열매도 없이 허무로 끝나버릴 수도 있다는 가능성을 감수해야 한다. 이런 문제에 해답을 내놓아야 하는 모든 작가는 필연적으로 이 두 가지 난제를 앞에 두고 주저하거나 배회하게 된다. 하지만 문학 창작이 이미 확보하고 있는 해답은 우리가 단순히 미국 작가 데이비드 소로의 『월든』이나 알도 레오폴드의 『모래땅의 사계』, 존 헤인즈의 『별, 눈, 불』, 조지 오웰의 『1984』나 『동물농장』, 터키 작가 파묵의 『눈』 등을 동일한 플랫폼에 놓고 비교하면서 누가 더 낫고 누가 더 못한지, 누가 더 많은 예술적 가치와 분량을 지니고 있는지 논해서는 안 된다는 것이다. 똑같이 대단한 미식으로 간주되긴 하지만 원숭이 골이 제비집보다 더 맛있고 해산물이 가축의 육류보다 더 맛있다고 단정할 수 없는 것과 마찬가지다. 문학의 기이함과 미묘함은 이러한 가치 영역에서 비교 가능성을 가질 때도 있지만 비교가 불가능할 때도 있다. 이는 중국의 경극京劇이 더 나은지 아니면 내 고향인 허난河南의 지방극인 예극豫劇이 더 나은지 따지는 것과 같고, 미국의 흑인 재즈 음악이 백인의 시골 재즈 음악만 못하다고 단정하거나 혹은 재즈 음악은 틀림없이 시골 음악보다 낫다고 단언하는 것과 같다. 무용과 오페라는 똑같이 무대예술에 속하지만 분명히 서로 다른 무대예술이다. 글쓰기에서 정치와 권력에 대해 거리를 유지하는 것은 한 가지 창작이자 글쓰기의 태도이지만 정치와 현실, 권력에 가까이 다가가고 직시하는 것 역시 창작과 글쓰기의 또 다른 태도다. 지난 100년 동안, 특히 1949년 이후 예술 영역에서 중국 작가들이 혁명과 정치, 권력으로부터 받았던 지나치게 강렬하면서도 멈추지 않았던 압박과 간섭에 기초하여 말하자면, 작가와 독자, 비평가들이 형성하고 있는 공통의 인식은 문학이 정치에서 멀어지면 일종의 '순수 예술'이라 할 수 있고 현실과 정치에 가까이 다가가면 '엄숙'하지만 순수하지 못한 예술적 가치관이 된다는 것이다. 이러한 문학의 순수 관념과 현행 중국의 문학예술 정책은 문학이 현실에 대해 멀찌감치 거리를 두고 회피할 것을 허용할 뿐만 아니라 격려하기까지 한다. 독자와 시장 사이에 크게 위력을 떨치고 있는 장르 문학(크로스오버 문학이나 괴기소설 등)과 젊은 세대 사이에 성행하고 있는 개인화와 다분히 감정적인 청춘 소설의 아름다운 감상 등을 주요 내용으로 하는 글쓰기는 장려되는 반면, 현실과 현실 속에서 생활하는 사람들이 직면하고 있는 상황에 대해 관심을 갖고 사유하는 글쓰기는 그다지 적극적으로 장려되지 않거나 아예 허용되지 않는다. 이런 상황은 진정으로 현실과 역사에 대한 책임을 감당하기를 원하는 작가들에게 좀 더 높고 구체적인 요구를 제시한다. 다름 아니라 문학이 현실, 즉 권력과 정치가 완전히 스며들어 있는 현실 생활에 관심을 가질 때, 작가들은 좀더 높은 차원에 서 있어야 하고, 작가들의 글쓰기가 현실에 관심을 가질 뿐만 아니라 현실보다 더 크고 높아야 하는 것이다. 작가들이 정치에 관심을 가질 때는 정치적일 뿐만 아니라 생활적(정치 생활이 아님)이어야 하고 생활 정치일 뿐만 아니라 이러한 정치와 정치에 푹 젖어 있는 생활보다 더 크고 높아야 한다는 것이다.

작가들에게 있어서 이처럼 문학이 생활의 정치와 정치적인 생활, 특히 정치에 철저하게 젖어 있는 일상과 현실사회보다 더 높고 커야 한다는 요구는 수많은 사람이 말하는 "문학은 정치를 초월해야 한다"는 명제와는 분명히 다르다. '초월'의 원래 의미는 어떤 대상보다 높고 큰 것을 말한다. 도로를 달리는 경주용 자동차가 다른 차의 질주를 추월하는 경우와 마찬가지다. 이때 자동차들의 초월과 추월은 원래의 도로와 차선 위에서 이루어져야 한다. 하지만 중국 문학에서는 이른바 '초월'이라는 것이 정치와 현실에 대한 거리 두기와 우회를 의미한다. 예술 형식의 내부와 현실생활의 외부에 아주 깊이 가라앉아 있는 글쓰기를 의미하는 것이다. 이처럼 도로와 궤도를 이탈하여 첨예한 사회생활을 멀리하고 인간의 가장 직접적인 곤경 요소를 회피하는 글쓰기가 보편적으로 '초월'의 글쓰기로 간주될 때, 그런 글쓰기를 예술의 '부드러운 글쓰기'라고 칭할 수 있을 것이다. 그렇다면 우리는 이러한 '초월' 이후의 부드러운 글쓰기에 기초하여 현실을 가장 철저하게 직면하고 절대로 회피하지 않는 그런 더 크고 더 높은 '강경한 글쓰기'에 관해 얘기해볼 필요가 있을 것이다.

그렇다. 중국 작가들의 글쓰기에는 현실을 직시하는 '강경한 글쓰기'도 있고 현실에 대해 거리를 두고 회피하는 '부드러운 글쓰기'도 있다. 하지만 이른바 어떤 현실의 모순도 회피하지 않고, 특히 정치에 철저하게 젖어 있는 현실생활을 피하지 않고 직시하는 그런 강경한 글쓰기에서 가장 기피해야 할 것은 조악하고 단순하여 더 높지도 못하고 크지도 못한 경우다. 여기서 더 높고 더 크다는 것은 강경한 글쓰기에서 시종 인간과 인간의 감정, 영혼, 그리고 사회 현실 속에서의 인간의 정신적 상황에 대한 문학의 통찰과 파악을 요구하는 것을 말한다.

중국의 '충칭重慶 사건'● 은 이미 전 세계의 주목을 받은 바 있다. 전 세계 사람들이 이 사건은 의심의 여지가 없는 중국의 정치 사건이라는 것을 알게 되었다. 또한 이 사건은 모든 중국인, 모든 중국

● 2012년 1월 27일 충칭의 서기 보시라이薄熙來가 부패 혐의로 실각하는 과정에서 권력 투쟁의 전모가 드러난 사건이다. 전처와 후처에게서 난 아들이 둘인 보시라이는 후처에게 상업 부동산 개발 커미션을 몰아주어 5~10억 위안의 재산을 해외로 빼돌린 혐의를 받고 있었다. 그런 그는 18차 당 대회를 앞두고 자리를 지키기 위해 베이징에 미친 듯이 뇌물을 뿌렸다. 그는 돈이 필요할 때면 으레 범죄와의 전쟁을 선포하여 민간 기업의 부호들에게서 거액을 거둬들이곤 했다. 보시라이는 전처가 베이징 당 대회에서 자신의 비리를 폭로하려는 것을 막기 위해 공안국장인 왕리쥔王立軍에게 전처의 친아들인 리왕즈李望知를 연금하게 했는데 이에 반발한 왕리쥔이 미국 영사관에 망명을 요청했다.

침묵과 한숨

작가가 식사할 때나 차를 마실 때, 영원히 잊지 못할 중요한 화제이자 이야기의 자원이 되었다. 하지만 한 걸음 더 나아가 이 사건을 더 깊이 이해하고 글로 쓰려는 작가는 한 명도 없었다. 왜일까? 이 사건이 너무 큰 정치 사건으로서 너무나 많은 민감함과 기밀로 연결되어 있기 때문이다. 다른 한편으로는 중국 작가들도 너무 현실적이고 너무 날카로운 탓에 문학적인 의미가 사건 자체의 정치적으로 숨은 뜻과 투쟁보다 높거나 컸던 적이 없다고 생각하기 때문이다. 우리는 이 사건을 예로 삼아 이른바 '문학이 정치보다 더 크고 높아야 한다는 것이 작가들이 현실을 직면하는 좀더 큰 경지'라는 것을 확인해볼 수 있다. 다시 말해서 작가들에게 좀더 큰 실력과 각골명심刻骨銘心의 체험 및 접촉, 자극이 있고, 이를 바탕으로 글을 쓰기(창조) 원할 때, '충칭 사건'의 흐릿한 안개를 뛰어넘고 더 깊이 파고 들어가 '충칭 사건'의 주인공인 보시라이와 구카이라이谷開來, 그의 아들 보과과薄瓜瓜와 왕톄쥔王鐵軍, 영국인 등 이에 연루된 여러 인물, 그리고 충칭의 수많은 시민의 생존 및 정신의 곤경으로 돌아갈 것을 요구해야 한다. 그래서 보시라이와 왕톄쥔, 구카이라이처럼 높은 직위와 막강한 권력을 가진 귀족들은 인간으로서의 생존과 정신의 곤경에서 그 내면과 영혼이 우리 같은 일반인보다 훨씬 더 초조하고 불안하며 훨씬 더 허망하고 허무한 데다 더 복잡하고 풍부하다는 것을 분명히 알게 해야 한다는 것이다. 문학이 이처럼 좀더 높고 큰 차원에서 충칭 사건에 연루된 모든 사람을 '인간의 영혼과 그 곤경'으로 묘사해낼 수 있다면 아마도 그런 작가는 우리가 말하는 '좀더 높고 큰 경지'에 도달해 있다고 할 수 있을 것이다. 이 점을 더 명료하게 설명할 필요가 있을 것 같다. 미국 작가 트루먼 커포티의 『냉혈』은 사건 자체보다 더 높고 큰 글쓰기를 시도한 작품이라 할 수 있다(1960년대에 미국을 뒤흔들었던 처참한 살인 사건은 정치와는 무관하다). 하지만 우리는 『냉혈』이 사건에 깊이 침투했지만 다시 인간의 영혼으로 돌아옴으로써 사건 자체를 초월하고 있다는 것을 알 수 있다. 또 다른 예로 마르케스의 『족장의 가을』을 들 수 있다. 이 작품 역시 사회정치보다 더 크고 높은 글쓰기로서 다시 문학 자체로 돌아온 사례로 볼 수 있다. 물론 가장 성공적이고 위대했던 전형적인 사례는 중국인들이 가장 잘 아는 『홍루몽』이다. 마오쩌둥이 왜 이 소설을 정치적 의미가 가득한 '봉건자산계급의 몰락사'로 규정했는지는 알 수 없다. 아마도 이 위대한 소설의 한복판에 권력과 정치가 철저하게 스며들어 있는 대관원大觀園이라는 현실과 디테일이 존재하기 때문일 것이다. 『홍루몽』에 등장하는 모든 공간의 땅을 파헤쳐보면 어디서든 권력 및 정치의 백골과 부패한 피를 발견할 수 있을 것이다. 하지만 조설근曹雪芹은 위대하고 진실한 작가였으며 정확하고 철저한 고수라서 우리가 말하는 현실과 사회, 권력, 정치보다 훨씬 크고 높았기 때문에 다시 인간과 인간의 상황으로 돌아올 수 있었다. 덕분에 『홍루몽』이라는 소설은 더 이상 '생활과 정치' 혹은 '정치의 생활'을 다루는 소설이 아니라 위대하고 불후한 문학의 명저가 될 수 있었던 것이다.

다시 '충칭 사건'과 '보시라이 계열 가족'으로 돌아가보자. 커포티가 이 사건을 소설로 썼다면 모든 사람의 마음속에 '냉열혈冷熱血'의 실록을 새기는 작품이 되었을 것이고 마르케스가 소설로 써냈다면 새로운 허구와 상상이 결합된 가족의 '판타지 역사'가 되었을 것이다. 그리고 만일 조설근이 소설로 썼다면 틀림없이 진정으로 이 정치 사건보다 더 높고 큰 '보시라이 가족'의 '홍루백루몽紅楼白楼夢'이 되었을 것이다. 중국인이자 중국 작가이며 독자인 나로서는 충칭의 이 정치 사건에 직면하여 더 높고 큰 글쓰기가 되려면 '충칭 사건'과 '보시라이 가족'이 조설근의 창조에 버금가는 새로운 '홍루몽'이 되어야 한다고 말할 수 있을 뿐이다.

권력과 정치 차원에서의 글쓰기의 득과 실

다시 나 자신의 글쓰기로 돌아와본다.

나는 자신이 대단한 작품을 많아 써냈다고 생각하지 않는다. 중국에는 우수한 작가가 아주 많고 그들의 글쓰기는 중국 경제처럼 크게 팽창하여 부풀어 오르고 있으며 이를 막을 수도 없다. 하지만 글쓰기 자체에 아첨과 무력감, 부조리absurdity와 왜곡이 수반된다는 것이 중국 작가들의 비극이다. 사회 현실의 부조리와 왜곡이 국가와 사회에는 상당히 안 좋은 일이지만 문학에는 좋은 일이다. 작가들이 용감하게 권력과 현실을 직시할 수만 있다면 부조리한 상황 속에서의 글쓰기와 왜곡 속에서의 탐색과 사유가 문학의 나무에 새로운 잎사귀가 돋아나고 다른 열매가 맺히도록 할 수 있을 것이다. 한 그루 나무처럼 절벽의 바위틈에서 싹을 틔우면 몸의 생장이 비틀어지지만 결국에는 가장 아름다운 경치를 조성하게 된다. 중국 문학도 이와 다르지 않다. 모든 작가가 극도로 부조리하고 잔혹하며 풍부한 현실 속에서 생활하고 글을 쓰면서 각양각색의 작품을 써내고 있고 각양각색의 독자를 양성함으로써 각양각색의 비평가를 난처하게 만들고 있다. 그리고 내가 여기서 말하는 '고도의 권력 집중과 상대적으로 느슨한 하늘 아래서의 글쓰기'는 이 다양한 글쓰기 상황들 가운데 하나다. 역시 왜곡되고 변형된 모순과 사유인 것이다. 작가들이 절반은 바닷물 속에 있고 절반은 화염 속에 있다. 절반은 비바람이 몰아치고 절반은 추웠다 더워지기를 반복하는 '중국식 기후' 속에서 글쓰기의 생존과 대치와 항쟁을 계속하고 있다.

이처럼 '갑자기 더웠다 갑자기 추워지는' 기후 속에서 '부드러운 글쓰기'는 따스함을 누리고 '강경한 글쓰기'는 추위를 견뎌야 한다. 하지만 단시간 내에는 서로 경계를 넘어 타협하는 것이 불가능하면서도 모두 글쓰기 안에서 확장과 발전을 계속하고 있다. 이처럼 추위와 냉대가 교차하는 가운데 잠시 발걸음을 멈추고 미래를 사유하며 현재를 결산함으로써 앞으로 '좀더 높고 큰 글쓰기'를 위해 노

침묵과 한숨

력하면서 자기 글쓰기의 펜이 원고지 위에서 부러지지 않도록 유지해야 한다.

나의 글쓰기는 한순간도 중국의 현실과 역사에 대한 대치와 관심을 포기한 적이 없다. 이러한 근거리에서의 응시와 집중이 나와 현실, 역사 사이에 극도의 긴장과 불안을 조성한다. 그리고 사람 혹은 '중국인'에 대한 인식에 있어서도 사람들이 수용할 수 있고 기꺼이 동질성을 느낄 수 있는 그런 '아름다움'을 상실하게 한다. 그래서 거의 모든 독자가 내 글쓰기를 모종의 '저항성'을 지닌 '강경한 글쓰기'로 간주하게 되는 것이다. 나는 이 점을 부인하지 않는다. 내가 하고 싶은 말은 모든 사람이 이렇게 단순하게 생각할 때, 작가들이 써내는 소설 속에 담긴 '부드러움과 아름다움' '따스함과 사랑'의 일면이 가려질 수 있다는 것이다. 그리고 그런 상황이 오래 지속되다 보면 자신의 글쓰기도 포폄褒貶이 절반씩 섞여 판단하기 어려운 비판 속에서 몹시 주저하는 모호한 태도로 변하고, 이로 인해 진정한 자기를 상실하고 중심을 잃으며 작가로서 '부드러운 아름다움'과 '상처'에 대한 감수성을 상실하게 된다. 어쩌면 내가 확실히 이러한 감수성을 상실해가고 있는 것인지도 모른다. 글쓰기가 사회와 권력, 현실이 인간을 압박하고 제압하는 측면에 지나치게 초점이 맞춰져 있을 때, 구체적인 '인간'과 개인에 대해서는 가장 여리고 부드러운 체득과 통찰, 그리고 따스함을 잃게 된다. 나는 이 점에 대해 경각심을 가져야 한다고 생각한다. 아울러 이에 대한 보완과 보충도 이루어져야 한다. '강경한 글쓰기' 안에 '부드러운 글쓰기'의 여림과 섬세함, 부드러운 아름다움이 흡수되어야 하는 것이다.

중국 작가들이 고도로 집중된 권력과 상대적으로 느슨한 왜곡된 환경 속에서 글쓰기와 생존의 상태를 유지하고 있다는 사실은 부인할 수 없다. 하지만 잊지 말아야 할 점은 글쓰기가 중국의 가장 첨예한 모순과 정치에 완전히 젖어버린 역사를 의도적으로 멀리하고 회피하면서도 매일, 매 순간 현실 생활에 젖어들 때, 상대적으로 느슨한 하늘 틈새로 새어나오는 햇빛 아래서는 여전히 꽃이 피고 풀들이 초록으로 물들며 인간의 아름다움과 부드러움도 유지되고 생존의 곤경에 대해서도 지족知足과 미소를 잃지 않게 된다는 것이다. 한마디로 말해서 '강경한 글쓰기'는 좀더 충분한 문학적 의미를 갖춘 '부드러운 글쓰기' '더 높고 큰 글쓰기'를 배척해서는 안 된다. 오히려 '부드러운 글쓰기'의 자양과 에너지를 흡수하여 이처럼 '더 높고 큰 글쓰기'가 커포티의 '냉혈혈'을 뛰어넘고 20세기의 부조리 문학과 마술적 리얼리즘 문학의 장막을 뛰어넘어 좀더 새롭고 현대적인 '더 높고 큰 글쓰기' 이후의 중국식 소설 '홍루몽'을 써낼 수 있어야 한다.

둘째, 현실에 대한 이러한 고도의 관심과 '강경한 글쓰기'에 대한 숭상으로 인해 나는 보통 사람들의 가장 일상적인 일들에 대한 관심과 보살핌, 영혼의 사랑을 상실하게 되었다. 땅에 대한 감정도 일상에 대한 둔함 때문에 점점 모호해지고 날카로움을 잃었다. 나의 글쓰기는 나를 낳고 길러준 고향의 그 땅을 벗어날 수 없도록 정해져 있다. 윌리엄 포크너의 글쓰기가 그 작은 '우표의 마을' 요크나파토파를 벗어나지 못하는 것과 같다. 하지만 그 땅을 떠난 지 이미 30년이 넘은 지금 해마다 몇 번씩 그 땅에 돌아가 며칠씩 살다 오곤 하지만, 나와 그 땅에 사는 사람들 사이에는 갈수록 주고받는 말이 줄어든다. 공통의 언어와 사유가 점차 사라지고 있는 것이다. 지금 내가 그 땅으로 돌아가는 것은 내가 그 땅에 속한 사람이기 때문이 아니라 그 땅에 아직 친척들이 남아 있어 할 수 없이 돌아가는 것 같다. 더 이상 그 땅에 사는 사람들의 농담과 말다툼, 한가한 잡담, 그리고 쌀과 땔감, 기름과 소금에 대한 감정과 집착을 이해할 수 없을 뿐만 아니라 물질적 삶에 대한 그들의 강렬한 추구와 정신적 황폐함에 대한 담담함과 자연스러움은 더더욱 이해할 수 없을 것 같다. 어쩌면 나 자신이 이미 진정한 그 땅의 사람이 아닌지도 모른다. 그저 글쓰기를 위해 그 땅에서 소재를 찾고 이야기와 인물 형상을 찾고, 스토리와 디테일을 만나기 위해 가끔씩 고향의 그 땅으로 돌아가는 것인지도 모른다.

매번 고향에 돌아갈 때마다 나는 항상 우리 형과 얼굴을 마주하고도 서로 말을 하지 않는다. 반나절을 함께 앉아 있어도 주고받는 말이 없다.

고향 집에 돌아가면 여전히 어머니와 한방에서 잠을 자지만 어머니가 이리저리 몸을 뒤척이시면서 던지는 수십 년 전의 수레바퀴 같은 말과 시골의 생로병사에 관한 이야기에는 더 이상 귀를 기울이지 않는다.

우리 누나들과도 한자리에 앉아서 조카들의 생활과 사업, 일과 농사에 관해 얘기를 주고받는 일이 아주 드물어진 것 같다.

이는 진실이지만 대단히 두려운 일이기도 하다. 이 모든 것이 자신이 고향의 그 땅에 대해 곤혹감을 느끼고 있고 감정을 잃어가고 있으며 일상과 세속의 생활에 대한 인내심을 잃고 있는 반면 세상사에 대한 번뇌와 인성에 대한 무감각과 마비는 더 가중되고 있다는 것을 반영한다.

셋째, '더 높고 큼'에 대한 추구로 인해 나의 글쓰기는 문학의 '작음'에 대한 애정과 민감성을 상실하고 있다. 글쓰기에서 '부드러운 글쓰기'와 '강경한 글쓰기'의 구별이 가능하다면 소설에서의 '큰 글쓰기'와 '작은 글쓰기'의 구별도 성립될 수 있을 것이다. 여기서 크고 작음은 중국 소설에서 말하는 분량의 다소를 가리키는 것이 아니라 글쓰기 사유의 크고 작음을 의미한다. 예컨대 톨스토이의 글쓰기를 내용의 폭과 길이, 깊이의 관점에서 '큰 글쓰기'라고 한다면 상대적으로 체호프의 글쓰기는 '작은 글쓰기'라고 할 수 있을 것이다. 그렇다고 체호프가 작은 사건과 작은 인물들을 주로 썼던 작은 작가인 것일까? 그리고 톨스토이는 큰 사건과 큰 인물만 다룬 큰 작가인 것일까? 그렇지 않다. 여기서는 '큼'과 '작음'이 모두 위대하다. 똑같이 불후의 문학적 가치를 지니고 있다. 대부분의 글쓰기에서 체호프의 작음은 톨스토이의 큼을 결여해도 무방했지만 톨스토이의 큼은 체호프의 작음을 상실해서는 안 되는 것이었다. 안나의 신변에 하인들이 없을 수 없지만 하층 공무원들의 신변에는 그 장군이 없는 것이 가장 이상적인 것과 마찬가지다. 『전쟁과 평화』에 그렇게 많은 장군과 장교가 등장하지만 수천수만의 병사가 없었다면 어떻게 전쟁과 평화가 될 수 있었겠는가?

사람들의 머리 위에 있는 권력과 정치, 사회, 현실에 대한 관심 때문에 나는 지금 보통 사람들과 보통 마음, 보통 사건들에 대한 감수성과 장악력을 상실해가고 있는지도 모른다. 소설의 '작음'에 대한 민감성과 추구를 상실해가고 있는지도 모른다. 권력과 정치의 글쓰기 측면에서 말하자면, 나는 무겁고 크면서도 작고 가볍고, 촘촘하고 단단하면서도 성기고 약하다고 할 수 있다. 어쩌면 나의 글쓰기가 편차와 궤도 이탈을 향해 가고 있는 것인지도 모른다. 극도로 집중된 권력과 상대적으로 느슨한 하늘 아래서 나는 권력 집중의 미세먼지를 볼 수 있을 뿐만 아니라 상대적으로 느슨한 하늘 틈새로 새어나오는 한 줄기 햇빛이 미세먼지에 던지는 미소와 화해도 볼 수 있기를 희망한다.

언젠가는 하늘이 맑아질 것이고 사람들은 상쾌한 마음으로 크게 웃을 수 있게 될 것이다. 우리는 집중된 권력의 뿌연 미세먼지 속에서 글을 쓰지만 펜 끝에서는 미래의 밝은 빛을 발산할 것이다.

10장

존엄 없이
살아가기와
장엄한
글쓰기

19세기 러시아 문학으로 돌아가
는 것은 키 큰 자작나무가 빽빽이 들어선 숲으로 돌아가는 것과 같
다. 풍광은 우리 앞에서 다가오는 것이 아니라 우리 등 뒤 양쪽에
서 미끄러져 다가와 오른쪽과 왼쪽으로 나뉘어 우리 눈에 들어온
다. 한쪽 풍광은 톨스토이가 차지하고 있고 다른 한쪽 풍광은 도스
토옙스키가 차지하고 있다. 두 사람을 구분하는 것은 그들의 문학
뿐만이 아니다. 본인들이 처했던 사회 환경과 개인적 생활이 두 사
람을 좀더 분명하게 구별시켜주고 있다. 다시 말해서 톨스토이나 투
르게네프 같은 사람들은 귀족 혹은 준귀족 생활을 영위했고 도스
토옙스키나 체호프 같은 사람들은 평민의 삶 내지 비교적 빈천한
삶을 살았다. 이때부터 두 사람의 개인적 생활과 정신, 문학과 세계
에 대한 인식은 서로 다른 방향으로 가기 시작했다. 톨스토이의 작
품에는 화려함과 고귀함, 존엄, 광활한 기상이 가득하지만 도스토
옙스키의 작품에는 가난과 비천함, 저속하고 마구 뒤엉킨 짜임새와
방식이 곳곳에 드러나고 있다. 하지만 문학 자체, 다시 말해서 작가

의 글쓰기만 놓고 말하자면 톨스토이의 글쓰기는 도스토옙스키의 글쓰기보다 절대로 더 고귀하지 않다. 그들이 글쓰기에서 드러내고 있는 존엄성은 서로 구별되지 않을 뿐만 아니라 우열을 가리기도 쉽지 않다. 이런 상황은 다음의 몇 가지 문제를 설명해준다.

1. 작가 본인의 삶과 마음이 작품의 어둠과 빛을 결정한다.
2. 고귀한 작품과 작가의 고귀한 삶 사이에는 불가분의 연관성이 있다.
3. 작가가 존엄 없이 산다는 것이 그가 장엄한 글쓰기를 할 수 없다는 것을 의미하진 않는다.

지금 여기서 내가 말하고자 하는 것이 바로 이러한 '존엄 없이 살아가기와 장엄한 글쓰기'의 문제다.

존엄 없이 살아가기

예로부터 지금까지 중국에서 어떤 사람들은 옷을 입는 것에서부터 길을 걷고, 밥을 먹고, 차를 마시는 것까지, 심지어 가래침을 뱉은 다음에 사용하는 휴지에 이르기까지 반드시 고귀한 존엄을 드러내야 했다. 그들의 삶은 당시 톨스토이의 작품에서 묘사된 수많은 인물과 대체로 동일한 전철을 밟았다. 하지만 또 다른 유형의 사람들

침묵과 한숨

에게는 주거와 일, 취업, 혼인, 생사 등 첨예하면서도 장기적인 운명의 대사들이 임시적이고 혼란스럽고 무력했으며, 전혀 존엄을 갖추지 못했다. 도스토옙스키의 작품에 등장하는 인물들이나 체호프의 소설에서 묘사된 공무원들, 발자크의 작품에 등장하는 돈에 눈먼 파리 시민들과 다르지 않았다. 사람들은, 항상 존엄이 없는 생활 속에서 살아 있다는 존엄을 위해 노력해왔다. 이는 모든 보통 사람의 기본적인 바람이다. 이 기본적이고 일반적인 바람이 하나 또 하나 쌓이면서 인류의 이상을 형성하게 된 것이다. 『노트르담의 꼽추』의 주인공인 꼽추 카시모도는 아주 비천한 삶을 살았지만 엄연하게 인간으로서의 존엄을 지니고 있었다. 때문에 이 인물은 전 세계 수많은 독자와 관중을 감동시킬 수 있었다. 19세기 문학에서는 인류사회의 계급과 집단에 존재하는 존엄과 비천함의 차이를 20세기 문학에서보다 훨씬 더 폭넓고 풍부하게 탐구했던 것 같다. 이에 비해 20세기 문학은 인간, 즉 개체의 존재를 좀더 많이 탐구했다. 이 문제는 한편으로는 19세기에 삶의 존엄에 관한 탐구가 더욱 심화된 것이기도 하지만 다른 한편으로는 20세기 문학에 있어서 지나치게 추상화되고 철학적인 모습을 띠면서 서서히 독자와 사람들의 일상생활에서 멀어지게 된 정황을 반영하고 있다고 할 수 있다. 카프카의 작품에 나오는 요제프 K나 알베르 카뮈의 소설에 나오는 이방인 등 소설의 형식 의식에 치중한 작가들의 창작, 심지어 나중에 이로 인해 발생한 '관념소설'을 예로 들 수 있다. 이들 작가는 관넘과 이념, 혹은 어떤 개념을 위해 창작을 했던 것이다. 개체의 존재 측면에 있어서는 중국 문학에도 1980년대 중후반에 의미 있는 시도와 실천이 있었다. 그 후 문학은 인간과 인간의 구체적 삶으로 돌아오면서 이른바 현실주의에 의해 속박되고 말았다. 이는 중국 작가들이 중국인의 삶이 대단히 구체적이고 일상적이며 물질적이라는 사실을 분명히 의식했기 때문이다. 중국인들의 정신생활은 주로 구체적인 물질의 기초 위에 세워져 있다. "배불리 먹고 나면 음욕을 생각하게 된다"는 말은 고대 중국인들의 생활 원칙에 대한 고도의 개괄이라 할 수 있다. 사람은 배불리 먹고 따스하게 입고 나면 반드시(그리고 비로소) 남녀 사이의 일을 생각하게 되는 것이지 "인간은 어디로 와서 어디로 가는가?" 하는 추상적인 철학에 따라 생활하게 되는 것이 아니다. 중국인과 중국 지식인들은 '개인'과 '정신'을 그다지 중시하지 않았다. 중국인들은 물질, 즉 돈과 미식, 여자를 중시하면서 삶 속에서 주로 이런 것들을 추구했다. 바로 이런 경향이 지난 수백 수천 년 동안 중국인들의 생활에서 물질을 추구하되 정신적 존엄을 추구하지 않는 특성을 형성한 것이다.

존엄 없이 살아가는 것, 이것이 바로 중국 인민들의 생존 현실이다. 따라서 중국의 문학작품들도 대부분 각종 문학적 양식으로 인간의 그 존엄한 삶이 아니라 중국인들의 존엄 없는 삶을 체현하고 있다. 삶이 이렇다보니 문학적 체현도 이럴 수밖에 없다. 중국식 현실주의에서는 항상 문학의 형상성이 생활에서 나오고 생활보다 높다고 말한다. 하지만 이 점에 있어서 훌륭한 작가들은 결국 '한마음 한뜻으로 협력하면서' 이러한 문학적 구호에 대해 공동으로 저항하거나 억지로 끌려간다. 그 결과 중국의 현실주의는 생활보다 높지 못하고 생활의 수면 위를 떠다니게 된다. 현실에 입각하여 얘기하자면 오늘날의 중국에서는 거의 모든 사람이 존엄 없이 살아가고 있다고 할 수 있다. 가난한 사람과 부유한 사람, 권력을 가진 귀족과 보통 백성이 모두 인간의 존엄이 결여된 현실 속에서 살고 있는 것이다. 가난한 사람들과 보통 백성은 기름과 소금, 간장, 식초 등 가장 기초적인 생활의 조건을 위해 살아가면서 그 누구의 권리도 거론하지 못한다. 이른바 인권이라는 것은 배불리 먹고 난 뒤에 입안에 고이는 침이다. 하지만 오늘날 중국의 상업 시대에 부자가 된 사람들은 호화 승용차를 몰고 초호화 저택에 살면서 비서(대부분의 경우 그 여비서나 여기사는 그와 애매한 관계를 갖게 된다)를 두고 있다. 화려하고 멋진 생활을 하면서 체면과 권위를 갖추고 있다. 그럼에도 그들은 과장이나 처장 혹은 국장 같은 사람들을 만날 때면 대단히 공손하고 왜소해진 모습을 보인다. 그러면서 연신 고개를 끄덕이고 허리를 숙인다. 왜 이런 태도를 보이는 걸까? 그들이 누리는 돈이 (반드시) 권력을 통해 얻어지기 때문이다. 권력이 그들의 인생에 커다란 선물을 내려주는 것이다. 오늘날의 중국 사회에서 상업과 공업은 권력과 결탁되지 않으면 이윤과 자본, 자본의 축적을 실현할 수 없다. 오늘날의 중국에서는 법률이 인간 존엄의 근본이 아니라 권력이 모든 사람의 존엄의 근본이요 그 보장이다. 존엄이 있는 삶을 산다는 것은 권력이 있는 삶을 사는 것과 같다. 왜 권력에 대한 숭배와 비판이 남녀노소, 유명무명을 가리지 않고 거의 모든 중국 작가에게 공통되게 가장 중요한 주제로 자리 잡고 있는 것일까? 문제는 바로 여기에 있다. 이 세계에는 중국 작가들처럼 글쓰기에 있어서 권력에 대한 인식과 묘사에 그렇게 집착하는 나라와 작가들이 없다. 중국에는 작품에서 권력을 묘사하지 않는 작가가 없다. 이것이 바로 오늘날 중국 문학의 한 가지 특별한 현상이다. 왜 이렇게 문학이 집중적이고 보편적으로 사랑과 미움보다 권력에 집착하는 것일까? 권력이 바로 오늘날 중국의 모든 사람의 존엄에 대한 보장인 동시에 살인 무기이기 때문이다. 권력뿐만 아니라 권력을 가진 사람들도 그렇다.

중국에서 최고의 진리로 통하는 우스갯소리에 "베이징에 가면 관직이 작다는 것을 모르게 되고, 선전深圳에 가면 돈이 적다는 것을 모르게 된다"라는 말이 있다. 어느 현의 현장을 만난 적이 있다. 그가 성省에 한 번 다녀오고 나서는 감개에 젖은 어투로 말했다.

"젠장, 나는 보통 백성만도 못하게 살았어. 성장이 나를 자기 손자 나무라듯이 나무라니 말이야."

이어서 모 성의 성급 간부를 만났다. 그는 베이징에 가서 업무를 위해 선물을 보내고는 직급이 더 높은 간부의 집 앞에서 기다리면서 집 입구에 서 있는 경비원에게 고개 숙여 인사하고 허리를 구부

침묵과 한숨

렸으며 비위를 맞추기 위해 아첨의 말을 건넸다고 한다. 농민이 현장을 만나는 광경과 다르지 않았다. 고작 그 고위 간부가 집에 있는지 없는지, 없으면 몇 시쯤 돌아오는지를 알기 위해 그런 자세를 보였던 것이다. 경비원이 그를 훈계하면서 쫓아내자 그는 호텔로 돌아와 가지고 온 값비싼 선물을 양탄자 위에 내려놓고 뼈아픈 신세 한탄을 했다고 한다.

"젠장, 내 신세가 농민만도 못한 것 같군!"

하지만 농민이 촌장이나 향장을 찾아갈 때도 그와 똑같은 굴욕을 겪어야 한다는 사실을 그는 알지 못했다. 물론 이렇게 말한다고 해서 그 고관들의 고관들이 권력 앞에서 더 큰 존엄을 지닌다는 것은 아니다. 권력은 일종의 순환하는 사슬과 같아서 그 고관들이 국가 지도자들을 만날 때, 국가 지도자들이 미국 대통령을 만날 때, 미국 대통령이 자신의 명성과 표심을 좌우하는 국민을 만날 때도 존엄을 손상하는 사람이나 일이 있기 마련이다. 중국이라는 나라에서는 권력이 그 어느 것보다 크고 높다. 권력이 모든 것이라고 할 수 있다. 진흙탕처럼 썩어 문드러진 이 나라의 체제에서는 권력이 인간 존엄의 근본이고 보장이자 살인 무기다. 권력이 모든 인간 존엄의 함정이자 불구덩이인 것이다.

한마디로 말해서, 누구도 현실 앞에서 존엄하게 살고 있거나 생활하고 있지 못한 것이다. 이것이 오늘날 중국의 현실이자 사실이다. 또한 유일함이자 필연이기도 하다. 이처럼 존엄이 없는 삶이 중국에서는 매우 보편적일 뿐만 아니라 절대적인 부분을 차지하고 있다. 게다가 거의 모든 사람에게 운명으로 결정되어 있어 도피도 불가능하다. 그런 까닭에 이런 상황은 또 다른 문제로 이어진다.

세속적 생활의 인정

어떤 사람이 사람으로서의 권리가 없으면서도 세속적 생활 속에서 그 알량한 살아 있음의 존엄을 얻기를 바랄 때, 그는 반드시 세속적 삶을 인정해야 하고 기꺼이 세속적 생활을 유지해야 한다. 오늘날의 중국에서, 모든 것이 분명한 세상의 현실에서, 세속적 삶을 인정하는 것이 지식인들과 수많은 작가에게는 자각적이고 필연적인 선택이다. 우선, 지식인과 작가들은 세계 자체가 세속적이라고 생각한다. 인구의 90퍼센트를 차지했던 중국 농민들은 전부 저속하고 상스럽기 그지없었다. 그들은 무지하고 식견이 짧으며 이기적이고 아주 가소로운 욕망으로 가득 차 있었다. 루쉰魯迅은 가소로운 사람들에게는 반드시 미워하는 바가 있다고 말한 적이 있다. 루쉰이 이렇게 말한 사람들은 어떤 이들일까? 그는 중국 농민 전체와 당시 사회에서 신분이나 지위가 낮은 일반 서민들을 말한 것이다. 중국 현대 작가들 가운데 루쉰보다 더 깊이 있고 날카로운 작가는 없었다. 보통 사람들, 혹은 공부를 전혀 안 했거나 충분히 못 한 사람들에게 루쉰은 넉넉한 이해와 관용을 베풀지 않았다. 골수에서부터 그들을 세속적이고 용속하며 치료할 약이 없을 정도로 저속하고 비천한 존재로 규정했다. 이러한 인식은 일종의 관념이 되고 전통이 되어 중국 지식인들에게 대대로 계승되어왔다. 그들은 농민들이 천성적으로 세속적이고 저속하다고 여긴다. 하지만 상인이나 권력을 가진 귀족들의 경우는 달랐다. 중국의 문화 전통에서 중국인의 조상들이 공부를 하는 목적은 한편으로는 관료가 되어 '황금으로 지은 집'에서 돈과 권력을 지닌 부유한 삶을 누리는 것이었고, 또 한편으로는 뼛속에서부터 청렴하고 고상하며 기개와 절도가 있는 그런 삶과 인생을 사는 것이었다. 어쨌든 간에 그들은 관료와 상인들도 원래는 통속적이고 세속적이라는 것을 인정하면서도 모두 이를 목표로 삼았던 것이다. 노동자工와 농민農, 상인商이 전부 세속적 사람으로 규정될 때, 남는 것은 '학자學' 즉 지식인밖에 없게 된다. 따라서 세상은 원래 통속적인 것이고 지식인들도 당연히 이러한 통속성을 인정해야 한다. 이리하여 세속적 삶을 인정하게 되는 것이다. 내 친구 중에 중국의 유명한 교수가 한 명 있다. 그는 말재주도 훌륭하고 글솜씨도 뛰어나 강단에 서면 거의 모든 여학생의 인기를 독차지한다. 하지만 강단에서 내려오면 거의 모든 여학생이 그를 두려워한다. 일단 강단에서 내려오면 그는 인정사정 볼 것 없이 모든 여자와 여학생을 좋아하기(성적인 폭력도 포함됨) 때문이다. 이 유명 교수인 지식인은 중국의 남북을 두루 돌아다닌다. 가는 곳마다 낮에는 강연을 하고 밤에는 발마사지나 안마를 하는 서비스 업소에 가서 아가씨를 찾는다. 아가씨와 즐기는 과정에서 그는 또 대단히 진지한 표정과 어투로 아가씨에게 지금부터라도 열심히 공부해서 새로운 사람이 되라고 권한다. 최대한 의미 있고 순수한 사람이 되라는 것이다. 물론 아가씨와 작별할 때는 돈을 한 푼이라도 덜 주려고 안달을 떤다. 아가씨가 그의 고귀함으로 비천한 서비스 요금을 깎는 것에 동의하지 않으면 그는 또 아가씨에게 창녀니 걸레니 욕을 해대면서 그들을 이 세상에서 가장 천한 집단으로 규정해버린다. 이처럼 의식과 행동이 분열되고 코미디에 가까운 성향을 보이는 교수 지식인들이 중국의 지식인 집단에서는 결코 개인적 사례나 소수의 사건으로 국한되지 않고 상당수가 이런 양상을 보이고 있다. 상당히 보편적인 경향인 것이다. 그들은 세속적 생활 속에서의 환락주의자이자 설교가로서 세속적 생활에서의 가장 전형적인 속물이자 지식인인 셈이다.

오늘날의 지식인들이 이런 실정인데 우리가 어떻게 '노동자, 농민, 군인兵'들에게 기대를 할 수 있겠는가?

화제를 글쓰기로 되돌려보자. 작가는 지식인의 일원으로서 세속에 대한 인정은 응당한 것이라 할 수 있다. 시인이나 화가, 예술가 등과 마찬가지로 그들은 여자 앞에서는 방탕한 모습을 보인다. 그들 자신을 포함하여 수많은 사람이 이를 하느님이 자신들에게 부여한 권리라고 생각한다. 방탕하지 않으면서 어떻게 시인이요 예술가라고 할 수 있겠는가? 또한 작가들이 세속적 생활을 인정하는 것도 하나님이 작가들에게 부여한 권리라고 생각한다. 그런 까닭에 중국 문학 가운데 특히 소설에는 예로부터 와란구시瓦欄句市 * 같은 것이 등장했다. 이런 곳에서 공연하는 내용은 주로 시정잡배와 서민들의 이야기였다. 다시 말해서 세속적 삶이 문학의 출발지였던 셈이다. 소설이 이런 시정잡배와 서민들을 위한 것이자 세속적인 생활을 위한 것이라면, 이런 소설의 창작자들이 또 어떻게 세속적인 삶에 젖지 않을 수 있겠는가? 어떻게 세속적 삶을 인정하지 않을 수 있겠는가? 어떻게 소설가 자신이 세속적인 존재가 되지 않을 수 있겠는가?

2년 전, 중국 작가들이 집단적으로 마오쩌둥의 '옌안문예좌담회에서의 연설'을 필사함으로써 문학계의 큰 추문을 남긴 바 있다. 전 세계에서 중국 문화와 중국 문학에 관심을 갖는 사람 모두가 이 일에 관심을 보였다. 누구나 이런 화제가 너무 식상하고 저속하다고 느꼈다. 하지만 모옌이 노벨문학상을 받았다는 화제가 또다시 지나칠 정도로 뜨거운 열기를 나타냈다. 이런 현상을 나는 작가들이 세속적 삶을 인정하고 참여한 뒤에는 단 한 차례의 깊이 있는 사유도 없음을 증명하는 것으로 이해한다. 모든 농민이 양식을 얻기 어렵다고 생각하기 때문에 더러운 땅바닥에서 떨어진 낟알도 줍는 것

---

* 대도시에 설치된 고정된 오락 장소로 송원宋元 시기 희곡의 주요 공연 장소이기도 하다. 여기서는 포괄적으로 도시의 환락 공간을 지칭한다.

과 마찬가지다. 물론 우리는 깨어 있어 마오쩌둥 연설의 필사를 거부한 사람들을 존중해야 할 것이다. 하지만 좀더 깊이 생각하지 못하고 쉽게 필사에 나섰던 사람들도 이해해야 한다. 그들이 그런 태도를 보이는 것은 세속을 인정하고 존엄이 없는 삶을 살고 있기 때문이다! 그들은 인격이 아닌 권력에서 존엄을 얻고자 하는 작가들이다. 중국 작가들이 존엄을 지닌 사람이 되기 위해서는 반드시 세속적인 삶을 인정하고 받아들여야만 한다. 세속적인 삶을 인정하려면 또 반드시 체제와 권력에 가까이 다가가고 의지해야 할 뿐만 아니라 결국에는 많든 적든 권력과 명예를 지녀야 한다는 사실을 인정해야 한다. 이것이 바로 중국 작가들이 필연적으로 선택하게 되는 노선이다.

나 자신의 얘기를 해보겠다.

내가 마오쩌둥의 그 유명한 옌안에서의 연설을 필사하지 않았다고 해서 반드시 다른 작가들보다 더 높은 기질과 각오를 지녔다고할 수도 없고 세속적 삶을 인정하지 않는 것이라고 단정할 수도 없다. 다른 사람들이 전부 세속적 삶 속의 땔감과 티끌이고 나는 세속적 삶 속의 꽃이나 영지버섯, 정판교鄭板桥*의 그림에 등장하는 가치가 하늘에 맞먹는다는 그 고결한 대나무라고 할 수 있을까? 그렇지 않다 절대로 그렇지 않다! 나도 속세의 속물이고, 수많은 영역에

• 청나라 때의 문학가이자 서화가로 대나무 그림이 뛰어났던 것으로 유명하다.

서 세속적 삶을 인정하는 상당히 세속적인 사람이다. 예컨대 젊은 시절 군대에서 직급이 과장이나 처장에 해당되는 지위에 있을 때, 거의 매번 외출하여 가족을 만나고 귀대할 때마다 담배와 술을 사 가지고 촌장의 집을 방문하곤 했다. 중국의 행정 등급에 의하면 촌 장은 군대의 분대장 정도에 지나지 않는다. 군대의 분대장들은 농 촌으로 돌아오면 대부분 촌장이나 촌 지부 서기 직을 맡게 된다. 하 지만 촌장의 손에 쥐여진 권리는 때로는 연대장이나 처장보다 더 크다. 그는 한 마을의 수백 수천 명 인구의 인생과 운명을 관리한 다. 그리고 우리 부모님과 형, 형수, 누나, 동생들은 이 촌장의 관할 하에 있었다. 그러니 내가 촌장에게 술과 담배를 선물하지 않을 수 있겠는가? 이런 행위는 어떤 의미일까? 다름 아니라 세속적 삶을 인정하는 것이다. 존엄 있는 삶을 살고 싶다면 먼저 존엄 없는 생활 을 해야 한다. 지금 나는 나이가 쉰이 훨씬 넘었고 우리 마을의 촌 장은 젊은 사람이다. 내가 고향으로 돌아왔다 하면 촌장이 말을 전 해온다.

"옌롄커에게 우리 집에 와서 잠시 앉아 있다 가라고 하세요."

그러면 나는 자발적으로 그의 집을 찾아가 '잠시 앉아 있다' 온 다. 이건 아주 작은 일이고 이어서 비교적 큰일에 관해 얘기해보겠 다. 지금 나는 작가이고 나이는 반백이 넘었다. 어떤 사람들은 내게 "옌롄커, 당신에게 현장이나 국장, 청장 같은 직책을 맡기면 수락하 시겠소?"라고 묻는다. 내겐 정말로 현장이나 국장, 청장 같은 직위를 감당할 능력이 없다. 권력 앞에서 고개를 숙이고 싶지 않다면 그런 관리들의 미움을 사서는 안 되기 때문이다. 그럼 중국의 문화부장관 자리는 어떨까? 중앙선전부장은 어떨까? 이런 권력의 유혹을 견딜 수 있을까? 나는 그런 거창한 말들이 전부 허위이고 거짓이며 절대로 내 머리 위로 다가올 수 없는 일이라고 말하면서 거부할 것이다. 거부하지 못하면 권력을 인정하고 권력을 향해 고개를 숙여야 한다. 권력을 존중하는 함정 안에는 몸부림과 갈등이 자리하고 있다. 솔직히 말하자면 나는 굴원屈原ᵔ 같은 사람이 아니다. 나는 내가 어느 부분에서 용속하고 얼마나 용속한지 잘 안다. 아무리 높게 평가해도 나도 세속적 생활을 하고 있음을 인정하지 않을 수 없다. 나이와 경력, 운명과 경험 때문에 어느 정도 세속의 깊고 낮음을 알고 있고 어느 정도의 이성과 경각심을 지니고 있긴 하지만 결국은 나도 세속적인 사람이고 세속적인 삶을 인정하며 여기서 정체성을 느끼는 사람이다.

이리하여 그다음 문제가 발생한다.

• 기울어가는 조국의 앞날을 걱정하며 왕에게 인정받지 못한 슬픔을 노래한 시인으로, 기원전 343년경에 태어나 기원전 277년에 세상을 떠났다. 이름은 평平이고, 원原은 자이다. 대표작으로 「이소離騷」 「어부사漁父詞」 등이 있다.

속세의 인간으로 살더라도 가능한 한 세속적인 사람이 되진 말아야 한다

본질적으로 말하자면 우리는 모두 인간이다. 우리는 존엄이 있는 사람이 되기를 원한다. 인간의 모든 것이 권력의 감옥에 구금되어 있는 중국의 현실 속에서는 속세에서 살아야 하고 최대한 세속적인 사람이 되어야 한다. 100퍼센트 그렇게 하지 못하겠으면 일부분 혹은 상당 부분 그렇게 할 수도 있다. 내게는 사촌 형이 한 명 있다. 사촌 형은 내 평생의 모범이자 거울이 된 일을 한 바 있다. 농촌의 가정에서는 아이들이 점차 많아지고 나이도 점점 많아지면서 따로 가정을 이루어 분가하는 경우가 많기 때문에 집이 많이 필요해진다. 그리고 분가하여 집을 지으려면 땅이 있어야 한다. 중국에서는 개인이 땅을 가질 수 없다. 모든 땅이 국가 소유다. 집을 짓고 농사를 지으려면 국가와 정부를 대표하는 위정자들에게 머리를 조아리면서 땅을 하사해달라고 애걸해야 한다. "농민이 땅의 주인이다"라는 말이 중국에서는 헛소리에 지나지 않는다. 공담이고 허구이고 거짓말인 것이다. 하지만 우리 사촌 형은 가족계획에 저항한 영웅이었다. 아이를 여럿 낳다보니 한집에서 다 같이 살 수 없게 되었다. 집을 지을 땅을 마련하려면 끊임없이 촌장에게 선물을 보내고 또 보내고 또 보내야 했다. 하지만 우리 이 사촌 형은 단호하게 선물을 보내지 않았다. 집 지을 땅을 마련하지 못한다 해도 선물을 바칠 생각이 없었다. 인색해서 그런 것이 아니라 일종의 저항이었다. 그는 세상의 이치와 인심을 믿지 않았고, 어둠이 해가 없는 지경에 이를 수 있다고 생각했다. 그는 10여 년을 강경하게 버티면서 대여섯 명의 가족이 아주 작은 집에서 살았다. 아이들이 다 컸지만 결혼도 할 수 없었다. 그러다가 마을 사람들 전체가 사촌 형에게 집 지을 땅을 주지 않는 것은 말이 되지 않는다고 느꼈다. 그제야 촌위원회는 풍수나 위치가 전부 좋지 않은 작은 택지를 마련해주었다. 이 일을 통해 사촌 형은 세상 인심과 이치가 천창天窗도 없고 문도 없고 한 줄기 빛조차 없는 지경에 이르지는 않은 것 같다고 생각했다. 결국 집 지을 땅을 얻어냈으니 됐다는 것이다. 이런 태도는 어느 정도 아Q의 정신승리법을 닮아 있다. 하지만 나는 갈수록 우리 사촌 형이 존경할 만한 사람이라고 여기게 되었다. 그의 성격에는 한 줄기 저항 정신만 있는 것이 아니라 그 안에 인간으로서의 존엄이 자리하고 있었기 때문이다. 지금도 나는 종종 이 사촌 형의 행동을 모범이자 거울로 삼곤 한다. 그래서 한편으로는 속세의 삶을 인정하고 속세의 생활을 이해하며 익숙해지려고 노력할 뿐만 아니라 속세의 모든 사람을 이해하려고 노력한다. 우리에게 깊은 깨달음과 사유의 단서를 제공하는 마하트마 간디의 위대한 명언 가운데 "이 세상에 있는 어떤 사람도 나의 적이 될 수 없다!"는 말이 있다. 중국의 감옥에 갇혀 있는 류샤오보도 끊임없이 유사한 말을 반복하고 있다. "이 세상 누구도 나의 적이 되지 않는다." 이것이 바로 위대한 사람들만

침묵과 한숨

이 갖는 신념이자 영혼이다. 그렇다면 그들이 자유를 위해 분투하는 과정에서의 상대, 즉 적은 누구일까? 다름 아니라 종족과 계급, 권력이다! 이런 각도에서 볼 때, 작가는 영원히 인간의 영혼을 탐색하고 연구하는 사람이라고 할 수 있다. 세속적인 삶 속에서 모든 사람을 이해하고 모든 사람을 사랑하는 사람이 작가인 것이다. 우리는 신앙 없이도 살 수 있지만 인간으로서의 믿음과 명예가 없이는 살 수 없다. 진리를 찾지 못할 수는 있지만 애써 찾아낸 진실과 성심을 잃어버려서는 안 된다. 자신이 처한 환경에서 모든 사물에 대해 저항하고 투쟁할 수는 없지만 이 열악하고 용속한 환경에서 어떤 일에 대해서는 단호하게 타협을 거부할 수 있어야 한다. 말을 할 수 없다면 침묵하면 된다. 침묵 속에서 길거리 한쪽에 서 있을지언정 화려한 꽃과 박수 소리 속에서 길 한가운데를 걷거나 무대에 서지 않으면 된다. 이렇게 하지 못한다 하더라도 어떻게든 이렇게 하려는 노력은 있어야 한다. 그래야만 우리는 존엄을 지닌 사람이 될 수 있다. 그렇지 않으면 우리는 정말로 아Q나 화라오촨华老栓, 체호프와 발자크의 소설에 등장하는 공무원들로 전락하고 『소송』에 등장하는 요제프 K처럼 자아 없는 사람이 되고 말 것이다.

모든 것에 저항하지 못하더라도 권력에 아첨하고 부화뇌동하는 사람이 되진 말아야 한다. 이것이 얼마나 낮은 기준인가? 중국의 지식인들이 이런 생각을 갖고 있다면, 모든 지식인이 이런 태도를 가지려 시도한다면 중국의 현실과 그런 현실 속에서 글을 쓰는 사람들은 많든 적든 어느 정도 존엄을 갖게 될 것이다.

장엄한 글쓰기

장엄한 글쓰기는 커다란 제목이다. 하지만 여기서는 큰 주제를 축
소하여 대략적으로 이야기하고자 한다. 중국 작가들의 생활과 글쓰
기에서는 때때로 장엄한 생활과 장엄한 글쓰기가 별개의 일로 존재
한다. 전기 작품이나 평전을 통해 우리는 톨스토이의 생활이 상대
적으로 도스토옙스키보다 더 엄숙하고 장엄했다는 것을 알 수 있
다. 하지만 두 사람의 글쓰기는 똑같이 장엄하고 엄숙했다. 나는 두
사람의 작품과 작품에 등장하는 인물들을 분석하면서 도스토옙스
키가 묘사하는 인물들이 더 장엄하다는 느낌을 지울 수 없었다. 카
프카 평전을 읽어보면 그는 생활 속에서 아주 평범했고 심지어 세
속적이기까지 했다. 하지만 카프카의 작품에 표현된 인간의 장엄
성은 다른 작가들이 절대로 흉내 낼 수 없는 수준이다. 영국 작가
서머싯 몸은 그 생활의 용속함이 항상 거리의 웃음거리가 되곤 했
지만 그의 작품에 담긴 장엄성은 부인할 수 없다. 가장 훌륭한 예
는 뒤마 페르와 뒤마 피스 부자다. 이들 부자 가운데 누구의 작품
이 더 훌륭했을까? 아마도 비교가 불가능할 것이다. 하지만『몬테크
리스토 백작』이나『삼총사』『춘희』를 한데 놓고 비교해보면 당연히

『춘희』가 가장 장엄하다. 다시 중국 작가들의 글쓰기로 돌아가보자. 중국 작가들에게서는 장엄한 삶을 찾아보기 어렵지만 장엄한 글쓰기는 찾아볼 수 있다. 다시 말해서 작가들의 생활은 용속함을 피할 수 없지만 글쓰기는 장엄할 수 있고, 또 반드시 장엄해야 한다. 존엄하게 사는 것은 불가능하더라도 존엄한 글쓰기는 가능한 것이다. 존엄한 글쓰기가 있다는 것이 작가가 작가일 수 있는 유일한 기초다. 작가의 글쓰기가 이러한 독립과 장엄을 상실할 때, 그들의 글쓰기는 글쓰기라 할 수 없고 그저 먹고살기 위한 '일'이 되고 만다. 배불리 먹고 따스하게 입기 위해, 살아 있기 위해 하는 출퇴근 같은 일이 되는 것이다.

한마디로 말해서, 세속적으로 살고 있다고 해도 글쓰기는 반드시 장엄해야 한다.

여기서 장엄한 글쓰기는 몇 가지 의미를 갖는다. 첫째는 문학 자체에 대한 장엄성이다. 중국 작가들은 현실 생활에서 때로는 어쩔 수 없이 문학과 생활이 분리되는 양상을 보인다. 생활 속에서는 살아가기 위해 세속을 탈피하지 못한다. 하지만 글쓰기에서는 세속을 벗어나는 것이 가능해진다. 장엄해질 수 있는 것이다. 마리오 바르가스 요사는 일찍이 대통령 경선에 참여했다가 하마터면 페루의 대통령이 될 뻔했다고 한다. 그가 권력과 정치에 대해 미련과 애착을 갖고 있었다는 사실은 우리가 이해할 수 있는 일이 아니다. 세속에서 벗어나기 위해 그랬다면 이는 철저하게 세속적인 모습이라 할 수 있을 것이다. 세속이 문학에 대한 그의 신앙과 사랑에 아무런 영향도 미치지 못하고 문학의 장엄성에 대한 그의 이해와 글쓰기에도 전혀 영향을 미치지 못했다. 체코 작가 하벨은 정치인일까 문학가일까? 정치인으로서의 그는 체코라는 나라가 나아가야 할 방향과 운명을 바꿔놓았다. 정치와 권력에 대한 그의 참여의 깊이는 어떤 작가도 따라가지 못할 것이다. 하지만 중국어판 『하벨 문집』을 읽어보면 작가로서 그의 장엄성이(여기서는 그의 장엄성에만 한정해서 말하고자 한다) 읽는 이들을 숙연하게 만든다. 산처럼 고상하고 엄숙한 모습이 우리로 하여금 자괴감을 느껴 얼굴에 땀을 흘리게 한다. 스스로 자기 얼굴을 한 대 후려치고 싶을 정도다. 둘째는 세속적 삶에 대한 장엄한 인식이다. 다시 말해서 세속적인 삶 속에서 세속을 써내는 것이 아니라 장엄함을 써내야 하는 것이다. 이 점에 있어서는 체호프를 전형적인 작가로 거론할 수 있다. 그의 소설에 등장하는 하찮은 인물들은 제각기 용속한 생활을 유지하고 있지만 체호프는 이들의 삶을 전부 일종의 장엄성으로 표현해내고 있다. 모파상의 『비곗덩어리』에 나오는 존엄해 보이는 인물들은 각자 장엄성을 지닌 삶을 살아간다. 단지 비곗덩어리만 저속하고 썩어 문드러져 있다. 하지만 모파상은 이런 풍경화 속에서도 가장 세속적인 인물을 장엄하게 표현해낸다. 20세기 문학에서는 인간에 대한 이해가 상대적으로 자아와 근본을 위한 쪽으로 흐르고 있다. 그런 까닭에 문학의 장엄성도 더욱 돌출되고 두드러진다. 셋째, 중국 작가들은 어떻게 장엄하게 글을 쓰는가 하는 것이다. 장엄하게 글을 쓴다는 것은 일종의 태도이자 입장이요 자각적 선택이다. 인정하지 않을 수 없는 점은 그다지 엄숙하고 장엄하게 생활하지 않는 사람도 남들처럼 장엄한 작품을 써낼 수 있다는 것이다. 오히려 장엄하게 사는 사람들이 반드시 장엄한 작품을 써낼 수 있다고 보장하기가 어렵다. 이는 개인적인 생활 방식이 작품의 장엄성을 결정할 수 없다는 것을 의미한다. 작품의 장엄성은 생활과 문학에 대한 작가의 인식과 문학관에 의해 결정되는 것이지 작가의 생활관과 인생관에 의해 결정되는 것은 아니다. 하지만 어쩌면 장엄하게 사는 사람들이 더 쉽게 장엄한 작품을 써낼 수 있고, 더 오래 장엄한 글쓰기를 유지할 수 있다는 점은 인정해야 할지도 모른다. 루쉰의 일생은 줄곧 상대적으로 엄숙하고 장엄했다. 그래서 그의 평생의 글쓰기도 필연적으로 전부 장엄할 수 있었던 것이다. 반면에 비슷한 시기의 중국 시인 궈모뤄는 이 부분에서 완전히 다른 모습을 보인다. 그의 초기 시와 희곡의 창작이 전부 장엄했다는 사실에는 의심의 여지가 없다. 하지만 후기 작품들은 장엄성을 상실했을 뿐만 아니라 심지어 아첨과 통속으로 흘렀고 독자들로부터 저속하고 공허한 웃음을 자아냈다. 왜 그랬을까? 생활 때문에 그랬다. 그의 인생관과 세계관이 그렇게 만든 것이다. 궈모뤄의 인생이 인간의 장엄함을 잃고 권력에 대한 아첨과 숭배로 치달을 때, 그는 절대로 장엄한 작품을 써낼 수 없었고 장엄한 창작을 유지할 수 없었다. 이는 장엄한 글쓰기가 반드시

작가 개인의 장엄한 삶에서 나오는 것은 아니라는 사실을 말해준
다. 하지만 평생 장엄한 작품을 써내려면 삶 속에서 인생과 문학의
태도가 변함없이 장엄성을 유지해야 한다.

중국은 구호口號의 대국이다. 그래도 된다면 나는 여기서 몇 가지
구호에 반대하는 구호를 외치고 싶다. 세속적 삶을 인정하더라도 그
세속 속에서 존엄을 갖춘 사람이 되자! 속세에 산다고 해도 세속적
인 글쓰기는 하지 말자! 억지로 타인의 글쓰기의 존엄성을 요구하
지 말고 자신의 글쓰기의 존엄성을 반드시 추구하자!

11장

한 마을의
중국과
문학

한 마을의 지리

한 마을이 있었다. 그곳에는 나의 아버지와 어머니, 할아버지와 할머니, 그리고 형과 형수, 누나들이 살았다. 황량한 들판 같은 곳이었다. 들풀과 하나 다를 바 없는 거친 풀만 끝없이 자라나는 곳이었다. 사막의 한해瀚海 속에 온통 모래알과 전혀 다를 바 없는 모래만 있는 것 같았다. 내게 기억이 존재하기 시작하고부터 그곳은 아주 큰 마을이었고 2000명에 가까운 주민이 살았다. 지금은 초대형 마을이 되어 5000명이 넘는 인구가 살고 있다. 마을의 팽창은 인구의 출생뿐만 아니라 밀려온 이주민들 때문이기도 했다. 중국 전역의 사람들이 전부 베이징이나 상하이로 몰려가고 전 세계 사람들이 미국이나 유럽으로 밀려드는 것과 마찬가지였다. 그 마을 주변 사방의 촌락과 산, 구릉 사이의 사람들은 우리 고향인 그 마을로 올 수 있기를 갈망했다.

수십 년 전에 그 마을에는 상업이 제법 규모를 갖춘 거리가 있었기 때문에 반경 수십 리 안에 있는 사람들은 닷새에 한 번씩 장이 설 때마다 전부 이 거리로 몰려와 온갖 물건을 사고팔았다. 그리고 지금 이 거리는 시골에서는 가장 번화한 상업 대로가 되었다. 베이징의 왕푸징王府井이나 상하이의 난징로南京路, 홍콩의 센트럴, 뉴욕의 브로드웨이 같은 곳이 된 것이다. 우리 고향의 경제와 문화, 정치와 민간 예술은 전부 이 대로와 우리 마을의 사거리에서 숙성되고 전개되며 실행되었다. 하지만 오늘날에는 이 마을이 중국에 광풍처럼 몰아치고 있는 도시 건설의 열기 속에서 이미 작은 소도시로서 일개 진鎭의 정부 소재지가 되어 있다. 중국의 수도가 베이징이고 일본의 수도가 도쿄이며 영국의 수도가 런던이고 프랑스의 수도가 파리인 것과 마찬가지다. 그래서 그 마을이 번화하게 팽창하고 현대적인 모습으로 바뀐 것을 이해하기가 어렵지 않다.

나는 일찍이 중국이 중국이라 불리는 이유와 관련하여 고대 중국인들이 중국이 세계의 중심이라고 생각했기 때문에 중국이라고 불리게 되었다고 설명한 바 있다. 중국의 허난河南성은 원래 허난이라 불리지 않고 중원中原이라 불렸었다. 중원이라 불린 것은 중국의 중심에 위치하고 있기 때문이다. 그리고 우리 고향이 있는 현은 바로 허난의 중심에 해당되는 위치에 있었고, 우리 마을은 우리 현의 중심에 해당되는 자리에 위치해 있었다. 이렇게 따지자면 우리 고향의 이 마을은 허난과 중국, 나아가 세계의 중심이라고 할 수 있다. 이는 하늘이 내게 내려주신 가장 큰 선물이다. 하느님이 내게 세계로 향하는 대문의 열쇠를 쥐여주신 것이나 다름없었다. 나는 이 마을만 확실히 인식하면 그것이 바로 중국을 인식하는 것이고 나아가 세계 전체를 인식하는 것이라고 굳게 믿었다.

소년 시절 어느 날 밤, 우리 마을이 중국의 중심이고 중국은 또 세계의 중심이라는 생각을 하고 있을 때, 마음속에서 아주 천진하면서도 실제적인 격정이 일었다. 자신이 세계의 중심이 되는 좌표 위에서 생활하고 있다는 점을 분명하고 명확하게 느끼고 있었다. 그리고 또 이 때문에 이 마을의 중심을 찾는 것이 세계에서 가장 큰 원의 원심을 찾는 것이라고 믿었다. 그래서 달빛을 빌려 혼자 마을을 이리저리 돌아다니면서 저녁 무렵부터 깊은 밤까지 마을 동서남북의 거리와 원근을 계산했다. 그러나 그때, 우리 집은 이 마을의 서쪽 끝에 자리 잡고 있었다. 하지만 마을의 팽창으로 인해 수많은 가구가 땅을 마련하여 우리 집보다 더 서쪽인 지역에 집을 지어 정착했다. 이리저리 생각하고 따져보니 우리 마을의 중심은 바로 우리 집 마당, 우리 집 대문 안에 있었다. 알고 보니 우리 마을과 우리 집이 세계의 가장 중심점이었던 것이다. 우리 집이 세계라는 이 거대한 원의 원심 좌표였다.

우리 마을이 세계의 중심이라는 사실을 우리 집과 우리 집 앞 이웃들, 그리고 나만이 잘 알고 있고 외부 사람들은 전혀 모를 때, 마음속에 격동이 일면서 한편으로는 불안해지기도 했다. 흥분되면서 슬프고 처량하기도 했다. 격동이 인 이유는 세계의 중심이 바로 그

곳이라는 사실을 발견했기 때문이고 불안했던 것은 마음속으로 세계의 중심에서 생활하는 사람들이 은연중에 중심이라는 사실로 인해 전 세계 사람들보다 더 많은 것을 부담하고 책임져야 한다는 것을 느꼈기 때문이다. 어쩌면 그것은 고통이나 어둠일 수도 있고 명예일 수도 있다. 화산 속 마그마의 중심이 필연적으로 더 뜨겁게 끓어오르는 것과 마찬가지다. 큰 바다의 가장 깊은 곳이 가장 차갑고 적막한 것과 마찬가지다. 우리 집은 이 세계의 한가운데이기 때문에 또한 필연적으로 평범하지 않은 경력과 부담이 있을 것이 분명했다. 내가 흥분한 것은 당시에는 아직 너무 어리고 무지했기 때문이다. 어린아이인 내가 세계의 중심이 어디인지 알았을 때, 세계의 중심을 내가 발견했다는 사실을 감히 믿을 수 없었다. 사람들이 내 발견과 비밀을 믿지 않을 뿐만 아니라 무시하고 조롱할까봐 두려웠다.

슬프고 처량했던 것은 나를 제외하고는 전 세계를 통틀어 우리 마을이 세계의 중심이라는 사실을 아는 사람이 아무도 없었기 때문이다. 나는 우리 마을 때문에 슬펐다. 황제가 민간인으로 전락했는데 아무도 알아보지 못하는 것 같았다. 나는 세계의 모든 지역과 인종 때문에 슬프기도 했다. 그들의 생활과 일, 생육과 세습이 수천 년 동안 이어졌지만 그들이 살고 있는 세계의 중심이 어디인지 모르기 때문이었다. 이는 그들이 매일 집을 나서고 대문을 드나들지만 그 문들이 동쪽을 향하고 있는지 서쪽을 향하고 있는지 모르는 것과 같았다.

침묵과 한숨

그날 밤 소년인 나는 깊은 밤의 고요 속에, 달빛이 물처럼 흐르는 하늘과 땅 사이에, 텅 비고 적막한 집 대문 앞에 서 있었다. 세계의 중심에 서서 하늘 가득한 별자리들과 우주의 시간을 바라보고 있었다. 생텍쥐페리의 『어린 왕자』에 나오는 왕자가 그의 별 위에 서서 우주의 성계를 바라보고 있는 것 같았다. 우리 마을이 세계의 중심이라는 사실을 어떻게 세계를 향해 선포하여 세계 모든 사람이 믿게 해야 좋을지 몰라 곤혹스럽고 외로웠다. 또한 비밀을 지켜야 한다는 억제할 수 없는 슬픔과 고통, 처량함이 밀려왔다.

마을 백성의 생활

우리 집이 있는 시골 마을이 세계의 중심이라는 사실을 발견하고 인정한 뒤로 일련의 또 다른 일들이 일어났다. 나는 우리 마을에서 일어나는 모든 일에 일상의 신기함과 이상함이 가득 차 있다는 것을 알게 되었다. 우리 마을 주위의 작은 마을들에서 일어난 일들도 신기한 사건이자 전설, 신화로 변해갔다.

예컨대 선량함과 소박함은 중국의 모든 시골 마을이 공통으로 갖고 있는 미덕이자 기질이지만 우리 마을에서는 이것이 일종의 극치이자 고전이 되었다. 문화대혁명 시기에 굶주림과 혁명은 진정으로 인민들의 머리를 짓누르는 두 개의 산이었다. 하지만 이때, 우리 마을에는 밥을 구걸하기 위해 도망쳐온 젊은 여자가 한 명 있었다. 그녀는 벙어리였고 약간의 지적 장애를 갖고 있었다. 그런 까닭에 그녀가 어느 집에 가서 밥을 구걸하든지 모두 가장 맛있는 음식을 내주었다. 굶주림을 피해 구걸 행각을 하면서 무수한 마을과 집을 찾아다니다보니 어느 마을 사람들이 가장 착하고 순박한지 그녀보다 잘 알고 체감하는 사람은 없었다. 우리 마을 사람들이 자신에게 가장 잘 대해준다는 사실을 깨달은 그녀는 우리 마을에 눌러앉아 살아가기로 마음먹었다. 당시에는 생산대대로 불렸지만 지금은 촌민소조라 불리는 맥장麥場에 있는 가옥에 거주하기로 한 것이다. 이때 우리 마을에서는 그녀를 기꺼이 같은 마을 사람으로 대해주었다. 이웃이나 친척으로 대해준 것이다. 어느 집에 경사가 있으면 으레 그녀를 잊지 않고 불러 하룻저녁 맛있는 음식을 실컷 먹게 해주었고 돌아갈 때는 커다랗고 흰 만터우를 싸주기도 했다. 눈이 내리는 날 어느 집에서 특별한 음식을 해서 마을 밖에 사는 집들에도 돌릴 때는 으레 그녀가 사는 맥장의 가옥에도 가져다주었다.

날이 추워지면 누군가 그녀에게 이불을 가져다주었고 날이 더워지면 또 누군가 얇은 적삼을 가져다주었다. 빨래를 하는 김에 그녀의 옷을 받아다 함께 빨아주는 사람들도 있었다. 그녀가 우리 마을, 이 세계의 중심에 사는 사람들의 선량함과 소박함을 어떻게 생각하는지는 알지 못했다. 하지만 나는 우리 마을 사람들의 미덕이 전 세계 사람들에게 거울이 되고 교과서가 될 수 있을 것이라고 생각했다. 그녀는 그렇게 이 마을에 정착하게 되었고 여러 해를 이 마을에서 살았다. 그러던 어느 날 사람들은 그녀가 아이를 가졌다는 사실을 알게 되었다. 사람들은 그녀의 배가 불러오게 한 남자가 누구인지 알 수 없었다. 한 무리의 아줌마 아저씨들이 몽둥이와 쇠솥을 들고 마을 거리를 돌아다니면서 이 때려죽여도 시원찮을 간부奸夫를 찾기 위해 무진 애를 썼다.

물론 이 음탕하고 사악한 놈을 찾는 일은 실패로 끝나고 말았다.

하지만 이때부터 마을 사람들은 그녀를 더 철저히 보호하려 애썼고 자기 집 임신부를 돌보듯이 알뜰하게 보살펴주었다. 수시로 그녀에게 계란과 흰 국수를 가져다주었고 해산일이 다가오자 그녀를 위해 산파를 물색해주었다. 그녀가 순조롭게 아주 예쁜 딸을 낳은 뒤에는 이 여자의 친생 혈육인 아기를 1년 넘게 키워주기도 했다. 그러던 어느 날 그녀가 작별인사도 없이 마을을 떠나버렸다. 마을 사람들 절반이 그녀가 살던 빈집을 에워싸고 탄식하면서 훌쩍훌쩍 울어댔다. 자신의 가족을 잃은 것 같았다.

이는 이 세상에서 가장 평범하면서도 위대한 이야기이자 인류의 가장 소박한 정감이며 선량함이다. 단 하나 유감스러운 것은 우리 마을 사람들이 젊었던 그녀에게 사랑과 감정, 그리고 남자가 필요했다는 사실을 잊고 있었다는 점이다. 어쩌면 그녀의 아이는 그런 감정과 사랑의 결정체였는지도 모른다. 성년이 된 이후에도 나는 줄곧 왜 그때 마을 사람들이 그녀에게 적당한 남자를 소개해주어 마

을에 완전히 정착할 수 있게 해줌으로써 진정한 우리 마을의 일원
이 되게 해야겠다는 생각을 못 했는지 한없이 아쉽기만 했다.

선과 아름다움, 사랑은 인류가 존재를 의지하고 있는 가장 중요
한 근본이다. 고층 빌딩의 기반 같은 그러한 근본이 세계의 중심인
그 마을에는 도처에 널려 있었다. 어디서나 꽃필 정도로 보편적이
었다. 집에서 밥 먹는 것처럼 일반적인 것이었다. 나는 우리 마을에
서 있었던 지난 일들을 회상할 때마다 꿈에서 웃으며 깨어난 것 같
은 기분을 느낀다. 너무나 쉽게 내 인생에서 가장 마음에 들고 가
장 아름답고 현숙하며 지혜로운 아가씨를 만난 것처럼 마냥 흐뭇하
기만 하다.

물론 그 마을, 그 땅은 세계의 중심이라 그곳에서 일어나는 모든
일이 세계 다른 곳에서 일어난 일들과 같을 수 없고 같을 리도 없
다. 외계의 별에서 온 사람의 행동거지와 언행이 우리와 절대로 같
을 수 없는 것과 마찬가지다.

1980년대 초에 중국이 개혁개방을 시행하면서 시골들이 부유해
지기 시작했다. 그 땅에서 가장 먼저 부유해진 사람 한 명이 작은
승용차를 한 대 갖고 싶어 상하이에 가서 산타나 자동차를 사서는
하루 밤낮을 꼬박 운전해 우리 마을로 돌아왔다. 당시에는 현장만
차를 타고 다녔고 농민들에게는 자동차가 없었다. 그가 차를 몰고
돌아와 자기 집 마당에 세워두자 우리 마을 사람들은 물론 이웃
마을 사람도 전부 구경하러 몰려와 요란하고 떠들썩한 분위기를 이

침묵과 한숨

루었다. 당시 마을 사람들의 모습은 처음 텔레비전을 봤을 때와 다르지 않았다. 하지만 그날 우리 마을에 비가 내렸다. 꽤 큰비가 내린 것 같았다. 밤새 비가 내린 뒤 이 승용차 주인이 이튿날 아침 잠자리에서 일어나 보니 자기 집 앞의 도로가 빗물에 파이고 다리도 빗물에 쓸려 계곡 아래로 가라앉아 있었다.

이때 이후로 그 산타나 자동차는 그 마을과 그의 집 마당을 벗어날 수 없었다. 영원히 자기 집 마당에 세워져 오랫동안 변하지 않는 시대와 세월의 전시품이자 기념품이 되었다.

시대는 항상 발전한다. 강물이 밤낮으로 쉬지 않고 흐르는 것과 마찬가지다. 그 땅 위에서, 우리 마을 인근의 또 다른 마을이 웬일인지 모르게 갑자기 부유해지기 시작하더니 성 전체에서 가난을 딛고 부유해진 가장 전형적인 마을이 되었다. 성장과 성위원회 서기가 사흘이 멀다 하고 시찰을 나와 관심을 보이면서 연설을 하기도 했다. 그런 까닭에 은행 대출도 끊임없이 이루어졌다. 부유함에 부유함을 더하기 위해, 천하의 모든 사람이 이 사회주의 신농촌의 우수함을 알게 하고자 이 마을은 자비를 털어 텔레비전 연속극을 찍기도 했다. 게다가 CCTV의 황금시간대에 배정되었다. (말이 나온 김에 하나 더 밝히자면 나도 이 연속극의 극본에 참여했다.) 자신들이 확실히 부유하다는 것을 증명하기 위해, 우리 현과 성 전체 내지 전국을 빛나게 하기 위해 이 마을에서는 속칭 '작은 벌'이라 불리는 소형 비행기를 두 대 사들였다. 마을을 참관하러 온 사람들에게 이 비행기를 타고 상공을 한 바퀴 돌면서 위대한 사회주의가 얼마나 훌륭한지 직접 느끼게 할 심산이었다. 농민들은 100위안만 내면 비행기를 타고 하늘을 유람하는 중국몽中國梦을 실현할 수 있었다. 얼마나 아름다운 바람이자 이상인가! 하지만 그 두 대의 '작은 벌'은 트럭에 실려 우리 마을에 운송된 뒤에 조립과 시험 비행을 거쳐야 했다. 그런데 그중 한 대가 하늘에 오르자마자 날개가 부러지고 말았다. 이때부터 이 두 대의 비행기는 영원히 범포에 덮여 창고에 보관되는 신세가 되었다.

그리고 그때부터 이 마을은 다시 가난해지기 시작했다.

현실 생활에는 언제나 초현실적인 일들이 일어나기 마련이다. 가장 용속한 일상 속에는 가장 놀라운 깊이와 인성이 감춰져 있기 마련이다. 마을 사람들은 결국 그 세계의 중심이 되었다. 인심과 인성의 거대한 변화야말로 진정으로 가장 깊은 곳에서 끓고 있는 화산의 마그마와 같았다. 몇 년 전, 나는 그 마을을 찾았다. 나의 고향 집을 찾아갔다. 사촌 동생 한 명이 날 만나러 와서는 몹시 슬픈 표정으로 신세 한탄을 했다. 마을 사람들이 전부 부자가 되는 드넓은 길에서 앞을 향해 달려가고 있는데 자기 운명의 길은 항상 그렇게 평탄하지 못하고 재난이 많은 데다 강을 건너야 하는데 다리가 없다는 것이었다. 알고 보니 동생은 아주 어렵사리 돈을 벌어 트럭을 한 대 사서 막 운송업을 시작했는데 한순간의 실수로 자전거를 타고 가는 사람을 치고 말았던 것이다. 자전거를 탔던 사람은 젊은 아줌마로 뒷좌석에는 다섯 살 난 남자아이가 타고 있었다. 남자아이는 자전거에서 굴러떨어져 병원으로 이송되기도 전에 사망했다고 한다. 사촌 동생은 이 세상에 자신보다 더 운이 없고 고민만 많은 사람은 없을 것이라고 했다. 당시에 그 땅에서는 사망 사고가 발생하면 대개 수천 위안에서 1만 위안 정도 배상을 하면 사고를 매듭지을 수 있었다. 고의로 일으킨 사고가 아닌 데다 어차피 피해자와 가해자가 모두 인근 지역 사람들이기 때문이었다. 하나같이 착한 사람들이다보니 가해자의 사정을 잘 이해해주었다. 피해자가 배상을 요구하지 않고 오히려 서로 더 가까운 친척이 되거나 좋은 친구가 되는 일도 많았다. 하지만 내 사촌 동생의 피해자인 이 아줌마, 즉 그 다섯 살 난 아이의 엄마는 그렇게 '선량하고' 사리를 잘 이해하는 사람이 아니었다. 그녀는 막무가내로 3만 위안의 배상금을 요구했다.

한 생명의 소실에 대해 3만 위안이라는 돈을 사적으로 배상해야 했다. 내 사촌 동생은 이런 상황에 대해 탄식하고 슬퍼했던 것이다. 나는 아무 말도 할 수 없었다. 지난 몇 해 사이 그곳에서 일어난 일상의 사건과 변화를 어떻게 이해해야 할지 알 수 없었다.

나는 그 세계의 중심이 이미 어제의 그 중심이 아니라는 것을 잘 알고 있다. 그 중심은 이미 중국이 변화함에 따라 함께 변했고 시대에 따라 발전했으며 인심도 예전 같지 않다. 사람들은 돈과 욕망을 위해 빠른 속도로 아름다운 윤리와 도덕, 이성을 잃어가고 있다. 지난날 사람들의 순박했던 정신이 빠른 속도로 와해되고 있다. 그럼에도 이러한 변화는 중국의 중심이자 세계의 중심이라는 이 마을의 지위를 더욱 단단하고 공고하게 지탱해주고 있다. 중국 전체가 우리 마을과 마찬가지로 이미 정신적 삶을 상실하여 광적인 물욕과 돈에 지배되고 있기 때문이다. 세계 전체가 그런 것 같다. 물질이 모든 것, 더 높고 큰 것 같다. 물질이 전부인 것 같다.

좀더 중요한 것은 이러한 정신의 윤락과 상실이 이미 그곳 사람들의 생활에 새로운 일상으로 자리 잡고 있다는 점이다. 윤락과 상실이 일상 속의 일출과 일몰이 되어 있다. 윤락과 상실이 습속이 되고 습관이 되어 몸속을 도는 혈류와 다름없는 지역 문화로 발전해 있는 것이다. 예컨대 돈을 벌기 위해 그 마을의 풍부했던 수목이 전부 도벌되었다. 그리고 이 때문에 임업 기관에서는 유전자가 전이된 신품종 수목을 심어 키우고 있다. 2년 정도의 시간이면 목재로 쓸 수 있는 신품종 수목이다. 원래 있던 수십 종의 시골 수종이 전부 한 가지 수종으로 대체되었을 때, 세계의 수천수만 종의 동물들이 이미 존재하지 않고 두 달이면 울타리를 넘을 수 있을 정도로 성장하는 유전자 전이 돼지만 존재하게 된 것과 같았다. 이 얼마나 무서운 일상인가!

돈과 욕망을 위해 지금 사람들은 훔치는 것을 좋아한다. 예컨대 우리 마을의 상당수 사람은 내가 작가이기 때문에 우리 집에 돈이 많을 거라고 생각했다. 어느 해인가는 우리 집 문이 네 차례나 찌

그러진 적이 있었다. 지렛대를 넣어 억지로 문을 열려고 시도한 것이다. 그 마을에서 문이 찌그러진 집은 우리 집뿐만이 아니었다. 좀 넉넉하다고 생각되는 집은 대부분 자물쇠가 누군가에 의해 공격을 받았다. 어쩌면 이것이 부자들을 약탈해서 가난한 이들을 구제하기 위한 중국식 방법인지도 모른다. 요컨대 과거에는 사람들에게 가장 멸시당하던 도둑질이 지금은 어느 정도 그곳의 일상이 된 것이다.

일상의 거대한 변화야말로 가장 깊이 있는 변화이자 가장 중국적인 특색을 갖는 변화다. 중국의 중심, 세계의 중심으로서 대표성을 갖는 변화다.

마을에서의 중국

한 마을의 먹고 마시는 일과 쌀, 땔감, 기름, 소금 등 생존에 필요한 기본적인 물품들, 집안의 일상적인 일들이 더 이상 가장 중국적이라고 말할 수 없을 때, 우리는 이 마을의 큰일들을 살펴보게 된다. 국가의 대사란 어떤 것들인가? 정치와 권력, 외교, 전쟁 같은 것이리라.

먼저 정치와 민주에 관해 얘기해보자.

아주 오래전에는 중국 농촌의 기층 간부들을 민주 선거를 통해 선출했다. 백성은 투표를 통해 촌장을 뽑을 수 있었다. 어느 해인가 이 중국의 중심인 마을에서 촌장을 뽑게 되었다. 두 사람이 경쟁을 벌여 한 사람이 집집마다 찾아다니며 표를 구걸했다. 어느 집에 가든지 선물을 건넸고 이런저런 생활의 문제들에 관해 물으면서 간절히 애원했다. 또 한 사람은 아예 아침부터 거리에 나가 소고기와 양고기 국을 전문적으로 만들어 파는 음식점을 계약하여 누구든지 와서 마음대로 먹고 마시게 했다. 심지어 마음대로 집에 가져갈 수도 있게 했다. 당시 우리 마을 사람들은 아침 식사에 소고기국이나 양고기국을 즐겨 먹었다. 결국 후자가 전자보다 더 호방한 모습을 보였고 돈도 더 많이 쓴 덕분에 촌장으로 선출되었다. 이런 상황은 나의 최근 작품 『작렬지』의 묘사와 정확히 일치한다. 지금은 마을의 촌 지부 서기도 마을의 당원들이 투표하여 선출한다. 우리 형은 당원이라 매번 선거하러 갈 때마다 놀라서 집에 돌아올 엄두를 못 낸다. 촌 지부 서기가 되고 싶은 사람들이 우리 형에게 잘 보여 표를 얻고자 형을 찾아와 밥을 사고 술을 사기 때문이다. 그러다보니 매번 투표를 통해 촌 지부 서기를 뽑는 시기가 찾아올 때마다 형은 외지로 도망가 집에 돌아오지 않았다. 이렇게 민주와 관련된 일을 피한 것이다. 일이 있어서 어쩔 수 없이 집에 돌아와야 할 때는 밤중에 몰래 왔다.

우리 형이 내게 말했다. "민주가 대체 왜 필요한 거냐? 민주는 나를 도둑놈으로 만들잖아. 사람들도 제대로 만날 수 없게 만든단 말이야."

정치 학습에 관해 얘기해보자.

침묵과 한숨

정치 학습이 중국에서는 아주 중요한 일이다. 그 목적은 사람들에게 정치적 각성을 일으킬 뿐만 아니라 사람들로 하여금 중앙과 고도의 일치된 모습을 유지하게 하는 것이다. 후자가 더 중요한 목적이라 할 수 있다. 얼마 전에 내가 우리 고향 집을 찾아 마을 거리를 걷고 있을 때, 마을 촌장이 저 멀리서 달려왔다. 나는 그가 나를 맞으러 나오는 줄 알았는데 뜻밖에도 그는 나를 보더니 이렇게 말하는 것이었다.

"자네 왔나? 어서 집에 가보게. 나는 서둘러 총서기께서 내리신 군중 연계 노선에 관한 문건을 학습하러 가야 한다네. 중앙과 일치된 노선을 유지해야 하거든. 하루도 중앙과 떨어져선 안 된다네."

나는 놀라움을 금할 수 없었다.

웃음이 터져나올 것 같았다.

마음 깊이 놀라움과 두려움도 느껴졌다. 정치 학습이라는 이 중대한 일이 문화대혁명 이후로 현재에 이르기까지 거의 한순간도 느슨해진 적이 없다는 걸 깨달았다. 아무리 편벽한 두메산골이라 해도 여전히 문화대혁명 때와 다르지 않았다.

셋째, 우리 마을의 전쟁관을 살펴보자. 전쟁은 한 국가의 권력과 정치, 외교의 가장 극단적인 형식이라 할 수 있다. 전쟁에 대한 우리 마을 사람들의 대략적인 인식을 통해 수많은 국가의 크고 중대한 일들의 핵심을 체감할 수 있다.

우리 고향의 그 마을에서는 내가 뭔가를 기록하기 시작한 이래로 내가 만난 사람들이 가장 큰 관심을 보이는 국가의 대사가 바로 전쟁이었다. 첫째는 언제 타이완을 해방시킬 것인가 하는 문제에 관심을 보였다. 그리고 두 번째 관심사는 중국이 대체 미국과 전쟁을 벌여 이길 수 있는가 하는 것이었다. 우리 큰아버지와 삼촌이 살아 계실 때, 그러니까 몇 해 전만 해도 내가 매년 고향을 찾을 때마다 건강보조식품을 들고 두 분의 병상을 찾으면 두 분 다 내 손을 잡아끌면서 국가의 대사와 국제 정세를 분석해달라고 조르곤 하셨다. 도대체 언제 타이완을 해방시킬 수 있는지, 미국과 싸워 이길 수 있는지를 묻곤 하셨다. 물론 나는 두 분에게 중국이 곧 타이완을 해방시킬 것이고 미국과 싸워 반드시 이길 것이라고 말했다. 아울러 타이완을 당장이라도 해방시킬 수 있지만 미루고 있는 것은 어차피 타이완 사람들이 우리와 같은 동포라 정말로 무력 공격을 감행하면 적지 않은 동포들이 희생되어야 하기 때문에 해방을 미루는 것이라고 설명하면서 아무래도 평화적인 해방이 낫다고 말했다. 미국에 대항하는 것도 어려운 일은 아니라고 말했다. 중국에는 원자탄이 있지만 사용하지 않고 있고, 위급할 때 몇 발만 발사하면 미국 문제는 금세 해결된다고 말했다.

큰아버지와 삼촌, 그리고 마을 사람들은 모두 내 말을 믿었다. 내 설명이 끝나자 그분들의 마음속에는 민족과 국가에 대한 자신감이 가득 들어차면서 조국을 더욱 뜨겁게 사랑하게 되었다.

지금은 우리 고향의 그 마을 사람들 모두 댜오위다오釣魚島에 지대한 관심을 보이고 있다. 하나같이 중국 고위층의 담이 작고 어리석으며 결기가 없다고 말한다. 사람들은 "일본인들이 대체 뭐란 말인가. 그들에게 원자탄을 두 발만 터뜨릴 게 아니라 한꺼번에 백 발을 터뜨려 깔끔하게 소탕했어야 했다"고 말한다.

이것이 우리 마을의 정치와 전쟁에 대한 견해이며 권력과 외교에 관한 기본적인 관점이다. 또한 이것이 바로 우리 마을의 민주와 자유, 인권에 관한 인식이기도 하다. 따라서 우리 마을의 사정을 좀더 확대해보면 중국 전체의 일이 되고 중국 전체의 일을 조금 축소하면 우리 마을의 일이 된다. 그런 까닭에 이 마을이 바로 가장 현실적인 중국이라고 말하는 것이다. 그리고 현재의 중국에 가장 가까운 모습이 바로 지금 우리 마을의 모습이다.

마을에서의 문학

이처럼 세계의 중심에 거주한다는 것이 중국의 마을에 사는 것과 같다면 그들에게 문학의 존재가 가능할까?

물론 가능하다. 문학이 존재할 뿐만 아니라 그곳의 문학은 비교 대상이 없을 정도로 위대하고 경전에 가깝다. 예술적 가치도 높아 전무후무한 수준을 자랑한다. 세계에서 가장 위대한 작가의 작품들을 그 마을에 가져다놓으면 너무나 가볍고 작아 거론할 가치도 없어 보인다. 세상의 아무리 현대적이고 전위적이며 탐색적인 작품이라 하더라도 그 마을에 가져다놓으면 너무나 진부하고 구태의연하며 뒤떨어진 모습이 되고 만다. 호메로스의 서사시나나 『아라비안나이트』 『신곡』 『돈키호테』, 셰익스피어의 희곡 같은 세계의 가장 위대하고 오래된 고전과 위대한 전통의 정수들도 이 마을에 가져다놓으면 전통과 낙후의 모습을 보이지 않을 뿐만 아니라 오히려 현대와 전위의 모습을 보이게 된다.

예컨대 현대 문학의 아버지라 불리는 카프카는 20세기의 거의 모든 작가로부터 감탄과 존경을 이끌어냈다. 하지만 우리 마을에서는 수천 년 전에 인생의 전세轉世와 환골탈태의 이야기가 존재해왔다. 예컨대 원래 돼지나 개가 되었어야 하는 생명이 길을 잘못 들어 인간이 되었다는 이야기다. 어느 날 사람이 자고 있는 사이에 신이 그를 돼지나 말로 만들어버리는 이야기도 있다. 이는 그레고르 잠자가 어느 날 잠에서 깨어 보니 딱정벌레로 변해 있었다는 이야기보다 시기상 1000년 이상 앞선다.

어렸을 때 나는 그 마을에 '부엉이 눈'을 가진 사람이 있다는 것을 알았다. 낮에는 아무것도 보지 못하다가 밤이 되면 뭐든지 선명하게 볼 수 있는 사람이었다. 날이 어두울수록 그는 더 멀리 볼 수 있었다. 때문에 그는 모든 집의 비밀은 물론 남녀 사이의 구질구질한 속사정도 다 알았고 마을의 도둑이 어느 집에 들어가 어떤 물건을 훔쳤는지도 훤히 알고 있었다. 그의 두 눈은 마을의 어두운 비밀

침묵과 한숨

속의 탐조등 같았다. 이처럼 신기하고 환상적인 이야기들은 마르케스의 마술적 리얼리즘 계열 작품보다 수십 배는 더 진실하다.

단테의 지옥과 연옥은 충분히 전통적이고 고전적이다. 하지만 우리 마을의 전통적인 지옥 이야기와 연옥 이야기는 단테보다 2000년이나 앞서 있고 『신곡』에서 묘사하고 있는 이야기나 디테일보다 사람들에게 훨씬 더 큰 재미와 놀라움을 주는 동시에 더 큰 교화教化의 의미도 지닌다. 『돈키호테』에 나오는 풍차와의 싸움은 대단히 생동적인 이미지로 스페인의 가장 형상화된 정신의 상징으로 자리 잡고 있다. 한편 우리 고향의 그 마을에서는 퇴마사가 맷돌과 전투를 벌이는 이야기가 전해 내려오고 있다. 퇴마사는 자신의 힘과 강인한 의지, 근성으로 맷돌을 쉴 새 없이 움직이게 한다. 맷돌의 이가 평평하게 다 갈리고 아예 석판이 닳아 없어질 때까지 계속 돌게 만드는 것이다. 돌절구와 크고 굵은 막대기가 함께 패배를 인정하고 나서야 계속 움직이던 퇴마사의 발이 멈춘다.

도스토옙스키는 『카라마조프가의 형제들』에서 신부가 전도하는 장면을 묘사하고 있다. 이 이야기에서 예수 본인이 가장 평범한 신도로 분장하여 그곳에서 신부의 강론을 듣고 신도들의 참회하는 모습을 본다. 나는 이 작품을 읽으면서 바로 이 부분에서 약간의 전율을 느꼈다. 하지만 나중에 우리 마을 사람들을 살펴보니 너무나 하찮아서 거론할 가치조차 없는 그들의 종교 행위마저 이 위대한 문학작품의 스토리보다 더 감동적이고 충격적이었다. 우리 마을에는 나이가 일흔이 넘은 노파가 한 분 있었다. 그녀는 글자를 모르기 때문에 교회당에 가본 적도 없고 신전이나 묘당을 찾아가 향을 올리거나 머리를 땅에 대는 개두蓋頭의 절을 한 적도 없다. 그녀는 평생 결혼도 하지 않아 자식도 없었다. 남들 얘기에 귀 기울이지 않고 묵묵히 항상 일만 했다. 씨를 뿌리고 잡초를 뽑고 닭을 키우고 채소를 재배하고 마당을 쓸고 추수를 했다. 그녀의 삶은 이 세상에 존재하지 않는 것 같았다. 그녀의 일생에서 가장 놀랍고 중요한 일들을 그 누구도 기억하지 않았다. 하지만 그녀는 평생 중국의 절대적 '무신론' 시기인 문화대혁명 때이든 물욕이 횡행하기 시작한 개혁개방 시기든 간에 매일 아침저녁으로 잠자리에서 일어나 문밖에 나서기 전에 창문 앞으로 가서 섰다. 그 창문틀에는 젓가락 두 개를 묶어 만든 십자가가 영원히 매달려 있었다. 그녀는 젓가락 두 개로 만든 그 십자가 앞에서 기도를 하고 '아멘'의 주문을 외웠다.

젓가락 두 개를 묶어 만든 십자가 앞에서 여러 해 동안 하루도 쉬지 않고 매일 기도하면서 복을 빌었지만 평생 교회당에 가보지 못했던 이 노인을 어떻게 평가해야 할까? 이 노인과 그녀의 간절함 및 경건함, 소박한 마음은 『카라마조프가의 형제들』이나 『주홍 글자』『권력과 영광』 같은 고전 작품들의 신앙과 관련된 스토리와 장면보다 훨씬 더 감동적이고 전율이 인다. 나는 이 노인을 생각할 때마다 마음속으로 땅이 울리는 듯한 거대한 떨림을 느낀다.

내가 책에서 읽은 문학작품의 이야기나 구도에서 볼 수 있는 모든 위대함과 풍부함, 비통함과 즐거움을 돌이켜볼 때, 내 고향 마을에는 그 수많은 작품이 표현하고 있는 것보다, 그리고 내가 내 소설 속에서 묘사하는 것보다 훨씬 더 진실하고 감동적인 일이 많이 일어났다는 것을 알 수 있다. 나의 우매함과 둔함 때문에 그 마을에서 발견하고 감지할 수 없었던 진실도 많을 것이다. 나는 그 마을의 거리와 가옥들, 농지와 사계절, 먹고 마시고 배설하는 사람들의 일상과 생로병사를 너무나 많이 봐왔다. 나는 그 마을의 일상과 중국화된 물질적, 물리적, 생리적 생활에 엄몰되어버려 물질과 물리, 생리를 초월하는 그 마을의 정신과 예술을 제대로 보지 못했다. 30년 넘게 글을 써온 지금에 와서야 알고 보니 우리 고향의 그 마을 자체가 세계에서 가장 위대한 문학작품이었다는 것을, 이 세상에 문학이 존재한 이래로 모든 성취를 다 합친다 해도 절대로 초월할 수 없는 거작이라는 사실을 점점 깨닫는다.

우리 마을에서는 중국의 위대한 소설 『홍루몽』에 등장하는 대관원大觀園의 건축과 사치를 찾아볼 수 없다. 하지만 『홍루몽』에 나오는 인물들은 우리 마을에도 다 있다. 우리 마을에는 가보옥賈寶玉과 임대옥林黛玉도 있고 설보채薛寶釵와 왕희봉王熙鳳, 유劉노파도 있다. 우리 마을에 『산해경山海經』의 전설과 『서유기』에 나오는 화과산花果山은 없지만 그 모든 것이 우리 마을의 그 땅과 연결되어 있다. 이백은 우리 집 앞에 있는 산 위에서 여러 편의 시를 썼고 백거이白居易와 범중엄范仲淹은 우리 집 앞산이 산수도 훌륭하고 풍수도 좋다고 생각하여 죽은 뒤에 우리 고향의 그 땅에 묻혔다. 그곳은 실제로 문학 천국의 백화원百花園이었다. 천하의 문학인들과 이야기의 대관원인 것이다. 하지만 나는 그 땅의 이야기를 써낼 능력이 없을 뿐만 아니라 심지어 그 땅을 발견하고 감지하며 상상할 능력조차 없다.

나의 모든 무지는 그 마을과 그 땅에 대한 인식 부족에 기인한다. 우리가 보는 모든 사막의 메마름이 우리 마음에 오아시스가 없기 때문인 것과 마찬가지다. 그리고 지금, 내가 우리 마을이 바로 사막 속의 한 조각 문학의 오아시스라는 사실을 의식할 때, 내 나이와 내 생명과 힘이 마을의 명령을 따라주지 못하는 한계와 번뇌가 사막을 가로질러 오아시스로 달려가고 싶은 내 발걸음을 제한하고 있다. 하지만 다행히, 나는 이미 그 마을 자체가 가장 위대한 세계의 명저 가운데 하나라는 사실을 알고 있다. 그 땅, 그 마을이 거대한 바다 한가운데 떠 있는 섬이고 사막 한가운데 있는 초원이라는 사실을 알고 있다. 그리고 나는 그곳으로 돌아가는 길 위에 있다.

시골 마을의 독자들께

문학이 있다면 필연적으로 독자가 있어야 한다. 예술이 있으면 필연적으로 감상자들이 있어야 한다. 이 마을은 그들의 일상과 초일상超日常이고 행위의 개체성이자 집체성이고 국가성이며, 일상적인 생각

306   침묵과 한숨

과 정신세계의 영혼성이다. 이 전부가 문학일 뿐만 아니라 엄숙 문학과 양춘陽春과 백설白雪의 순수 문학이다. 외부에서 온 사람들이 말 타고 산 구경하듯 하는 대중 문학이나 속문학俗文學이 절대 아니다. 용속한 작가와 예술가들만이 그들의 몸에서 대중과 골계滑稽, 무의식을 볼 수 있을 것이다. 중국의 위대한 작가 루쉰은 이러한 마을에서 보고 느낀 것이 가장 많고 깊이 있었다. 선충원과 샤오훙蕭紅도 이런 마을에 대해 느끼고 깨닫는 바가 가장 많았다. 바로 이런 이유로 이 마을 사람들은 독자가 되었을 때, 루쉰이나 선충원, 샤오훙 같은 사람들의 작품을 읽을 마음이 없었다. 사람들은 『아Q정전』이 훌륭하다고 말하지만 그 마을 사람들은 그 소설의 어느 부분이 훌륭하냐고 되물을 것이다. 내 이웃들은 대부분 아Q와 다르지 않았다. 중국인들은 루쉰의 소설에 나오는 비극적 인물 샹린수祥林嫂가 세상 전체로부터 동정을 받을 만한 사람이라고 생각한다. 우리 마을 사람들은 우리 집 맞은편에 사는 그 아주머니가 샹린수보다 더 샹린수 같다고 생각한다. 연민과 동정과 도움이 훨씬 더 필요한 대상이라는 것이다. 화라오솬华老栓과 쿵이지孔乙己 같은 인물은 우리 마을에 100년이 넘도록 없었던 적이 없다. 샤오추이小翠와 그 맑은 강의 흐름도 아름답다. 하지만 우리 마을 어귀를 흐르는 강과 맷돌을 닦던 아가씨들은 아름답지 않단 말인가? 샤오훙의 『후란하전呼蘭河傳』에 등장하는 거리와 연못, 정원 등이 뭐 그리 볼 만한 게 있단 말인가? 어느 마을, 어느 집이든 세대가 바뀌고 세월이 흘러도 모두 그런 모습이 아니었단 말인가?

농민들은 자기네 마을에 문화가 없고 책을 읽지 않는다고 말하는 것은 잘못된 것이며 지나치게 편파적인 견해라고 말할지도 모른다. 그들은 책을 읽지 않는 것이 아니라 우리가 말하는 햇빛 따사로운 봄날에 흰 눈이 내리는 식의 순수 문학을 읽지 않는 것뿐이다. 순수 문학을 읽지 않는 것은 그들의 생활과 일상, 행위가 전부 순수 문학이기 때문이다. 그들은 왜 『삼국연의』나 『수호전』을 즐겨 읽는 것일까? 이 두 편의 소설이 그들의 생활이나 정신과는 정반대로 이야기에 통속성과 용속함이 가득하기 때문이다. 그럼 『서유기西游記』는 왜 즐겨 읽는 것일까? 『서유기』의 이야기 구도와 세밀한 내용의 묘사들이 그들의 삶에서 한없이 멀리 떨어져 있어 자기네 마을에서는 영원히 그런 일이 일어나지 않기 때문이다. 수많은 독자가 자신들에게 낯선 것을 읽음으로써 그 낯선 것들 속에서 뭔가를 새롭게 인식하려 하는 것과 마찬가지다. 내가 포크너와 카뮈, 헤밍웨이, 로브그리예, 칼비노, 케루악, 쿤데라, 로스 등의 작품과 『미겔 스트리트』『눈』『죽은 군대의 장군』 같은 소설을 읽는 것과 마찬가지다. 책을 읽거나 읽지 않는 것은 익숙함과 낯섦에 의해 결정된다. 이런 측면에서 볼 때, 우리 마을 사람들은 글을 읽을 수 있고 어느 정도의 문화도 갖추고 있지만 루쉰과 선충원, 샤오훙의 책을 읽지 않을 뿐이라고 할 수 있다. 그들은 루쉰과 선충원, 샤오훙의 소설에 나오는 이야기와 인물들에 너무 익숙해져 있기 때문이다. 그들이 고전 무협소설과 진용金庸의 작품을 읽는 것은 자신들의 신변과 생활 속에 그런 이야기와 사건이 전혀 없기 때문이다. 그들이 「환주還珠 공주」를 비롯하여 과거 궁중에서의 사건과 일화를 다룬 영화나 연속극을 보는 것은 그들이 꿈속에서도 그런 장면과 스토리를 경험할 수 없기 때문이다. 익숙함과 낯섦에 따른 독서의 효과와 반응이 그 마을과 마을 사람들의 몸에 결정적 작용을 하는 것이다.

또한 사람들이 가장 상상하기 어려운 사실은 그 마을 사람들이 루쉰과 선충원은 읽지 않지만 톨스토이와 도스토옙스키를 무척 좋아하고 빅토르 위고의 『노트르담의 꼽추』를 즐겨 읽는다는 것이다. 1980년대 중반에 마을을 떠나 군에 입대했다가 오랜만에 돌아왔을 때, 나는 우리 마을에 위대한 두 편의 소설 『안나 카레니나』와 『노트르담의 꼽추』가 유행하고 있는 것을 발견했다. 이 두 편의 소설이 마을 젊은이들 사이를 활발하게 돌고 돌면서 표지와 책장이 너덜너덜해지자 누런 포장지로 표지를 잘 싸서 계속 돌려 보고 있는 것이었다. 이 두 편의 소설을 다 읽은 젊은이들은 이렇게 말했다.

"에이, 알고 보니 외국인들도 이런 식으로 살아가고 있었군!"

그 마을의 독자들은 정말로 자기네 삶과 영혼을 직접적으로 묘사한 작품들은 읽지 않는다. 읽을 마음도 없다. 그런 점에서 볼 때, 자기 땅과 마을을 가진 모든 위대한 작가가 그 마을과 그 땅의 사람들에게 자신의 작품이 보편적으로 읽히기를 바라는 것은 너무나 헛되고 불가능한 일이다. 미국 남부의 '우표 딱지만 한 마을' 요크아

파토파의 주민들이 『소리와 분노』를 읽을 필요가 없는 것과 마찬가지다. 그들은 차라리 『바람과 함께 사라지다』를 읽거나 서부 영화를 볼 것이다. 카리브해 연안 사람들도 마르케스라는 작가가 있다는 것을 알 필요가 없다. 그레이엄 그린이라는 영국 작가가 일찍이 그들을 자신의 극도로 엄숙한 이야기 안에 써넣었다는 사실을 알 필요도 없다.

중국 현대 문학 작가 자오수리趙樹理의 일생에서 가장 큰 실패는 자신의 고향과 그 땅에 사는 사람들이 자신의 소설을 읽어주기를 바라면서 그들을 위해 글을 쓰려 했다는 것이다. 자오수리 일생의 가장 큰 성공은 자신의 그런 바람을 실현하지 못한 것이었다. 그 땅에 사는 사람들이 자오수리의 소설을 읽으려 하지 않았다는 것이 바로 자오수리가 성공한 부분이다. 이는 루쉰 소설의 배경인 루진魯鎭과 지금의 샤오싱紹興 백성이 루쉰을 자랑스럽게 여길 뿐, 루쉰의 작품을 읽거나 이해하진 못하는 것과 마찬가지라고 할 수 있다.

영혼이 갈라진 사람은 자기 영혼의 피를 볼 수가 없다. 이는 문학의 가장 기본적인 법칙이다. '옌안문예좌담회에서의 연설'의 가장 큰 오류가 바로 여기에 있다. 문학예술로 노동자, 농민, 병사를 표현해내고 노동자, 농민, 병사들에게 그들의 책을 읽게 한 결과는 필연적으로 구름과 연기의 운동이나 요란하게 울리다 멈춘 구호와 같아서 문학과 진정한 관계를 맺지 못하는 것이다. 따라서 그 땅, 그 마을의 사람들이 자오수리의 문학을 읽지 않은 것이 오히려 자오수

리에 대한 포상이자 추대였다고 할 수 있다. 그 마을 사람, 그 마을
의 독자들은 이 세상에서 가장 훌륭한 독자이자 진정한 문학의 시
금석이었다. 그들이야말로 문학의 본질과 자신들의 관계를 가장 잘
파악하고 있었기 때문이다.

이 마을과 나의 관계

사실대로 말하자면 이 마을에서 나는 아주 유명한 사람이다. 이른
바 '집집마다 모르는 사람이 없는' 그런 사람이다. 내가 유명해진 것
은 무슨 소설이나 산문 따위를 썼기 때문이 아니라 그들 모두 내가
작가이고 원고료 수입이 있다는 것을 알기 때문이다. 이 원고료가
우리 어머니와 이 마을에서 살고 있는 두 누이가 비교적 체면을 유
지하면서 잘살게 해주기 때문일 것이다. 좀더 중요한 것은 이것으로
그치는 것이 아니라 나의 유명세 때문에 하나같이 대학을 졸업했
고 석사와 박사학위를 갖고 있는 명명백백한 지식인들인 우리 현의
현장과 서기, 진鎭의 진장과 서기들이 내가 마을을 빛냈다고 생각
하기 때문일 것이다. 그들은 내가 집에 돌아갈 때마다 집으로 나를
찾아오거나 식사 대접을 하곤 한다. 그리고 나와 우리 집 가족들에
게 작별인사를 할 때는 마을 사람들 앞에서 이렇게 외친다.
　"렌커, 처리할 일이 있으면 뭐든 말만 하게!"

이렇게 나는 우리 마을에서 대단히 유명한 사람이 되었다. 헌장이나 진장 같은 사람들도 우리 집을 찾아올 정도로 유명해졌다. 내가 우리 마을에 관해 쓴 작품들 가운데 어느 부분이 훌륭하고 어느 부분이 그다지 좋지 않은지는 그들에게는 중요하지 않지만 나에게는 대단히 중요하다. 이런 상황이 나와 그 마을 사이에 공평하지 못한 관계를 형성한다. 나는 끊임없이 그 마을을 취하고 '도둑질'하는데 그 마을은 이런 사실을 알지 못한다. 과거에도 전혀 알지 못했다. 그곳은 내 글쓰기의 마르지 않는 우물이다. 나는 그 우물에서 두레박으로 한 번, 열 번, 백 번 물을 길어가지만 그것이 우물에게는 아무렇지도 않은 일이다. 그 우물에는 끊임없이 물이 솟아나고 있고 주야로 물이 채워지기 때문이다. 내가 길어가지 않으면 그 물은 자연히 넘쳐흐를 것이고, 넘친 물은 그냥 소실되어버릴 것이다.

나는 그 마을에서 한도 끝도 없이 많은 것을 얻어간다.

이렇게 어떤 보답도 요구하지 않는 그 마을의 아들이자 후예가 되었다.

그렇다면, 그 마을은 결국 내가 무얼 해주기를 바라는 것일까? 부모님은 내가 그곳에서 살면서 그곳에서 당신들과 똑같은 방식으로 내 아이들을 키우기를 원하셨다. 내 유년 시절과 내 아이들의 유년 시절이 당신들처럼 지독한 고생과 기억, 즐거움으로 채워지기를 바라셨다. 그 마을은 지금까지 내가 글을 쓸 수 있도록 하루 또 하루 영혼과 두뇌의 자양 및 필요한 것들을 공급해주었고, 내 펜이 필요로 하는 모든 감정과 고뇌, 고통, 환락과 우수를 공급해주었다. 그 마을 사람들은 내가 필요로 하는 모든 이야기와 구상, 디테일, 언어와 언어를 체득할 수 있는 감각을 주었다. 또한 내가 세계 각지를 돌아다니면서 진행한 모든 강연과 토론의 제목과 내용을 제공해주었다. 이 모든 것을 나는 그 마을에서 무상으로 마음껏 골라갈 수 있었다. 그렇다면 그분들은 결국 내가 당신들께 무얼 해주길 바라는 것일까? 내가 어떤 보답을 안겨주길 바라는 것일까? 지난 천백 년 동안 그분들은 무수한 고난을 겪었고 집집마다 말로 다할 수 없는 참상을 경험했다. 하지만 그분들은 누군가가 당신들을 대신해서 뭔가 말해주길 바라지 않았다. 그분들은 고난을 겪는 것이 인생의 필연이라는 것을 잘 알고 있었기 때문이다. 고난을 겪지 않는다면 어떻게 인생이라 할 수 있고 살아 있다고 할 수 있겠는가? 그분들에게는 의미 없는 즐거움과 의미 있는 즐거움이 무수했지만 누군가가 그분들을 위해 이를 묘사하고 표현해주는 것을 필요로 하지 않았다. 그런 즐거움과 고통의 보답이 고난에 대한 당신들의 승전의 필연이라는 것을 잘 알기 때문이다. 모든 과실수가 봄이 가고 가을이 오면 열매를 맺는다는 것을 잘 아는 것과 마찬가지다.

　이렇게 나는 끊임없이 글을 썼다. 쓰고 또 썼다. 그 마을에 관해서부터 얘기하기 시작하여 얘기를 하고 또 하고 계속했다. 그게 명名과 이利를 위한 것이었을까? 중국이나 세계에 명성을 떨치는 작가가 되기 위해서였을까? 만일 그랬다면 그 마을은 내게 30여 년의 이야기와 구상, 디테일을 제공했다고 할 수 있을 것이다. 하지만 이 마을은 대체 내가 무얼 해주기를 바랐던 것일까? 아무것도 바라지 않았다. 게다가 이 서로 다른 수많은 이야기의 구상과 디테일, 역사와 현실, 생로병사, 시간과 땅, 그 모든 것의 모든 것이 나 한 사람을 위해 대문을 활짝 열어놓은 문학의 창고 같았다. 나 한 사람을 위해 활짝 열린 가슴 같았다. 내게 젖을 먹여주는 어머니 같았다. 그리고 여러 해가 지나, 아주 오랜 세월이 지나 수많은 생각과 곡절이 티베트의 장전藏傳불교에서 천년만년, 천리만리의 시공을 거쳐 마지막으로 전세활불轉世活佛인 달라이라마를 선정하는 것처럼 나를 그 마을과 그 땅을 위해 글을 쓰는 사람으로 선정한 것 같았다. 그리하여 내 경험과 감수성, 감정, 사유를 바탕으로 나의 가장 개인적인 방식으로 영원히 떠날 수 없는 그 땅과 그 마을의 온갖 이야기와 인물, 사람들 마음속의 희열과 고통을 쓰게 되었다. 그렇다면 그 땅과 그 마을은 내게 대체 왜 그러했으며, 무엇을 도모했던 것일까?

이제 30년이 넘는 글쓰기를 거쳐 나는 비로소 그 마을과 땅, 사람들이 무엇을 위해 존재했는지, 무엇을 도모했는지 알게 되었다. 그들은 사실 아무것도 하지 않았고 아무것도 도모하지 않았다. 그저 나를 선택하여 글을 쓰게 한 뒤로 내 글쓰기를 통해 그 마을, 그 땅이 중국과 세계의 중심이라는 이치와 존재를 증명하려 했을 뿐이다.

나를 선택하여 문학의 명예를 통해 자신들이 세계의 중심임을 밝히는 증인이 되게 했던 것이다.

나의 모든 글쓰기와 결과물은 그 마을이 세계의 중심임을 밝히는 증거이자 물증이며 자료다. 내가 더 잘 쓸수록 이러한 증명은 더 힘을 얻을 것이고, 더 큰 개성과 예술성을 갖추게 될 것이며 이러한 증거들 역시 더 큰 역사성과 영원성을 갖게 될 것이다.

이게 전부다. 그 땅과 그 마을은 바로 이 일을 위해 온갖 고난을 다 겪으면서 나를 선택한 것이다. 그리고 나는 필생의 정력을 다하여 글을 씀으로써 한 번, 또 한 번 이런 이치와 존재를 증명할 것이다.

12장

나의 이상은 그저
'내가 좋은 소설이라고
생각하는' 작품을
한 편 써내는
것뿐이다

'문학과 이상'은 무척 평범하면서
도 아름다운 제목이다.

이런 제목을 파제로 삼아 비평가들이 흔히 쓰는 상투적인 방법
으로 몇 가지 키워드를 뽑아 분석과 설명을 해보고자 한다.

첫째는, 나의 이상이다.

이상을 말하기 전에 이와 관련하여 소년 시절에 있었던 몇 가지
일을 얘기하고자 한다.

첫 번째 사건은 아주 어렸을 때의 일이다. 막 굴에서 나와 처음
햇볕을 쬐기 시작한 토끼처럼, 우리를 나와 좋아하는 풀을 찾아 나
서기 시작한 새끼 양처럼 어렸을 때의 일이다. 그때 내 나이는 일고
여덟쯤 되었을 것이다. 굶주림이 생사의 사슬처럼 매일 내 목을 휘
감고 있을 때였다. 굶주림이 나를 허공에 띄워 목을 졸라 죽일 것만
같았다. 내 목구멍을 공기가 통하지 않는 마른 나뭇가지나 시든 풀
로 만들어버릴 것 같았다. 내 목숨을 원반던지기 선수처럼 단번에

광야의 무덤 옆으로 던져버릴 것만 같았다. 그 무렵 20리 정도 떨어진 곳의 도로공사 현장에서 일하고 계셨던 우리 아버지가 내게 한번 다녀가라는 전갈을 보내오셨다. 그곳에 가면 고기를 먹을 수 있다고 했다. 나는 날을 잡아 아버지를 만나러 갔다. 계속 길을 물으며 열심히 걸었지만 아버지가 일하시는 곳을 찾지 못할까봐 걱정되었다. 하지만 고기를 먹을 수 있다는 것은 엄청난 유혹이었다. 이를 위해 나는 아침 일찍 집을 나섰고 오후에 공사장에 도착하여 아버지를 만났다. 아버지는 흥분을 감추지 못한 채 내 머리를 톡톡 치시면서 내 손을 잡아끌고 공사장 취사원에게 데려다주었다. 취사원은 나를 안쪽에 있는 작은 방으로 데리고 들어가 커다란 대접에 하나 가득 삶은 돼지고기를 담아 가져다주었다. 그날, 공사장에서 돼지를 한 마리 잡았던 것이다. 뿐만 아니라 내게 하얀 만터우를 두 개 건네주었다. 그러고는 희미하게 창호지를 바른 창문을 닫아버리고는 문도 밖에서 걸어 잠갔다. 내가 방 안에 숨어서 고기 먹는 것을 아무도 보지 못하게 하기 위해서였다.

나는 그렇게 칠흑같이 어두운 방 안에서 늑대나 호랑이가 된 것처럼 가장 빠른 속도로 그 커다란 대접에 가득 담긴 고기를 먹어치웠다. 그리고 대접에 반 정도 남아 있는 기름진 국물까지 깡그리 마셔버렸다. 이때부터 나는 돼지고기의 붉은 부위보다 흰 부위가 더 맛있다는 것을 알게 되었다. 기름진 돼지가 비쩍 마른 돼지보다 더 맛있다는 것도 알게 되었다. 하지만 그 작은 방에서 나와 배를 앞으로 내밀고 집을 향해 다시 걸어가려는 순간, 아버지가 나를 큰길까지 바래다주면서 물었다. "하나도 남기지 않고 다 먹었니? 조금 남겨서 누나에게 가져다줄 생각은 못 한 모양이구나?" 당시 우리 누나는 여러 해째 병을 앓고 있었고 매일 침대 위에 누워 있기만 했다. 아버지의 눈길을 보는 순간 마음 깊은 곳에서 먹을 것을 탐욕한 것에 대한 후회와 참회가 몰려왔다. 길을 가다가 손이 닿는 대로 뭔가를 주웠는데 그것 때문에 도둑으로 몰린 듯한 기분이었다. 그 주말 오후에 내 손에는 아버지가 드시지 않고 아긴 따듯한 고기 한 덩이가 쥐여져 있었다. 종이로 싼 고깃덩어리를 들고 집으로 오는 내내 고기를 먹을 때의 그 맛있는 냄새를 느끼지 못했다. 맛있는 음식을 배불리 먹었을 때의 행복감도 없었다. 나는 아무 말도 하지 않고 말없이 길을 걸었다. 오랜 세월이 지난 지금도 그때 일을 회상하면 떨쳐버리기 어려운 굴욕과 부끄러움을 느끼곤 한다.

두 번째 사건은 우리 마을에 살던 탈모증 환자에 관한 일이었다. 젊은 남자였다. 속칭 대머리라고 불렀다. 그런 까닭에 그는 1년 사계절 내내 머리에 모자를 쓰고 다녔다. 겨울에는 솜 모자를 쓰고 여름에는 홑겹의 천 모자를 썼다. 날이 아주 더울 때는 밀짚모자를 썼다. 대머리이기 때문에, 두피에 병이 있어 아주 흉하다보니 그에게 다가가 모자를 벗기는 사람은 한 명도 없었다. 누군가 갑자기 다가가 모자를 벗겼다 하면 그는 어김없이 욕을 하면서 싸우려고 덤벼들었고, 상대를 흠씬 두들겨 패기도 했다. 심지어 벽돌을 집어들고서 상대방의 머리를 찍기도 했다. 그가 머리에 쓴 것은 한낱 모자가 아니라 인간의 존엄과 신성함이기도 했던 것이다.

하지만 이날, 마을 사람 모두 밥그릇을 들고 문가에서 식사하고 있을 때, 향의 당위원회(당시에는 향鄕이라는 용어를 쓰지 않아 혁명위원회라고 불렀다) 서기, 정확히 말해서 당시에는 향 당위원회 서기에 해당되는 혁명위원회 주임이 갑자기 대머리의 모자를 벗겨 허공에 던져버렸다. 모자는 허공을 빙글빙글 돌다가 땅바닥에 떨어졌다. 이는 젊은 대머리의 신성함을 건드리는 일이었다. 그의 존엄을 짓밟은 행동이었다. 대머리는 버럭 소리를 지르며 밥그릇을 들어 혁명위원회 주인의 머리를 향해 던지려 했다. 바로 그때, 대단히 위급한 순간에, 대머리가 밥그릇을 내던지려 하는 순간에, 마을 사람들이 수습할 수 없는 국면이 벌어질 것 같다고 느끼는 순간에, 젊은 대머리는 자신의 모자를 벗겨 내던진 사람이 다름 아니라 향장이나 서기에 해당되는 혁명위원회 주임이라는 것을 알아차렸다.

몇 초 동안 극도로 긴장됐던 분위기가 이내 안정되었다. 그때 정말로 바늘이 하나 바닥에 떨어졌다면 거대한 소리가 울렸을 것이다. 하지만 이때, 이 몇 초의 시간에 젊은 대머리는 머리 위로 들어올렸던 밥그릇을 다시 천천히 거둬들였다. 그는 부드럽고 부끄러운 듯한 눈빛으로 혁명위원회 주임을 바라보다가 그에게서 몸을 돌려 말없이 다른 곳으로 가버렸다. 그러면서 역시 말없이 모자를 주워 머리 위에 얹었다. 그렇게 말없이 사람들 곁을 벗어나 밥그릇을 들고 소리 없이 집으로 돌아갔다.

집으로 가는 그의 뒷모습은 무척이나 무력해 보였다. 맥이 없는 모습이었다. 깊은 가을에 허공에 힘없이 떨어지는 낙엽 같았다. 이 낙엽은 내 머릿속에서, 내 소년 시절부터 중년에 이르기까지 허공을 맴돌면서 땅 위의 낙하점을 찾지 못했다. 줄곧 내 성년 세월의 기억 속에서 허공에 날리며 맴돌고 있었다.

세 번째 사건은 위에서 말했던 도로 공사와 관련하여 우리 마을 어귀에 다리를 하나 놓게 된 일이다. 이 다리는 우리 마을에 하늘이 열린 이래로 처음 건설되는 철근 콘크리트 다리였다. 다리 건설을 맡은 회사는 성 소재지인 정저우鄭州의 제일교량건축회사였다. 이 회사에는 부부 철근공이 있었는데, 이들 광둥廣東 사람도 우리 집에 얹혀살고 있었다. 이들은 개고기를 너무나 좋아해 다른 사람들을 몹시 곤혹스럽게 했다. 어쨌든 이 집에는 어린 여자아이가 한 명 있었다. 나보다 한 살 어린 젠나見娜라는 이름의 이 소녀는 아주 예뻤고 옷도 멋지게 잘 입었다. 폴짝폴짝 길을 걸어갈 때면 발걸음이 피아노 건반을 두드리는 손가락 같았고 발걸음 소리는 음악 소리 같았다. 이 아이는 나를 항상 '롄커 오빠'라고 불렀고 학교에 갈 때는 나와 손을 잡고 갔다. 나는 종종 그 아이의 책가방을 들어주곤 했다. 아이가 맨손으로 길을 걷는 모습은 너무나 귀엽고 경쾌했다. 나는 삶이란 것이 이처럼 햇빛 찬란한 것이라고 생각했다. 봄날의 따스한 날씨에 꽃들이 만개하면 하늘에서 떨어지는 빗방울이

나 우박마저 한 쌍의 소년 소녀가 걸음을 맞춰 들판을 뛰어가는 소리 같을 것이라고 생각했다. 그러나, 그러나 어느 해인가 명절 전에 나는 깊은 산간지역에 사는 고모 집에 가서 며칠을 보내게 되었다. 다시 집으로 돌아왔을 때, 마을 어귀의 도로는 이미 개통되어 있었다. 다리도 보기 드물게 멋진 모습으로 마을 어귀 강 수면 위로 우뚝 솟아 위용을 뽐내고 있었다. 하지만 항상 내 손을 잡고 나를 '렌커 오빠'라고 부르던 그 꼬마 아가씨를 포함하여 교량 공사에 참여한 사람들 모두 갑자기 모습이 보이지 않았다. 건축 회사를 따라 어디로 이사를 갔는지도 알 수 없었다.

젠나라는 이름의 그 꼬마 아가씨는 나를 위해 자신이 쓰던 알루미늄 필통을 남기고 갔다. 자신이 사라지는 것을 기념하라는 뜻인 것 같았다. 그렇게 그녀는 영원히 사라져버렸다. 내 기억 속에서 그녀는 나를 만나러 한 번 나온 적이 있었던 것을 제외하면 그 뒤로는 만날 수 없었다. 문학을 통해 사람을 찾아보겠다는 심산으로 소설에 그녀의 이름을 사용해보기도 했지만 소용없었다.

슬픈 감정은 세월의 우기와 같았다. 세월은 우기 속의 슬픈 감정과 같았다. 나는 이렇게 소년에서 청년으로 접어들었고 스무 살이 되어 고향을 떠났다. 군인이 된 것이다. 군인이 되고 나서 신병중대에서의 첫 번째 저녁 식사에서 커다란 빠오즈包子•를 먹었다. 주먹만

• 밀가루 반죽에 고기나 야채 등의 소를 넣어 찐 중국의 주식으로 우리나라에서는 흔히 '왕만두'라 칭하기도 한다.

침묵과 한숨

한 고기 빠오즈를 무려 열여덟 개나 먹었다. (고향이 같은 전우 하나는 무려 스물두 개나 먹었다.) 둘째 날에는 중대에서 쟈오즈餃子°를 먹었다. 한 사람 앞에 평균 한 근이 넘는 양을 먹었다. 나는 신병 중대 중대장이 전화로 대대장에게 가난하고 편벽한 지역에서 온 우리 신병들의 상황에 관해 보고하는 것을 직접 들었다. 그는 우리를 돼지 같다고 말했다. 그는 대대장에게 화가 나서 말했다. "이 가난한 돼지들의 먹성이 장난이 아닙니다!" 중대장이 우리를 모욕했지만 우리(나)는 조금도 화가 나지 않았다. 우리 마을에 두피에 병이 있던 젊은이가 혁명위원회 주임에게 그랬던 것처럼 얼굴을 붉히며 화를 내지 않았다. 이곳 위둥豫東°° 의군영에 와서 난생처음으로 기차를 타봤고 난생처음으로 텔레비전을 봤으며 중국 여자 배구가 세계 대회에서 3년 연속 우승을 차지했다는 사실을 알았기 때문이다. 더 중요한 것은 난생처음으로 외국 소설을 읽을 수 있었던 것이다. 미국 작가 마거릿 미첼의 『바람과 함께 사라지다』였다. 그때까지 나는 중국에 번역 소설이란 것이 있다는 사실을 알지 못했다. 그 전에 내가 시골에서 읽은 책들은 전부 중국의 '붉은 고전'들이었다. 나는 전 세계의 소설이 중국 소설과 다르지 않을 것이라고 생각했었다. 이야기의 80퍼센트나 70퍼센트 정도가 혁명이고 나머지 20퍼센트

° 다진 고기와 야채 등의 소를 얇은 밀가루 피로 감싸 찐 음식으로 중국 전역에서 흔히 먹는 주식이다. 우리나라에서는 이것을 '만두'라고 부른다.
°° 허난성 동쪽 지역. 허난성의 면적은 한반도 전체를 합친 것보다 크고 인구도 1억이 넘는다.

내지 30퍼센트가 사랑이어야 100퍼센트의 훌륭한 소설이 된다고 생각했다. 『바람과 함께 사라지다』를 읽고서야 나는 중국의 혁명 이야기와 다른 더 재미있고 더 위대한 소설들이 있다는 것을 알게 되었다.

그들이 위대한 것은 다른 게 너무나 많기 때문이었다.

그 뒤로 『바람과 함께 사라지다』를 교량으로 삼아 책 읽기의 강을 건넌 나는 발자크와 톨스토이, 도스토옙스키, 위고, 스탕달, 체호프, 오 헨리, 잭 런던 등도 읽게 되었다. 나는 구할 수 있었던 19세기 명저와 18세기 대가들의 저작을 전부 찾아 읽었다. 이런 작품들을 최대한 많이 읽으면서 스스로 아마추어 글쓰기를 시도해봤다. 이를 계기로 지난 세월을 돌이켜보고 과거의 기억을 들추는 과정에서 문학으로 인해, 책 읽기로 인해 방금 말했던 소년 시절의 세 가지 사건의 의미에 약간의 변화가 생겼다.

원래는 내가 20리 길을 걸어가 기름진 고기를 한 사발 먹었던 것은 굶주림 때문이었다고 생각했는데 나중에 책 읽기와 문학으로 인해 그것이 단순히 굶주림 때문만이 아니라 한 가지 이상 때문이었다는 것을 알게 되었다. 앞으로 훌륭한 음식을 배불리 먹을 수 있기를 갈망하는 인생의 이상 때문에 20리 길을 달려갔던 것이다.

원래는 두피에 병이 있는 마을의 청년이 혁명위원회 주임을 상대로 거칠게 싸우지 않았던 것은 두려움 때문에 타협한 것이라고 생각했는데, 나중에야 책 읽기와 문학으로 인해 그것이 단순이 두려움 때문만이 아니라 거의 모든 사람이 권력에 대한 존중과 두려움을 갖고 있기 때문이기도 하다는 것을 알게 되었다.

원래는 내가 그 젠나라는 꼬마 아가씨와 헤어지게 된 것은 천진무구함과 사랑에 눈뜨기 시작한 사춘기의 서글픔 때문이었다고 생각했는데, 나중에 책 읽기와 문학으로 인해, 단순히 그런 이유에서만이 아니고, 좀더 중요한 것은 도시로부터 온 문명에 대한 지향과 추구 때문이기도 했다는 것을 깨달았다.

아마도 이처럼 훌륭한 음식을 배불리 먹는 것과 사람들로부터 존중받는 것, 그리고 현대적 도시 문명에 대한 추구가 내 소년 시절의 지향이자 이상이었을 것이다. 이 세 가지 지향이 한데 합쳐져 하나의 이상을 형성했고, 이 이상을 위해 고향의 대지를 떠나 도시로 갔으며, 스스로 분투 노력하여 자기 인생에 필요한 모든 것을 찾았던 것 같다. 이것이 이상과 관련하여 내가 가장 먼저 하고 싶었던 얘기다.

둘째, 단지 이것뿐이다.

인생에는 항상 정신적인 것도 있고 물질적인 것도 있다. 아름다운 것도 있고 추한 것도 있다. 남들에게 말할 수 있는 것도 있고 말할 수 없는 것도 있다. 현실과 완전히 일치하는 것도 있고 영원히 실현될 가능성이 없는 바람과 이상, 먼 전망과 아름다운 꿈(중국몽)도 있다. 하지만 모든 사람에게 가장 구체적이고 가장 실질적이며 가장 보편적이고 대표성을 갖는 이상은 명리名利와 장수다. 장수에 관한 얘기는 일단 접어두기로 하자. 이는 일정한 나이와 조건에 이르러서야 본격적으로 생각하게 되는 문제이기 때문이다. 하지만 명리는 사람이 세상사를 이해하기 시작하고 소년기와 청년기(유년기에도 가능하다)로 접어들면 꿈속에서도 추구하는 대상이 된다. 속세를 사는 우리 모두에게 이상의 출구와 귀결은, 전반생은 공명이고 후반생은 장수라고 요약할 수 있을지도 모른다. 상대적으로 명리는 장수보다 더 구체적이고 범위가 넓은 지향으로서 중국에서는 단순히 명성과 명예, 꽃다발, 박수 소리와 여기에 끊이지 않고 따라오는 돈으로 그치지 않는다. 명리를 좀더 선명하게 체현하는 것은 이에 따라붙는 돈과 지위, 권력이다.

권력은 지위를 나타내기 때문에 좀더 쉽게 돈과 지위를 만들어내고 가져다줄 수 있다. 더 직설적으로 말하자면 수많은 사람에게 명리는 고관이 되는 것을 의미한다. 고관이 되면 권력이 생기고, 권력이 생기면 명리가 필요로 하는 모든 것을 가질 수 있기 때문이다. 이는 중국에서 수천 년 동안 계승되어 내려오는 인생의 철칙이자 가장 세속적이지만 가장 보편적으로 인정되며 실천을 통해 가장 많이 증명된 '진리'인 데다, 무수한 생명이 실천한 바 있는 세속의 법칙이다. 나 자신도 젊었을 때 이 생명의 괴상한 울타리 안에서 빨리 걷거나 달렸고, 이 가장 세속적인 사슬에 정신과 추구가 단단히 묶여 구속되었다. 문학을 사랑할 것인가 아니면 권력을 사랑할 것인가? 이것이 젊은 시절 나의 가장 큰 동요이자 망설임이었다. 문학을 뜨겁게 사랑하기 때문에 끊임없이 글을 써야 간부로 발탁되어 권력에 의해 '문관'으로 임명될 수 있었다. 군대의 정치 공작을 담당하는 간부가 되는 것이다. 그래서 나는 문학에 감격하고 문학을 뜨겁게 사랑했다. 그리고 간부로의 발탁과 승진, 소대장에서 중대장으로, 중대장에서 다시 대대급 장교로 올라가는 길이 줄곧 파란불이었다. 아무런 장애나 어려움이 없었다. 머지않은 미래에, 2년이나 3년 뒤에 연대급 간부가 되는 것도 그리 어려운 일이 아닐 듯싶었다. 필경 간부로의 발탁 후 아주 짧은 몇 년의 시간 안에 나는 이미 군대 기관에서 가장 훌륭하고 가장 효과적인 '펜대'가 되어 있었고 나에 대한 권력의 태도 역시 햇빛과 봄바람이 마치 어떤 나무를 편애하는 것 같았다. 그때 나는 어느 중대에서 지도원으로 근무하고 있었고, 반년 뒤에는 '사단급 우수 기층 간부'라는 평가를 받았다. 나중에는 부대 병원에 배속되어 당위원회 비서 겸 뉴스 간사로 일하게 되었다. 아울러 병원 당위원회의 '신필神笔'이 되었다. 그 뒤에는 또 소속되어 있던 군 기관의 선전처로 전보되어 경험 자료와 연설 원고를 전문적으로 쓰게 되었다. 글을 가장 잘 쓰지는 못했지만 가장 빨리 썼기 때문에 긴급을 요하는 원고에는 나를 따라올 사람이 없었다. 당시 나는 낮에는 기관에 필요한 자료를 쓰고 밤에는 소설을 썼다. 낮에는 장교지만 밤에는 소설가였다. 온몸이 미래에 대한 자신감으로 가득 차 있었다. 닭 피 주사를 맞은 것 같고* 호르몬을 마신 것 같았다. 인생의 분투를 위한 흥분제를 삼킨 것 같았다.

바로 이 시기에, 크지도 않고 작지도 않은 사건이 하나 일어났다.

우리 군단장이 베이징의 국방대학에서 1년 동안의 연수를 마치고 돌아온 첫날, 그가 한 첫 번째 일은 석양의 안내를 받으며 군영 안을 이리저리 돌아다닌 것이었다. 그러다가 군 기관 가속원家屬院**으로 돌아왔다. 군인이나 군관도 사람이었다. 사람이라면 생활 속에서 세월을 보내기 마련이었다. 가속원에서는 거의 모든 가구가 닭이나 오리를 키웠다. 크고 하얀 거위 몇 마리를 키우는 집도 있었다. 거의 모든 집 입구에 닭장이나 오리 우리가 있었다. 우리 집에서는 닭을 네 마리 키웠고 거의 매일 두세 개의 커다란 달걀을 먹을 수 있었다. 어느 날 황혼 무렵, 군단장이 가속원을 이리저리 둘러보다가 이마에 잔뜩 주름을 잡더니 고개를 돌려 뒤에 있던 참모에게 귓속말로 몇 마디 하고는 가버렸다.

모든 것이 평안하기만 했다. 태초처럼 조용했다. 군단장은 아무 말도 하지 않고 아무것도 하지 않은 것 같았다. 그저 사령부 참모의 귀에 대고 몇 마디 했을 뿐이다. 바람이 나뭇잎과 아주 자연스럽게 몇 마디 사적인 말을 주고받고 가버린 것 같았다.

하지만 이튿날, 군영 안에 기상나팔이 울리자마자 처장과 부처장, 참모, 간사, 조리원 할 것 없이 가속원의 각급 군관들이 잠자리

• 인터넷에서 유행하는 말로 만병통치약 혹은 정력제 주사를 의미한다.
•• 부대에 소속된 군인 및 가족들을 위한 주거단지.

침묵과 한숨

에서 일어나 훈련을 나갈 준비를 시작할 때, 집집마다 키우던 닭과 오리와 거위가 전부 독약을 먹고 죽었다는 사실을 알게 되었다. 닭장 안에서 죽은 닭도 있고 우리 밖에서 죽은 오리와 거위도 있었다. 우리 집에서 키우던 네 마리 닭은 전부 닭장 밖에서 죽었다. 그 가운데 한 마리만 죽기 전에 나를 봤다. 나를 본 닭은 땅바닥을 구르면서 날개를 퍼덕거리다가 내가 보는 앞에서 숨을 거두고 말았다. 죽기 전에 꼭꼭꼭 울어대는 소리가 "주인님, 제발 저 좀 살려주세요!"라고 외치는 것 같았다.

그해 여름날의 그날 이른 아침, 군 기관의 모든 군관이 집에서 나와 독살당한 자기 집 가금들과 개나 고양이 같은 반려동물들을 바라보면서 아무도 입을 뻥긋하지 못했다. 이것이 군단장이 직접 지휘한 전장의 걸작이라는 것을 모두가 잘 알기 때문이었다.

그날 이른 아침 사령부와 정치부, 후근부後勤部• 3대 기관이 훈련을 나가면서 아무도 군소리를 하지 않았다. 모두가 침묵 속에서 기다리며 감정의 에너지를 축적하고 있었다. 다가올 대폭발을 숙성시키고 있었다.

그날 이른 아침, 3대 기관이 훈련을 나가면서 아무도 말을 하지 않았을 뿐만 아니라 군장을 잘 갖추고 일치된 동작으로 행군을 시작했다. "앞으로 갓!" 하는 구령에 따라 시작된 행군은 이내 구보로

• 병참 및 보급 업무를 담당하는 중국의 군대 조직.

이어졌다. 톈안먼 광장처럼 네모난 대형이 엄정하게 유지되었다. 군단장은 그토록 엄숙한 모습으로 연병장 옆에 서 있었다. 모두가 그렇게 무거운 표정으로 침묵하고 있었다. 게다가 아주 드물게 모두 힘이 넘쳤고 곁눈질 한번 하지 않은 채 훈련에 집중했다.

나는 줄곧 그날 아침 무슨 일이 일어나리라는 예감이 들었다. 극도의 침묵에 이어 폭발이 일어날 것이라고 생각했다. 나는 훈련에 나서는 과정에서 시종 두 손이 땀에 푹 젖어 있었다. 사령부와 정치부, 후근부의 군관들이 전부 한자리에 집합하여 군단장의 훈시를 들을 때에도, 군단장은 닭과 오리 등 생명들이 독살당한 일에 대해서는 한마디도 언급하지 않았다. 군단장은 극도로 엄숙하게 모두 흐트러지지 않은 대오로 힘 있게 훈련에 임해준 것을 칭찬했다. 군단장의 훈시와 칭찬이 끝나자 대열에서 누군지 모르지만 가장 먼저 박수를 쳤다. 곧이어 뜻밖의 일이 발생했다. 이날 아침 군관들이 군단장의 훈시와 칭찬에 대해 일제히 감사의 박수로 보답한 것이다. 다른 어느 때보다 더 질서정연하고 힘이 넘쳤다. 군단장의 명령에 따자 천둥이 치기라도 하는 것처럼 대단히 절도 있는 박수 소리가 폭발했다. 공중에서 우르릉 쾅쾅 소리가 울려 퍼지는 것 같았다.

그 뒤로 사건은 그냥 그렇게 지나가버렸다. 아무 일도 일어나지 않은 것 같았다. 모두 평소와 마찬가지로 멀리서 군단장을 보면 걸음을 멈추고 차렷 자세로 경례를 했고 미소를 지으면서 군단장을 향해 비위를 맞추든 뭔가를 말하든 했다.

그 뒤로 이 일은 내 마음속에서 영원히 잊히지 않았다. 그냥 지나쳐버릴 수 없는 일이 되었다. 이 일을 생각할 때마다 눈앞에 2년 넘게 키운 네 마리의 닭이 나타나 날개를 퍼덕거리면서 "살려주세요! 주인님, 살려주세요!" 하고 울부짖는 것 같았다.

그 뒤로, 나는 자신의 전우와 동료, 처장과 부처장을 만날 때마다, 군단장과 다른 수장들을 만날 때마다 항상 멀리서 미소를 지으며 차렷 자세로 경례를 했다. 모든 사람이 수장들, 즉 권력을 장악하고 있는 사람들과 말을 몇 마디라도 더 나누고 싶어했다. 수장과 몇 마디라도 더 하는 사람, 수장으로부터 칭찬과 격려의 말을 듣는 사람은 며칠 동안 아주 좋은 기분을 유지할 수 있었고 기쁨에 넘쳐 마음의 꽃이 활짝 펴 있었다. 마음속으로 생각한 것들이 다 이루어지고 아름다운 꿈이 실현되는 것 같았다. 하지만 문학의 각도에서 이런 상황을 바라보자면, 솔직히 말해서 나는 그들이 약간 불쌍했다. 하지만 나 자신도 다를 바 없었다. 그래서 나도 나 자신이 불쌍했다! 물론 사람이 무엇을 하고 무엇을 하지 않을지, 무엇을 포기하고 무엇을 붙잡을지는 대부분 어떤 한 가지 일로부터 직접적인 영향을 받는다기보다는 종종 수많은 일의 축적에 의해 이루어진다. 어떤 사건이 갑자기 발생한 것은 그의 인생에 있어서 수많은 포기와 집착이 축적되어 일정한 시기에 이르러 하나의 도화선이 된 것일 뿐이다. 내가 젊었을 때 덮어놓고 돈과 명리, 권력을 추구하거나 포기했던 것도 내 생활 속에서 일어난 무수한 일이 축적된 결과였다. 예컨대 나는 한때 친구와 함께 남몰래 사향麝香 장사를 했다가 돈도 벌지 못하고 이런저런 어려움만 겪었던 일이 있었다. 장사가 실패로 끝난 데다 친구는 공안에 잡혀가 초죽음이 되도록 맞고 나왔다. 결국 그는 아내를 데리고 중국을 떠나 루마니아로 이주해버렸다. 이 모든 일이 앞뒤를 따져보면 결국 그 '가금 사건'에서 비롯된 것 같았다. 그때부터 나는 돈과 명리에 대한 일관된 집착을 포기하고 권력에 대한 추구와 고관이 되어야겠다는 미련을 버려야 한다는 사실을 분명히 깨달았다. 이처럼 망상에 가까운 집념이 세균 바이러스처럼 체내에서 빠져나간 뒤 나의 이상에는 문학만 남겨졌다.

그리하여 문학을 사랑할 것인가 아니면 권력을 사랑할 것인가 하는 흔들림 속에서 확실하게 방향을 정하게 되었다.

자신의 모든 열정을 두려움과 경외의 대상인 권력이 아니라 문학에 바치기로 결심한 것이다.

그래서 이렇게 나의 이상은 양파의 속살을 벗겨내도 역시 양파인 것처럼 문학으로 돌아올 수 있었다.

셋째, 나의 생각.

나의 이상이 그저 문학 한 가지뿐일 때, 글쓰기는 나의 유일한 일이 되고 책 읽기는 가장 의미 있는 일상이 되었다. 그리하여 나이 서른, 공자가 말한 입신三十而立의 나이가 되었을 때, 나는 죽어라고 글을 쓰기 시작했다. 당시에는 "단편소설은 하룻밤이면 다 썼고 중편소설도 한 주를 넘기지 않았다短篇不過夜, 中篇不過周". 이런 글쓰기 속도는 거의 소설 제조기에 가깝다고 할 수 있었다. 1995년이 되어 어느 출판사가 내 작품 전부를 전집으로 내주겠다고 했을 때, 그리하여 자신이 그동안 쓴 작품을 전부 돌이켜볼 기회를 갖게 되었을 때, 나는 내가 이미 수십 편의 중편을 썼다는 것을 알게 되었다. 하지만 이 수십 편의 작품이 전부 한 가지 이야기를 하고 있는 것 같았다. 수백 명의 인물을 조소해냈지만 모두가 대동소이한 형상이었다. 거의 한 인물에 가까웠다.

나는 너무 놀라 넋을 잃었다. 자신의 이런 반복에 놀라움을 금할 수 없었다.

너무나 막막하고 아득한 기분이었다. 스스로의 글쓰기에 대해 막막하고 아득한 기분이 들었다. 내가 그려놓은 문학의 동그란 트랙을 반복적으로 돌고 있는 것 같았다. 쉴 새 없이 앞을 향해 달리지만 사실은 제자리걸음만 할 뿐이었다.

나는 아주 정중하게 스스로의 글쓰기에 대해 전체적인 평가를 내렸다. 그동안의 거의 모든 글쓰기가 문학의 쓰레기를 생산한 것이었다. 이를 전집으로 출판한다는 것은 종이 낭비였고 이를 독자들이 읽는 것은 시간 낭비일 수밖에 없었다. 나는 이런 문제들을 반성하기 시작했다. '중국의 경전이 된' 혁명 문학을 19세기의 현실주의와 함께 놓고 비교하기 시작했다. 그 결과 문학이 가장 결여하고 있는 것이 작가 개인의 생각이라는 결론을 내리게 되었다. 그런 소설들이 담고 있는 사상은 작가 자신의 사상이 아니라 정치와 혁명, 그리고 이데올로기가 하나로 통일되어 형성된 사상이었다. 그런 이야기 속의 인물들은 세계 문학 속에 등장하는 유일한 인물이 아니라 정치의 심사를 거쳐 비준된 인물들로서 몸집과 키, 피부색, 복장과 두발 형태가 '통일된 인물'들이었다. 이처럼 판에 박은 듯한 소설들에는 작가의 생각이 담겨 있지 않았다. 심지어 작가 개인의 그림자조차 찾아볼 수 없었다. 수많은 작가가 사용하는 가장 구체적인 언어에도 작가 본인의 생각이 담겨 있지 않았다. 이야기와 인물, 운명과 사상, 글쓰기의 방법 등은 말할 것도 없었다.

한편 19세기의 세계 문학, 그 위대한 작가와 작품들을 자세히 살펴보면 그들은 제각기 다르다는 것을 알 수 있었다. 그들은 각자가 자신만의 생각과 주장을 갖고 있었다. 하지만 동시에 항상 사람들이 만족하지 못하는 부분도 남아 있었다. 예컨대 한동안 나는 항상 19세기 문학이 위대하고 찬란하지만 항상 무언가가 부족하다는 느낌을 지울 수 없었다. 인물과 운명, 이야기, 풍부하고 복잡한 내면세계, 광대하고 웅장한 사회 배경 같은 것이 조금 부족한 듯했다. 물론 소설 언어의 다양성도 부족했다. 20세기 문학에 비하면 19세기 문학은 이런 점에서 상대적으로 미비했다. 20세기 문학에는 작가들본인의 생각이 담겨 있어 이미 19세기의 생각들을 통치하고 정리하고 있었다. 이미 인물과 운명, 내면세계, 이야기와 시대 배경 등으로 구성되는 작가들의 집단적 생각을 타파하고 있었다. 20세기 문학이 완전히 작가들 개인의 생각이라면 19세기 문학은 독자와 작가, 비평가 삼자가 공동으로 수립한 생각이라고 할 수 있었다.

어째서 톨스토이와 발자크의 글쓰기가 (적어도 중국 독자들에게는) 19세기의 두 최고봉으로 간주되는 것일까? 그들은 문학이 공통적으로 인식한 생각 속에서 최고 수준과 통일에 도달해 있기 때문이다. 하지만 20세기 문학은 더 이상 그렇게 생각하지 않았다. 20세기 문학이 공통되게 인식한 생각들을 작가 개인의 생각으로 대체했다. 각종 문학 유파의 발생과 성장은 모두 글쓰기에 대한 작가 자신의 개인적 생각으로서, 문학의 공통 인식(집단)을 바탕으로 한 생각에서 해방되고 구제되는 과정이자 일종의 타파이며 수립이었다.

카프카의 글쓰기에서는 카프카의 가장 개인적인 생각이 카프카를 구제하여 작가의 가장 새롭고 본질적인 자기만의 생각을 인도하고 있었다.

카뮈의 글쓰기는 '실존주의' 철학의 글쓰기라기보다는 카뮈의 문학적 생각들이 카뮈의 가장 독특하고 본질적인 생각을 성취해내고 수립한 것이라고 말하는 게 더 정확했다.

버지니아 울프와 사뮈엘 베케트, 프루스트와 포크너, 그리고 그 뒤에 미국 문학의 황금 시기에 등장한 '블랙 유머'와 '비트 제너레이션', 또 그보다 늦게 나타난 남미 문학의 보르헤스와 마르케스, 요사, 카르펜티에르 등의 위대한 점은 전부 문학 속에 가장 전면적으로, 최대한도로 작가 본인의 생각을 표현하고 있다는 것이었다.

20세기 문학 거의 전체가 작가 본인의 생각의 전시장이자 저장고다. '작가 자신의 독특한 생각'의 보물상자였다.

돌이켜보자면 중국어 세계에서 가장 추앙되는 문학사가는 샤즈칭夏志清이었던 것 같다. 그가 쓴『중국현대문학사』는 학자이자 문학사가로서 그의 부동의 지위를 구축해주었다. 이 문학사 저술에 관해 토론하다보면 우리는 그가 장아이링과 선충원, 그리고 첸중수錢鍾書의『포위된 도시圍城』를 새롭게 발견해냈음을 알 수 있다. 샤즈칭이 없었다면 선충원은 빛을 보지 못한 채 영원히 묻혀버렸을지도 모른다. 하지만 샤즈칭이 더 큰 지면을 할애하여 장톈이張天翼를 분석하고 추천했다는 사실을 잊어서는 안 된다. 그런데 어째서 그 결과 장아이링과 선충원은 오늘날 중화권 전역에서 대단한 명성과 호평을 누리고 있고 낮이나 밤이나 빛을 누리는 반면, 장톈이는 여전히 침묵과 어둠 속에 갇혀 있고 독자들에게 열독과 평가의 대상이 되지 못하는 것일까? 샤즈칭은 루쉰에 대해 상세한 평가를 보류하거나 다른 사람들의 평가를 부정하는 태도를 보였지만 루쉰은 여전히 뜨거운 생명력을 과시하면서 열독과 연구의 대상이 되고 있다. 그래서 우리가 샤즈칭의『중국현대문학사』를 칭송할 때, 그 이유는 대부분 장아이링과 선충원의 새로운 발견에 기인한다고 할 수 있다. 하지만 내가 개인적으로 그를 좋아하는 이유는 그가 누군가를 폄하하거나 칭송했기 때문이 아니라 그의『중국현대문학사』에 담긴 문학사 기술이 전부 그 '자신의 생각'이기 때문이다.

샤즈칭의 과감하고 명징한 '자신만의 생각'이 없었다면 우리가 중국어 세계에서 추앙해 마지않는 이 문학사 기술은 존재하지 못했을 것이고, 모든 사람이 샤즈칭을 존경하는 일도 없었을 것이다.

소설 창작으로 되돌아가보자. 문학사의 서술이 이렇다면, 오늘날과 앞으로의 소설 창작에 대한 평가도 크게 다르지 않을 것이다. 한 편의 소설에 작가의 가장 본질적이고 독특한 '자기만의 생각'이 담겨 있지 않다면 사실 그런 소설은 더 이상 소설이 아니라 작가 본인의 관이나 무덤일 것이다.

넷째, 좋은 소설은―

좋은 소설에는 고정된 기준이 없다. 하지만 한 편의 소설이 좋은 소설이 된 뒤에 그 고전으로서의 의미는 고정불변의 상태로 진입한다. 예컨대 호메로스의 서사시나 『신곡』『돈키호테』『시경』, 당시唐詩와 송사宋詞 같은 작품들의 고전적 의미는 거의 고정불변이다.

고전과 좋은 소설에 대한 독자들의 이해는 먼저 독자들의 이해가 있고 그다음에 작가의 글쓰기가 있는 형태가 아니다. 이런 독자들과 훌륭한 소설의 조건이 만난 연후에 글쓰기가 있는 것이 아니다. 좋은 소설은 선결 조건이 없는 상태에서 창조된다. 좋은 소설과 독자들은 십자로에서 우연히 만나 뜨거운 포옹을 나누게 되고 그런 다음 좋은 소설이 되는 것이다. 열독과 연구는 좋은 소설이 좋은 소설이 되는 시발점이다. 열독이 연구를 유도하는지 아니면 연구가 열독을 이끌어주는지에 대해서 작가들은 전혀 알 수가 없다. 작가는 그저 글을 쓸 뿐이다. 작가는 좋은 소설에 대한 자신의 이해, 자신의 생각에 따라 글을 쓸 때에만 좋은 소설을 써낼 수 있는 것이다.

중세의 『신곡』이나 16세기의 『돈키호테』, 17세기의 셰익스피어, 18세기의 『파우스트』, 19세기의 너무나 많은 위대한 작가의 작품은 전부 작가들이 좋은 소설, 좋은 작품이 어떤 것인지 모르고 써낸 것들이다. 그들의 위대함은 각자 그 시대에 속한 '좋음'을 지니고 있었다는 데 있다. 게다가 하나같이 그 시대에 속한 '좋음'의 기준이 되었으며 또한 그 이후 시대를 변화시키거나 수정할 수 있었다. 그러면서도 그 뒤에는 부정되기 이전 시대의 위대함과 고전이 되었다. 톨스토이가 셰익스피어에 대해 냉담한 태도로 신랄한 비판을 가하긴 했지만 셰익스피어 작품의 고전적 성격에는 전혀 피해나 손상을 입히지 못했다. 그러나 20세기 이후 18, 19세기의 인물과 이야기, 운명과 내면세계가 시대와 사회의 글쓰기 방법을 단순하게 만들고 상투적인 틀을 씌웠다는 데는 의심의 여지가 없다. 이리하여 20세기 작가들은 글쓰기를 위한 자신의 생각을 수립함에 있어서 숲처럼 많고 빽빽한 주의와 깃발, 소설법이 있었다.

심지어 20세기 문학에는 '소설법' 자체가 소설 자체였다고 할 수 있다. 그렇다면 20세기의 좋은 소설의 기준에는 변화가 일어나지 않았을까? 20세기의 주의가 너무 많았던 것 자체가 일종의 주의나

침묵과 한숨

단조로움이 아니었을까?

오늘날 작가 본인의 '독특한 생각'은 20세기의 관성을 따라 앞으로 나아가고 있는 것일까, 아니면 20세기의 '독특한 생각'에 대해 거대한 성찰과 비판을 진행하고 있는 것일까? 회귀와 전진, 성찰과 비판, 해체와 재건 등이 오늘날 작가들에게는 모호하고 흐릿한 문제로 다가오고 있다. 오늘날의 작가들 가운데 21세기의 '좋은 소설'의 기준이 무엇인지 아는 사람은 없다. 하지만 21세기의 좋은 소설이 절대로 20세기와 19세기 소설과 같거나 그 이전의 소설과 같아서는 안 된다는 사실은 누구나 알고 있다. 이제 한 작가의 '독특한 생각'이 가장 중요하고 긴급하면서도 지극히 실현하기 어려운 과제가 되었다. 우리는 새로운 세기의 출발점에 서 있고 세기와 세기의 문학의 교차점에 서 있기 때문에 여기서 말하는 '좋은 소설'은 더더욱 실현하기 어렵고 신비한 대상이 되고 있다.

오늘날 19세기나 20세기와 확연히 구별되는 '좋은 소설'이 어떤 것인지 아는 사람은 아무도 없을 것이다. 새로운 세기의 '좋은 소설'은 미궁 속의 등불처럼 모든 사람의 글쓰기와 탐구를 유도하고 있다. 바로 이런 이유로 글쓰기는 비로소 의미를 갖게 되는 것이다. 그리고 문학은 불사의 이치가 되고 작가들은 게을리할 수 없는 추구의 대상을 갖게 된다. 지금 작가든, 독자나 비평가든 간에 훌륭한 소설에 대한 판단은 과거의 글쓰기를 기초로 세워진다. 그리고 작가들은 좋은 소설을 쓰기 위한 기준을 과거의 기초 위에 세워야 하긴 하지만 그 기반과 의지는 미래를 지향해야 하기 때문에 더더욱 곤혹스러울 것이다. 따라서 작가의 모든 노력은 자기만의 '독특한 생각'에 기초해야 하고 모든 것이 앞으로의 글쓰기에서의 가능과 불가능을 위한 것이어야 한다. 그래서 일부 작가는 좋은 소설이 어떤 것인지 알기 때문에 지금 자신이 좋은 소설을 써낼 수 있다는 것을 잘 안다. 하지만 또 다른 작가들은 영원히 자신의 '독특한 생각'을 찾고 수정한다. 그런 까닭에 평생 좋은 소설을 써내지 못한다.

다섯째, 나의 이상은 그저 '내가 좋은 소설이라고 생각하는' 작품을 한 편 써내는 것뿐이다.

나는 올해 나이가 쉰다섯이 되었다. 서글프기에 충분한 나이다. 자신의 몸 상태에 대한 이해와 우리 가족의 생명 유전자에 대한 인식, 그리고 오늘날 내 글쓰기 과정에 종종 나타나는 '몸이 마음을 따르지 않는' 현상의 정도에 기초하여 말하자면 내가 일흔이 넘어서도 마음속에 격정이 가득하고 나는 듯이 빠른 속도로 길을 걷고, 자리에 앉으면 사유가 아주 민첩하고 끊임없이 이어지며 강연과 글쓰기를 계속 유지할 수 있으리라고는 감히 믿을 수 없을 것 같다. 인생이란 이런 것이다. 우리가 삶에 대해 분명하게 알 수 없을 때는 우리 몸이 아직 건강한 상태다. 하지만 삶에 대해 분명히 알게 되거나 분명한 앎에 가까워질 때, 우리 몸과 생명력은 이미 서산에 지는 해와 같아져 있다. 늙은 천리마가 마구간에 누워 있으나, 여전히 천 리를 달리고 싶어한다. 그래도 역시 지는 해의 붉음에 불과하다. (생명에게는 석양의 붉음이 가장 아름다운 것이 아니라 가장 서글플 뿐이다.) 솔직히 말해서 나는 내 생명이 60세나 65세의 관문을 넘을 수 있으리라고 믿지 못한다. 생명에는 항상 의외가 있어 아직은 그럭저럭 건강을 유지하고 있고 지금처럼 글쓰기 상태를 지속할 수 있다. 『사서』에서처럼 그렇게 강인하게 인간의 상황과 민족의 고난을 직시할 수도 있고 『작렬지』에서처럼 격정과 풍자, 유머로 이야기와 디테일을 서술할 수도 있다. 그렇다고 『사서』와 『작렬지』가 아주 잘 쓴 작품이라고 말하고 싶은 것은 아니다. 그저 앞으로의 글쓰기가 갈수록 지금만 못할 것이라는 사실을 말하고 싶은 것이다. 세월과 나이, 운명이 뜻밖의 순간에 내게 겨우 5년 내지 10년의 그럴듯한 글쓰기 시간을 남겨놓을 수도 있다. 그렇다면 이 5년 내지 10년의 시간에 내가 두 권 혹은 세 권의 좋은 소설을 써낼 수 있을까? 이것이 바로 내가 지금 가장 걱정하고 불안해하는 문제이자 내 운명의 가장 큰 미지未知다. 지금까지 나는 '나만의 독특한 생각'에 따라 걸음을 멈추고 뭔가를 살펴보며 발견하고 움켜쥐지 못했기 때문이다. 여전히 '미지와 회의, 시험'의 상태에서 뭔가를 찾으면서 바쁜 걸음을 옮기고 있을 뿐이기 때문이다.

나의 글쓰기는 미지와 회의 속에서 쉬지 않고 뭔가를 찾으면서 걸음을 옮기고 있는 셈이다. 이 미지와 회의, 계속되는 걸음과 시험 속에서 나는 중국 소설 『삼국연의三國演義』에 등장하는 제갈량諸葛亮

의 '육출기산六出祁山'•에서 군량과 마초를 운반하던 목우유마木牛流馬가 생각났다. 『삼국연의』에는 이 수레의 설계 및 제작 과정이 묘사되어 있지 않다. 하지만 우리 고향인 농촌의 민간에는 대단히 신비한 전설이 내려오고 있다. 중국 목공 기술의 업종신인 노반魯班의 가장 큰 소망은 나무로 인류에게 필요한 집이나 가구를 만드는 것이 아니라 나무로 생명을 창조하는 것이었다고 한다. 노반의 손재주는 그토록 정교하고 강력했다. 그는 나무로 수많은 집을 짓고 가구를 만들었다. 노반이 있었기 때문에 오늘날 중국인들이 저렇게 아름다운 집과 가원家園을 갖게 되었다고 할 수 있다. 우리가 오늘날 소유하거나 사용하고 있는 나무와 관련된 가구와 도구, 집과 대형 건축물은 모두 노반의 유산이다. 하지만 노반 평생의 최대 소원은 이런 것을 만드는 게 아니라 나무로 생명을 창조하는 것이었다. 풀을 먹지 않고도 땅을 갈 수 있는 목우를 만들고 먹이를 주지 않아도 수레를 끌 수 있는 목마를 만드는 것이었다. 이것이 바로 우리 인류가 제작하고자 했던 동력 없이도 영원히 움직이는 기계에 대한 최초의 꿈이었다고 할 수 있을 것이다. 노반의 일생의 노력은 나무로 소나 말 같은 생명을 만드는 것이었다. 이리하여 그는 한 해

• 『삼국연의』에서 제갈량은 건흥建興 6년부터 시작하여 여섯 차례에 걸쳐 북벌을 감행한다. 이 가운데 다섯 번째가 기산으로 나아가 연이어 사마의를 격파한 사례다. 그러나 군량과 말먹이 건초를 제때 완비하지 못한 도호都護 이엄李嚴이 오나라에서 촉을 공격하려 한다는 거짓말로 위급을 고한다. 이에 제갈량은 황급히 군사를 철수시키다 도중에 위의 대장 장합을 활로 쏘아 죽인다.

침묵과 한숨

또 한 해, 10년, 20년, 그리고 평생을 자기 운명 속에서 정말로 살아 있는 목우와 목마를 만들 비결을 찾고 설계도를 그려내려고 노력했다. 하지만 평생 이러한 비결과 설계도를 찾아내지 못했기 때문에 그는 또 평생 이것들을 찾으려는 노력을 멈추지 않았다. 그래서 몸이 늙고 병이 고황膏肓에 들어 죽음을 앞두고 병상에 드러누웠을 때, 일생에 걸친 연구와 탐색, 설계가 실패로 끝나고 두 손에 쥔 것이 아무것도 없는 상태로 죽음 앞에 눈을 감으려 하고 있을 때, 정신이 혼미한 상태에 있던 그에게 신령이 나타나 목우유마를 설계하고 제작할 수 있는 도면을 그의 머릿속에 넣어주었다.

노반은 생명의 마지막 순간에 머릿속에 있던 목우유마의 도면을 종이 위에 그려내고는 조용히 미소를 지으며 세상과 이별했다. 우리 고향 마을에 전해지는 얘기에 의하면 제갈량이 전쟁 중에 목우유마를 제작했던 그 도면이 바로 노반의 자손들이 대대손손 전승해준 것으로서 신명의 손에 의해 제갈량에게 전달되어 목우유마를 제작함으로써 기산祁山에 여섯 차례나 출정할 수 있었고 칠종칠금七縱七擒•이 가능했으며 촉나라를 공고하게 세울 수 있었다고 한다. 그의 수많은 공적과 위업 가운데 목우유마의 제작처럼 불가사의한

• 제갈량이 남쪽 지방을 다 정리하고 남은 장수가 맹획이었다. 맹획은 굽힐 줄 모르는 강직한 성격으로 남쪽 지방 백성의 지지를 받은 인물이었다. 제갈량은 한 번 승리로는 안정되지 않을 것으로 생각해 마음으로 승복시키기로 했다. 그래서 맹획을 사로잡았다가 풀어주기를 일곱 번이나 반복한 끝에 그로 하여금 저항을 포기하고 촉에 충성하게 했다. 이 뒤로 제갈량은 위나라 공략에 전념할 수 있었다.

것은 없었다. 하지만 이 목우유마는 노반이 설계하고 창조한 것이나 다름없다.

이제 이 책의 막바지에 이르렀다. 나는 이미 55세의 나이까지 글쓰기를 유지해왔다. 나의 유한하지만 가장 좋은 글쓰기 시기에도 아직 완전히 새롭고 완벽한 '나의 독특한 생각'을 써내지 못했다. 제갈량의 손에 있던 그 목우유마의 설계도를 확보하지 못한 것과 마찬가지다. 노반은 평생 이 목우유마의 도면을 찾아다니고 설계하려 노력했지만 생명의 마지막 순간에 도면을 설계해냈을 때는 생명이 그에게 살아 있고 숨을 쉴 수 있는 목우유마를 직접 창조하고 제작하여 그가 사랑했던 세상과 인생에 헌상할 기회를 허락하지 않았다. 입장을 한번 바꿔서 생각해보자. 노반은 생명의 마지막 순간에 자신이 직접 목우유마를 창조해낼 수 없게 된 것을 커다란 유감으로 여기지 않았을까? 그의 유감은 산 같고 바다 같았을 것이다. 하지만 우리 살아 있는 사람들은 그 거대한 아쉬움을 영원히 실감하지 못할 것이다. 글쓰기는 개인적인 노동으로서 '자기'를 무한히 확대하고 복제하는 과정이다. 이런 관점에서 말하자면 개인의 가치를 최대한도로 실현하는 과정이라고도 할 수 있다. 그래서 나는 가장 좋은 글쓰기 시기에 노반이 마지막으로 목우유마의 설계도를 창조해낼 수 있었던 것처럼 완전히 새롭고 완벽한 '나만의 독특한 생각'을 찾을 수 있기를 기대하고 있다. 아울러 제갈량처럼 문학의 목우유마를 창조해낼 수 있기를 간절히 바라고 있다.

그래서 나는 나의 가장 큰 이상은 내 생명이 끝나기 전에 자신이 훌륭하다고 여길 수 있는 소설을 한 편 써내는 것뿐이라고 말하고 싶은 것이다.

그저 이것뿐이다. 이거면 다 된다.

마지막으로 불교에서 가장 유행하는 노래 가사 몇 마디로 이 책을 마무리하고자 한다.

그대의 모든 수확을 내려놓고.

그대의 모든 기대를 거둬들여라.

그대의 가족을 사랑하는 것을 잊지 말고,

이웃들에게 감사하는 것도 잊지 말라.

친구들에게도 정중하게 절을 하고,

그대를 키워준 땅에 무릎 꿇어 감사하라.

이것뿐이다. 이렇게만 하면 된다.

마음껏 외칠 수 있기를

지금으로부터 10여 년 전, 학문으로 보나 인품과 문학적 감수성으로 보나 최고의 문학비평가로 추앙하고 존경하는 류짜이푸劉再復 선생을 겨울비 내리는 타이완 자이嘉義의 중앙대학에서 오랜만에 만났다. 아버지처럼 따스하고 친근한 포옹에 이어 선생은 내게 그때까지 한 번도 이름을 들어보지 못한 중국 작가에 관해 두 시간 넘게 찬탄을 섞어가며 자세히 설명해주었고 그다음 번역 과제로 지정해주었다. 옌롄커였다. 그렇게 그의 『인민을 위해 복무하라』를 번역하게 되었고 이어서 『딩씨 마을의 꿈』과 『풍아송』 『나와 아버지』 『샤를뤄』 『연월일』 『레닌의 키스』 『일광유년』을 옮기면서 개인적으로 한 작가의 작품을 가장 많이 번역한 작가가 되었다. 그러는 사이에 그와 술도 많이 마셨고 가끔씩 다투기도 했으며 한국에서의 문학 교류 행사를 여러 차례 수행하면서 통역과 비서 역할을 하기도 했다. 광우병 반대 시민운동 때 한국을 처음 찾은 그를 데리고 광화문 광장에 나가 함께 촛불을 들기도 했다. 이제는 문학과 관련된 일뿐만 아니라 생로병사의 자잘한 일까지 공유하는 형제 같은 사이가 되었다. 얼마 전 코로나 사태에 대한 발언으로 그가 중국에서 거친 비판과 고발의 대상이 되었을 때는 술김에 "언제 어디서든 너의 문학이 가시밭길을 걷게 된다면 번역가이자 독자로서 맨발로 네 뒤를 따르겠다"라는 말로 위로하기도 했다.

2018년 11월 중국 쑤저우蘇州대학에서 '옌롄커 문학 국제학술대회'가 열렸다. 세계 각국의 학자들과 번역가, 출판인, 에이전시까지 총출동한 자리에서 내 발언은 단 한마디였다. "중국에서 옌롄커의 작품들이 왜 금서가 되어야 하는지 도저히 이해할 수 없다." 이런 질의에 적지 않은 사람이 공감했지만 누구도 답을 내놓지는 못했다. 그런데 이 책에서 옌롄커 본인이 그 해답을 내놓고 있다. 이 책의 부제는 '내가 경험한 중국, 문학, 그리고 글쓰기'다. 63년을 이 세상에서 산 중국 작가 옌롄커의 문학적 고백이자 결산이라고 할 수 있다. 동시에 변화의 속도가 적응의 속도를 훨씬 앞서는 오늘의 중국 사회에 대한 한 지식인의 깊이 있는 통찰이기도 하다. 그동안 수많은 중국 작가와 시인, 작가협회와 루쉰문학원, 국제창작센터, 인민문학과 작가출판사 등 체계적인 문학 인프라를 접하면서도 줄곧 모호하기만 했던 오늘날의 중국 문학, 중국인들이 말하는 '당대當代 문학'의 윤곽과 흐름을 이 책을 번역하면서 비교적 선명하게 이해할 수 있게 되었다.

지난해 늦가을 대산문화재단 초청으로 '세계 작가와의 대화' 행사를 위해 방한했던 옌롄커는 작가로서 자신의 삶을 실패로 규정하면서 서글픈 표정으로 "저는 인간으로서 제 인생의 득과 실을 반추하기 시작했습니다. 사상이란 여과기가 어떤 물질을 통과시켜 유용과 무용으로 구분하는 것과 같다고 할 수 있지요. 이런 여과기를 거쳐 한 가지, 또 한 가지 사건이 제 눈앞에 반듯이 놓이고 나서야 저는 비로소 알고 보니 자신이 이 세상에서 실패로 인해 두 손이 텅 비어 있는 사람이라는 것을 깨닫게 되었습니다"라고 토로한 바 있다. 모든 사건이 눈앞에 반듯이 놓이고 나서 두 손이 비어 있다는 말이 내게는 웬일인지 이제 모든 것을 내려놓겠다는 음산한 예고로 들렸다. 그의 두 손이 펜을 놓지 않기를 독자로서 간절히 바란다. 그의 입이 하고 싶은 말을 마음껏 다 외칠 수 있기를 간절히 바란다. 입으로 못 하는 말은 펜으로 두려움 없이 쓸 수 있게 되기를, 그가 절대로 자신의 문학을 실패로 결산하는 일이 없기를 간절히 바란다.

침묵과 한숨

: 내가 경험한 중국, 문학, 그리고 글쓰기

1판 1쇄	2020년 8월 24일
1판 2쇄	2023년 3월 31일

지은이	옌롄커
옮긴이	김태성
펴낸이	강성민
편집장	이은혜
마케팅	정민호 이숙재 박치우 한민아 이민경 박진희 정경주 정유선 김수인
브랜딩	함유지 함근아 박민재 김희숙 고보미 정승민
제작	강신은 김동욱 임현식

펴낸곳	(주)글항아리 | **출판등록** 2009년 1월 19일 제406-2009-000002호
주소	10881 경기도 파주시 심학산로 10 3층
전자우편	bookpot@hanmail.net
전화번호	031-955-8869(마케팅) 031-941-5159(편집부)
팩스	031-955-2557

ISBN	978-89-6735-818-1 03820

잘못된 책은 구입하신 서점에서 교환해드립니다.
기타 교환 문의 031-955-2661, 3580

geulhangari.com